조선후기 통신사
필담창화집 연구총서 7

인삼 관련
통신사 필담자료집

허경진 엮어 옮김

보고사
BOGOSA

머리말

임진왜란이 마무리되면서 한국(조선), 일본(에도막부), 중국(명, 청), 삼국의 관계가 복잡해졌다. 7년 전쟁으로 가장 크게 피해를 입은 조선은 왕실이 건재했지만, 일본에서는 도쿠가와 이에야스가 전국을 통일하여 에도막부를 설치하였으며, 중국에서는 명나라가 망하고 청나라가 들어섰다.

조선과 일본은 원수의 나라가 되었지만, 정작 외교관계는 끊어지지 않았다. 조선에서는 일본에 포로로 잡혀간 수많은 백성을 데려오는 협상을 벌여야 했고, 일본에서는 도쿠가와 이에야스가 자신에게 마음속으로 승복하지 않은 도요토미 히데요시 진영의 장수들과 백성들로부터 정통성을 인정받기 위해 외국으로부터 승인받을 필요가 있었다.

명나라가 조선을 구원하기 위해 무리하게 군사를 동원하는 바람에 군세가 약해져 청나라가 중국의 새 주인이 되었지만, 청나라는 명나라와 마찬가지로 일본과 단절된 외교관계를 복원하지 않았다. 일본 입장에서는 대륙의 문화를 전수받기 위해서라도 조선과의 외교 복원이 시급하였다.

조선과의 무역에 사활이 걸린 쓰시마 번에서 통신사(通信使) 요청에 앞장서서 외교적인 명분을 만들어주자, 조선에서 에도막부에 통신사를 다시 보내기로 하였다. 1607년 일본에 보낸 제1차 사신의 명칭은

"수호 및 회답 겸 쇄환사(修好回答兼刷還使)"이니 "좋은 관계를 만들고, 일본에서 보내온 국서에 회답하며 포로를 데려오기 위한 사신"이라는 뜻이다. 1617년의 3차 사신까지는 "쇄환(刷還)"의 사명이 주어져 전쟁 뒤처리라는 분위기가 곁들였지만, 4차부터는 태평성대를 축하하거나 쇼군의 즉위를 축하하는 사절단이었다.

　중국과의 공식적인 외교관계가 단절된 에도막부에서는 대륙문화를 전수받기 위해서 조선 정부에 삼사(三使)와 함께 여러 분야의 전문가를 보내달라고 요청하였다. 연암 박지원이 역관 이언진의 전기 〈우상전(虞裳傳)〉을 지으면서, 일본에서 요청하고 조선에서 파견하는 과정을 이렇게 묘사하였다.

　일본의 관백(關白)이 새로 정권을 잡자, 그는 저축을 늘리고 건물을 수리했으며, 선박을 손질하고 속국의 여러 섬을 깎아서 자기 소유로 만들었다. 그 밖에도 기재(奇才)·검객(劍客)·궤기(詭技)·음교(淫巧)·서화(書畵)·문학 같은 여러 분야의 인물들을 서울로 모아들여 훈련시키고 계획을 갖추었다. 그런 지 몇 달 뒤에야 우리나라에 사신을 파견해 달라고 요청하였는데, 마치 상국(上國)의 조명(詔命)을 기다리는 것처럼 공손하였다.

　그러자 우리 조정에서는 문신 가운데 3품 이하를 골라 뽑아서 삼사(三使)를 갖추어 보냈다. 이들을 수행하는 사람들도 모두 말 잘하고 많이 아는 자들이었다. 천문·지리·산수·점술·의술·관상·무력으로부터 퉁소 잘 부는 사람, 술 잘 마시는 사람, 장기나 바둑 잘 두는 사람, 말을 잘 타거나 활을 잘 쏘는 사람에 이르기까지, 한 가지 기술로 나라 안에서 이름난 사람들은 모두 함께 따라가게 되었다. 그런데 이들 가운데서도 문장과 서화를 가장 중요하게 여기지 않을 수가 없었다. 왜냐하면 그들은 조선 사람의 작품 가운데 한 글자만 얻어도 양식을 싸지 않고 천리 길을 갈 수 있기 때문이었다.

20세기 초까지 한자(漢字)는 동아시아 사회의 공동문자였다. 국경의 벽이 높아서 사신 이외에는 국제적인 교류가 불가능했지만, 문자를 통한 교류는 활발했다. 중국에서 간행된 한문 전적이 이천 년 동안 계속 한국과 일본을 비롯한 주변 나라에 전파되었으며, 사신의 수행원들은 상대방 나라의 말을 못해도 상대방 문인들에게 한시(漢詩)를 창화(唱和)하여 감정을 전달하거나 필담(筆談)을 하며 의사를 소통했다. 3차 통신사까지는 포로 쇄환 문제가 곁들여져 분위기가 어수선했지만, 4차(1636)부터는 전쟁이 끝난 지 40년이나 되어 차츰 우호적인 분위기로 바뀌었으며, 필담과 창화가 늘어났다. 위에서 말한 여러 분야의 전문가들 가운데 문학과 의학 관련 전문가들이 가장 필담에 열심이었다.

통신사 의학 필담에 관해서는 일본 학자들이 일찍부터 연구 조사하였다. 미키 사카에(三木榮)가 조선의학사를 연구하는 차원에서 조선과 일본 의원(醫員)들 사이의 문답을 기록한 필담집에 관해 소개한[1] 이후, 요시다 다다시(吉田忠)에 의해 보충되었다.[2] 그 이후로도 의학 필담에 관한 단편적인 연구가 진행되었지만, 필담집 전반에 관한 연구는 없었다.

한국한의학연구원에서 중국과 일본 연구자들과 공동조사를 통해 일본 내 한국 관련 의학자료를 상당수 소개했는데, 이 가운데 대부분이 통신사 필담집이다.[3] 이 보고서가 발표된 이후 필담창수집을 자료

---

1 三木榮, 『朝鮮醫學史及疾病史』, 思文閣出版, 1966 참조.
2 吉田忠, 「朝鮮通信使との医事問答」, 『日本文化研究所研究報告』24집, 東北大學 日本文化研究所, 1988.
3 안상우 외, 『동아시아 傳統醫學圈 所在 韓國本 醫學文獻 共同調査 硏究』, 한국한의학연

로 한 의학분야의 연구가 계속되었는데, 김호 교수는 2008년도 조선통신사학회 춘계국제학술심포지엄에서 박희준의 「17세기 兩東唱和後錄과 한일의학문화교류」(2005), 오준호의 「18세기 한일 鍼灸學의 교류」(2006), 차웅석의 「18세기 조선통신사를 통한 한일의학문화교류」(2006), 함정식의 「18세기 조선통신사 醫官과 儒醫의 역할」(2007), 서근우의 「조선통신사 의학 문답 기록에 나타난 醫案 연구」(2007)를 차례로 소개하면서, 조선통신사 문답록의 전체적인 소개와 내용별 분석은 차웅석의 글이 가장 자세하다고 평하였다.

이외에 차웅석 교수가 「桑韓醫談과 韓日醫學文化交流」를 발표하고[4], 서근우 교수가 「〈韓客治驗〉에 기재된 의안 연구」를 발표했다.[5] 함정식 박사가 「〈桑韓唱和塤篪集〉의 의사학적연구」(경희대, 2009)로 학위를 받았고, 김형태 교수가 일련의 의학필담 논문을 엮어서 『통신사 의학 관련 필담창화집 연구』(보고사, 2011)을 간행하였다. 이러한 연구에서 인삼 논의가 일부 진행되었다.

필자는 필담창화집 178책을 수집하여, 2008년 한국학술진흥재단의 토대연구로 『조선후기 통신사 필담창수집의 수집, 번역 및 데이터베이스 구축』이라는 과제를 수행하였는데, 이 가운데 상당수가 의학필담이었다. 한국인삼연구원의 장일무 원장과 만나서 의학필담 속에 나타나는 인삼 논의에 관하여 자문을 받다가, 대표적인 자료를 관심 있는 학

구원, 2003.

4 차웅석, 「桑韓醫談과 韓日醫學文化交流」, 『韓國醫史學會志』17(2), 한국의사학회, 2004.

5 서근우·오준호·서지연·김태은·홍세영·윤성익·차웅석·김남일, 「〈韓客治驗〉에 기재된 의안 연구」, 『大韓韓醫學原典學會志』Vol. 19-4, 대한한의학원전학회, 2006.

자들에게 공개하기 위해 연구번역을 신청하게 되었다. 16종의 필담집에서 인삼 논의를 발췌하여 원고지 900매를 번역했는데, 무역적자를 해소하기 위해 인삼을 심는 법에서 홍삼으로 법제하는 과정까지 다양한 정보를 알아내려는 일본측 의원과 될 수 있으면 국가 기밀을 노출시키지 않으려는 조선측 의원 사이의 팽팽한 긴장이 일관되게 흐르고 있다.

인삼에 관한 필담은 주로 1711년, 1748년, 1763년 사행에서 많이 이뤄졌다. 다른 필담창화집이나 사행록 경우에는 1763-4년에 가장 많이 나왔지만, 의학 경우에는 이때 이미 일본 의원의 관심이 수그러들었다. 인삼에 관한 정보도 웬만큼 수집한데다가, 네덜란드 상관을 통해 서양의학을 수입했기 때문이다.

필담집 제목을 보면 대부분 앞에는 상한(桑韓), 조선, 양동(兩東), 한객(韓客), 왜한(倭韓), 화한(和韓) 등의 국명이나 지명을 쓰고, 뒤에는 의담(醫談)이나 필어(筆語), 의문답(醫問答), 필담(筆談), 대화(對話), 의화(醫話) 등의 표현을 써서 전문적인 의학 필담이라는 점을 강조하였다. 상당수가 상업출판을 전제로 필담이 진행되었기 때문에, 독자들에게 서너 글자로 내용을 집약하기 위한 전략이었다.

연구비를 지원해주신 한국인삼연구원과 (사)고려인삼학회 관계자들, 의학 필담에 관해 무지하던 시절에 자문을 하며 격려해주신 장일무 원장님과 경희대 차웅석 교수님에게 감사드린다. 이 번역집 출판을 계기로 해서 의학자들과의 공동연구가 이뤄지기를 기대한다.

2017년 8월
허경진

차례

조선필담 朝鮮筆談(1748)

한객대화증답 韓客對話贈答(1748)

한객필담 韓客筆譚(1748)

반형한담 班荊閒譚(1748)

상한필어 桑韓筆語(1764)

왜한의담 倭韓醫談(1764)

화한의화 和韓醫話(1764)

사객평수집 槎客萍水集(1764)

일러두기

1. 통신사 필담창화집 가운데 인삼과 관련된 부분만 발췌하여 번역하였다.

2. 인삼과 관련된 하나의 단락마다 그 내용을 쉽게 알 수 있도록 작은 제목을 만들어 붙였다.

3. 원문의 주석이나 작은 글씨는 괄호 안에 넣어서 번역하였다.

4. 번역자의 보충 설명은 각주로 처리하였다.

5. 질문이나 답변의 용어가 품(稟)·문(問)·계(啓)·답(答)·복(復) 등으로 여러 가지 이고, 사람 이름을 쓰는 방법도 설명, 자, 호 등으로 여러 가지인데, 이 번역에서는 질문하고 답변하는 사람의 이름으로 통일하여 소개하였다.

6. 가능하면 쉽게 번역했으며, 약재(藥材)나 처방, 병명, 인체, 의서(醫書), 의원(醫員) 등의 한의학 용어는 따로 각주를 달아 설명하지 않았다.

7. 인삼, 또는 인삼에 관한 처방이 번역문에 나오는 경우에는 고딕 글자체로 편집하여 찾아보기 쉽게 하였다.

8. 필담집에서 '삼'자를 '蔘'과 '參'으로 혼용하였으므로 원문에는 그대로 입력했지만, 번역문에는 독자들의 혼동을 피하기 위해 '삼(蔘)'으로 통일하였다.

9. 해제는 간단하게 소개하였다.

10. 번역문에 해당되는 원문을 뒤에 붙이고, 원문 입력과정에서 혹시라도 잘못 입력된 글자를 독자들이 비교해볼 수 있도록 해당 내용의 원전 영인도 별도로 편집하였다.

11. 영인본에는 필담창화집 제목이 보이는 첫 페이지를 먼저 보이고, 다음 장부터 인삼 관련 페이지를 편집하였다.

12. 필담집의 배열 순서는 통신사가 파견된 시대 순으로 편집하였다.

상한의담

桑韓醫談

상한의담

桑韓醫談

『상한의담』은 1711년 제8차 통신사의 양의(良醫) 기두문(奇斗文)과 일본 기후현(岐阜縣) 오가키(大垣)의 의원인 기타오 슌포(北尾春圃, 1658-1741) 사이의 필담을 정리한 책이다. 2권 1책으로 구성된 간본(刊本)으로, 1713년 1월 1일 황도서사(皇都書肆)에서 간행하였다. 전체 분량은 표지를 포함해서 45장(85면)이며, 매면 9행에 매행 18자가 실려 있다. 서문은 기타오 슌린(北尾春倫)이 썼으며, 발문은 오카 유키요시(岡行義)가 썼다.

기두문의 호는 상백헌(嘗百軒)이고, 벼슬은 전연사 직장(典涓司直長)이다. 서울 장의동(壯義洞)에 살았고, 1710년에 의원이 되었다.

기타오 슌포의 자는 육인(育仁)이고, 호는 당장암(當壯菴)인데, 가학(家學)으로 의술을 전수받은 의원이다. 맥진(脈診)의 대가로 알려져 있으며, 저서에 『제이담(提耳談)』과 『찰병정의론(察病精義論)』이 있다.

슌포는 사행 초기부터 쓰시마의 아메노모리 호슈(雨森芳洲)에게 부탁해 아들 3명과 함께 기두문을 만나려고 몇 차례 시도한 끝에 통신사의 귀국 길인 1711년 12월 1일 밤에 통신사의 숙소였던 오가키(大垣)의 젠쇼지(全昌寺)에서 만나 필담을 나누었다. 그날의 필담 내용으로 『상한의담』을 편집하고, 자신이 장남 슌치쿠(春竹), 차남 슌린(春倫), 3남 도우센(道仙)과 나눈 의학 관련 문답을 부록으로 편집했다.

본문 내용 중 앞부분에 인삼(人蔘)과 사삼(沙蔘), 만삼(蔓蔘) 등의 구별법 및 약성(藥性)과 관련된 문답이 나오며, 10면과 12면에 이 약재들의 그림이 실려 있다. 상권에서는 사삼 구별법, 사삼과 제니(薺苨)의 차이점, 만인삼 (蔓人蔘) 구별법, 사삼의 인삼 대용법(代用法)과 그 효과, 위유(萎蕤)의 구 별법, 위유의 인삼·황기(黃芪) 대용법과 그 효과 등을 다루었다. 하권은 치 법(治法)과 의론(醫論)이 주를 이룬다.

사삼(沙蔘)과 인삼(人蔘), 만삼(蔓蔘)의 관계

기타오 슌포 : **사삼(沙蔘)**의 한 종류는 중국 상선이 가져왔습니다. 40년
전에 명나라의 어떤 승려가 우리나라에 와서 그것을 보고 "이것은
들판의 호라복(胡蘿蔔)이다."라고 했습니다. 『본초』에는 "제니(薺苨)
와 사삼은 **인삼(人蔘)**과 통하기 어렵고, 또 뿌리 모양은 들판의 호
라복과 같으니 이 때문에 의심하는 사람이 많다."라고 했습니다. 이
것을 사삼이라 부르는 것이 옳은지 그른지 모르겠습니다. (이때 중
국 사삼을 그에게 보여줘 두문이 씹어 맛볼 수 있었다.)

一問, 春圃 沙蔘之一種, 中華商船携來者. 四十年前, 大明一僧來于我邦,
視之曰 是野胡蘿蔔也. 本草曰 薺苨沙蔘通亂人蔘, 且根形如野胡蘿蔔,
是以疑之者多. 此名沙蔘者不知是否. 是時以唐沙蔘示之, 斗文能嚼 而
味之.

기두문 : 이것은 중국의 사삼이어서 우리나라의 사삼과 같지 않습니다.
땅과 기후가 다르기 때문입니다. 제니는 다른 이름으로 **만삼(蔓蔘)**
이라고도 하는데, 모양은 **인삼**과 같지만 맛은 다릅니다.

一答, 斗文 此唐沙蔘也. 不如我國之沙蔘. 土風各殊也. 薺苨一名蔓蔘, 形
如人蔘 而味異也.

기타오 슌포 : 우리나라에는 예부터 **만인삼(蔓人蔘)**이라 부르는 것이 있는데, 30년 전에 그대 나라 사람이 길가에 자라난 것을 보고 "이는 사삼이다."라고 했습니다. 아! 그대 나라 사람이 정말 그렇게 말했을까요? 아니면 우리나라 사람들이 돌아다니며 팔면서 그대 나라 사람의 말로 자랑한 것일까요?『본초강목』에 실린 바로는 이와 같지 않으므로 지금 그 뿌리를 가져왔습니다. 나무나 담장에 의지해 덩굴로 자라고, 그 꽃과 잎은 그림과 같습니다. (잎은 푸르고, 꽃은 엷은 자주색이며, 줄기와 뿌리에서는 흰 즙이 나온다.)

一問, 我國自古有名蔓人參者, 三十年前, 貴邦之人見生於路傍者曰 是沙參也. 噫! 貴國之人眞謂之乎? 我邦之俗衒之詫之, 貴國之人言乎? 本草綱目 所載者不如此, 故今携其根來. 蔓生倚木倚墙, 其花葉如圖. 葉靑花色紫 而薄莖根出白汁.

기두문 : 이것은 제니이니, **만삼**이라고 부르는 것입니다.

一答, 是薺苨, 名蔓參者也.

기타오 슌포 :『본초강목』「사삼」조 하에 이렇게 설명했습니다.

　　"높이는 2자이다. 줄기 위의 잎은 뾰족하고 길어 구기(枸杞) 잎과 비슷하며, 작은 이 모양의 가시가 있다. 가을에 잎 사이에서 작은 자줏빛 꽃이 피는데, 길이는 2,3푼이고, 모양은 방울 같으며, 5개가 피고, 꽃술은 희며, 또한 흰 꽃도 있다. (이러이러하다.)"

　　우리나라 곳곳에 이것이 있는데, 꽃잎은 그림과 같습니다. 뿌리를 지금 가지고 왔는데,『본초도설』과 어긋남이 없습니다. 지난번 그대 나라 사람이 보고 사삼이라 말한 것은 아마도 이 꽃잎일 것입니다. 들판의 둑방이나 길가에 많이 나고, 우리나라 사람들은 제니라 부르는데, 어떤 사람은 사삼이라고도 하니 옳은지 그른지 모르겠습니다. (사람들이 **종인삼(鐘人蔘)**이라 부르는 것이다.)

一問, 本草綱目 沙蔘條下曰 高二尺. 莖上之葉, 則尖長如枸杞葉, 而小有細齒. 秋月葉間開小紫花, 長二三分, 狀如鈴鐸, 五出白蕊, 亦有百花者也, 云云. 本邦處處有之, 花葉如圖. 根者今携來, 無違于本草圖說. 嚮言貴國之人見之名沙蔘者, 恐此花葉乎. 多生于野堤路傍, 我邦之俗名薺苨, 或曰 沙蔘未知是否. (俗名鐘人蔘者也.)

기두문 : 이것은 사삼이 맞습니다. 우리나라의 사삼과 똑같으니, 처음 본 것은 만삼입니다.

一答, 此乃沙蔘眞也. 正如我國之沙蔘, 初視者蔓蔘也.

기타오 슌포 : 제가 사삼에 대해 물은 것은 결고노인(潔古老人)[1]이 "사삼을 가지고 **인삼**을 대신해도 그 단맛을 얻는다."라 했고,『본초강목』에 "**인삼** 좋은 것들은 그 값이 은과 같다."라 했으며, 또『증치준승(證治準繩)』[2]에 "**인삼**은 그 값이 비싸 가난한 사람들은 백출(白朮)을 가지고 **인삼**을 대신한다. (이러이러하다.)"라 했기 때문입니다. 중국이 이와 같은데, 하물며 우리나라는 어떻겠습니까? 집이 가난해 **인삼**을 복용할 수 없는 사람이 있으니, 가르침을 베풀어 보여주시기

---

1 결고노인(潔古老人) : 금나라 의원인 장원소(張元素)인데, 자가 결고(潔古)이다. 당시 의학계가 지나치게 옛 처방의 기풍에 얽매인 것을 비판하며 기후 변화와 환자 체질 등의 정황에 근거하여 융통성 있게 약을 쓰고 임상 실제의 수요에 맞춰야 한다고 주장하였다. 저서에『진주낭인경좌사(珍珠囊引經佐使)』·『병기기의보명집(病機氣宜保命集)』·『장부표본약식(臟腑標本藥式)』·『의학계원(醫學啓源)』·『결고가진(潔古家珍)』 등이 있다.

2 『증치준승(證治準繩)』 : 명나라 왕긍당(王肯堂)이 지은 의서(醫書)로, 자료가 풍부하고 조리(條理)가 분명하여 옛 의서 중 가장 잘 갖추어진 책의 하나이다. 120권.

를 청합니다.

제가 시진(時珍)[3]의 설명만 근거로 삼는다면, 몸의 양기(陽氣)를 돕는 보람이 없는 것 같습니다. 그러나 어찌 **인삼**을 대신한다고 말했습니까? 결고노인은 스스로 알아낸 것이 따로 있었습니까? 사삼탕(沙蔘湯)에 부자(附子)를 넣어 함께 조제하면, 그 결과가 어찌되겠습니까?

一問, 僕所以問沙參者, 潔古老人言 以沙參代人參, 取其味甘也. 本草綱目曰 人參上黨者, 其價與銀齊. 又證治準繩曰 人參其價尊, 貧者以白朮代人參, 云云. 中華如此, 況於我邦哉? 有其家貧 而不能服人參者, 請爲之垂示教. 愚以爲據時珍之說, 則如無補陽之功. 然何謂代人參耶? 潔古老人別有所自得乎? 試以單沙參湯, 臣附子與之, 則其功如何?

기두문 : 사삼의 약 성분은 "마음을 맑게 하고, 허파를 도우며, 음이 부족해서 양이 요동치거나 기침하는데 쓴다."고 했습니다. 가래에 의해 가슴이 답답해지는 증상이 심한 사람은 **인삼**으로 도울 수 없고, 사삼으로 대신합니다. 몹시 가난한 사람도 급하면 어쩔 수 없이 **인삼** 대신에 사삼을 씁니다. 아무리 그렇다고는 하지만 사삼탕 속에 황기(黃芪)와 부자를 같이 섞어 쓰면, 효용이 거의 적다고 할 수 있습니다.

一答, 沙參藥性云 清心益肺陰虛火動咳嗽. 痰火盛者, 不可以人參補之, 代以沙參. 窮貧者迫不得已代用. 雖然沙參湯中, 以黃芪附子同劑用之, 庶可少有功.

---

3 이시진(李時珍, 1518-1593) : 명나라 의원인데 자는 동벽(東璧)이고, 호는 빈호(瀕湖)이다. 35세에 약물의 기준서(基準書)를 집대성하는 일에 착수하여 생전에 탈고하였지만, 그가 죽은 후인 1596년에야 『본초강목』 52권이 간행되었다.

기두문 : 우리나라의 **인삼**은 깊은 산, 인가가 없고 신선들이 오가는 곳
에서 나는데, 모양이 어린 아이와 같은 것은 다른 이름으로 신초(神
草)라고도 합니다.

一又, 我邦之人蔘, 産於深山無人烟處仙人往來, 云形如童子者, 一名神
草也.

기타오 슌포 : 시진이 "위유(萎蕤)로 **인삼**이나 황기를 대신하는데, 시들
거나 마르지 않으면 크게 다른 효용이 있다."고 했지만, 이것은 옛
사람이 밝히지 못한 것입니다. 그대가 그것을 쓴다면 그 효용이 어
떠하겠습니까? 중국 상선이 가져온 위유가 이것입니다.

一問, 時珍曰 以萎蕤代蔘芪, 不寒不燥大有殊功, 此昔人所未聞者也. 公用
之, 其功如何? 中華商船携來萎蕤 是也.

기두문 : 땅과 기후가 각기 다르지만, 자기 나라에서 나는 것을 다 쓴
뒤에 혹 위유를 쓸 수도 있습니다.

一答, 土風各殊, 本國所産盡後, 或用可.

기타오 슌포 : 우리나라의 위유는 이것입니다. (우리나라의 황정(黃精)을
내놓았는데, 길고 부드러운 것이다.)

一問, 我邦之萎蕤, 是也. 我邦之黃精出之, 長而柔者也.

기두문 : 이것이 바로 위유입니다. 옛사람이 위유탕을 쓸 때, 이것으로
본보기를 삼아 많이 썼습니다.

一答, 此眞也. 古人用萎蕤湯, 多用以此爲法矣.

병세에 따른 인삼의 처방

기타오 슌포 : 이제 병세를 말하겠습니다. 허리가 아프거나 척추가 아
픈 사이에 손발 힘줄에 경련이 일어나고, 몸을 움직이면 갈비뼈와
배에 경련이 일어나는 아픔이 2,3년 계속되다가 철(凸)자 모양의 척
추가 견(〈)자처럼 굽으며, 5,7년 혹 10년간 바닥에서 일어날 수 없
고, 허리 아래가 매우 야위며 온몸이 굽어서 죽습니다. 부인이 그러
한 병을 많이 앓고 남자도 간혹 그러한 병이 있으니, 보약으로 원기
를 돕고 설사약으로 병을 고치는 방법도 효험이 없고, 따뜻하거나
서늘하게 해주어도 효과가 없습니다. 이를 다스리는 방법을 가르쳐
보여 주시기 바랍니다.

一問, 其一證始發也. 腰痛或脊骨爲痛中間, 手足筋攣, 動身, 則脇腹攣痛,
經二三年 而後脊骨凸形如〈屈曲, 而不能起床, 五七年或十年, 腰下甚
瘦, 一身屈而死, 婦人多患之, 男子亦間有之, 補瀉溫凉, 其無效. 此治法
冀垂示敎.

기두문 : 이 증세는 축축함과 뜨거움과 담(痰)의 세 기운이 풍사(風邪)[4]

---

[4] 풍사(風邪) : 외부의 사기(邪氣) 때문에 생기는 풍한(風寒)·풍열(風熱)·풍습(風濕) 등
  의 병증을 가리킨다.

를 끼고 독맥(督脈)⁵ 및 발에서부터 발목 부분까지 나아가 이리저리 옮겨 다닌 것입니다. **삼합탕(三合湯)**으로 약을 쓰고, 폐수(肺臓)⁶와 고황수(膏肓臓)⁷에 뜸을 뜨면 좋습니다.

一答, 此証, 濕熱痰三氣挾風游走於督脉足部, 用藥則三合湯, 灸則肺臓膏肓臓可矣.

기타오 슌포 : 어린아이가 감리(疳痢), 감안(疳眼)에 열이 쌓여 오래되었는데도 낫지 않는 것에 대해 집안에 전해오는 비방 하나만 알려주시기를 원합니다.

一問, 小兒疳痢疳眼蓄熱, 而久不愈者, 冀傳家祕一方.

기두문 : 이는 젖을 먹여 기를 때에 조절하지 못해 생긴 증세인데, 오장(五臟)과 육부(六腑)가 조화롭지 못한 것입니다. 천지가 이루어졌으나 사귀고 섬기지 못하는 증세입니다. 제게 조그만 처방 하나가 있으니, 그대에게 보여드리겠습니다.

一答, 此症, 乳哺不節, 臟腑不和. 仍成天地, 不交恭之症. 俺有一少方, 示之足下矣.

---

5 독맥(督脈) : 기경팔맥(奇經八脈)의 하나로, 인체의 중앙에서 상하로 관통한다.
6 폐수(肺臓) : 인체의 경혈(經穴)인데, 폐유(肺兪)라고도 한다.
7 고황수(膏肓臓) : '고'는 가슴 밑의 작은 비계, '황'은 가슴 위의 얇은 막(膜)으로, 심장과 횡격막의 사이를 가리킨다. 그 사이에 병이 생기면 낫기 어렵다.

> 억간부비산(抑肝扶脾散) : 진피(陳皮)　청피(靑皮) (참기름에 볶음)　신국(神麯)[8] (볶아서 각각 6푼씩)　백출 (황토물에 담갔다가 볶음)　용담초(龍膽草) (술에 씻음)　백개자(白芥子) (볶음)　산사자(山楂子)　백복령(白茯苓) (각각 8푼씩)　**인삼** (5푼)　황련(黃連) (강하게 볶아서 1돈)　시호(柴胡)　호황련(胡黃連)　감초 (각각 3푼씩)　생강 (3조각)

抑肝扶脾散　陳皮　靑皮香油炒　神麯炒各六分　白尤土炒　龍膽草酒洗　白芥子炒　山楂子　白茯苓各八分　人參五分　黃連薑炒一錢　柴胡　胡黃連　甘草各三分　生姜三片

이 외에 소식보동원(消食保童元), 소식병(消食餠), **비아환(肥兒丸)**도 모두 효험이 있을 것입니다.

此外, 又有消食保童元, 消食餠, 肥兒丸, 亦皆効矣.

기타오 슌포 : 33세 된 사람이 있는데, 귀먹어 소리를 듣지 못한 지 여러 해 되었습니다. 그 원인은 6,7세에 물에 빠져 귓병을 앓았기 때문입니다. 13세에는 상한(傷寒)을 앓아 코피가 나고 귓병이 재발했습니다. 치료하여 아주 가까운 거리에서 다른 사람이 내는 소리를 귀로 조금 듣는 듯했지만, 지금은 듣지 못하는 것과 같습니다. 오른쪽 귀에서 울리는 소리가 나고, 머리는 차며, 가끔 잇몸에서 피가 납니다. 따뜻한 것을 좋아하고, 추위를 심하게 탑니다. 어떤 사물이

---

8 신국(神麯) : 약누룩. 음식에 체하거나 설사할 때 쓴다.

든 앞을 가리면, 가슴이 두근거린다 하여 **이중탕(理中湯)**, **이공산(異功散)**, **육군자탕(六君子湯)**, **귀비탕(歸脾湯)**, 금궤신기환(金匱腎氣丸) 등을 처방했는데, 효과가 없었습니다. 맥을 짚어보면 한번 호흡에 5번을 뛰고 눌러보면 힘이 없으니, 치료법을 알려주시기 바랍니다. 그대는 내일 오가키를 출발해 반나절만 가면 이마스(今須) 역에 도착해 묵게 됩니다. 식사하는 사이에 이 환자가 그대 뵙기를 청한다면, 그를 진맥(診脈)하여 높은 깨우침을 자세히 베풀어 주실 수 있겠습니까?

二問, 一人歲三十三, 耳聾多年. 其因六七歲, 而溺水患聤耳. 十三而病傷寒, 衄血聤耳亦發. 雖治療而耳氣頗通人聲咫尺, 則如聞似不聞今也. 右耳鳴頭冷, 或斷出血. 喜暖恐寒. 凡物遮於前, 則心悸用理中湯, 異功散, 六君子湯, 歸脾湯, 金匱腎氣丸等不効. 脉五動, 按而無力. 冀告治法. 公明日出大垣, 行程半日, 到處今須驛也. 供食之間, 此病人可請見于公, 脉之詳垂尊諭.

기두문 : 내일 오면 진맥하여 대강 알게 될 것입니다. 약을 쓴다면 크게 도움이 될 텐데, 이것은 바로 음이 부족한 증세입니다. 귀는 콩팥에 통해 있는데, 상화(相火)⁹가 이와 같이 근심을 일으키는 것입니다.

一答, 明日來, 則診脉粗知矣. 用藥大補, 此是陰虛之症也. 耳通於腎, 相火作孽如此.

두문이 금수역에 도착해서 진맥하고, 가슴과 배를 살피며 말했다. "허리혈이 움직이니, **보중익기탕(補中益氣湯)**에 향부자(香附子), 축사

---

9 상화(相火) : 심장(心臟)의 화기(火氣), 일설에는 간담(肝膽)의 화기를 가리킨다.

(縮砂), 목단피(牧丹皮) 각각 1돈씩 넣고, 만형자(蔓荊子), 상백피(桑白
皮) 각각 7푼씩 넣으며, **운림윤신환(雲林潤身丸)**을 함께 복용하고, 다
시 풍지혈(風池穴)에 뜸 21장을 뜨면 좋겠습니다."

지난번 내게 대답하기를 상화가 일으키는 근심이라고 했는데, 진맥
한 뒤에 허리혈이 움직이는 것을 살피고, **익기탕**과 **윤신환**을 써야할
것이라 하였다.

斗文到于今須驛, 診脉探胸腹曰, 虛里動, 以補中益氣湯, 加香附子, 縮
砂, 牧丹皮, 各一錢, 蔓荊子, 桑白皮, 各七分, 兼服雲林潤身丸, 更灸風池穴,
三七壯矣. 嚮答予, 以相火作孼, 脉之後探虛里動, 而以益氣湯, 潤身丸矣.

의론육조(醫論六條)

1. 추뉴(樞紐)

장씨(張氏)가 "명문(命門)의 화(火)는 원기(元氣)·원양(元陽)·진양(眞陽)이라 하고, 명문의 수(水)는 진정(眞精)·진음(眞陰)·원음(元陰)이라 한다. 이 명문의 수(水)와 화(火)는 십이장(十二藏)의 근원이기 때문에 오장도 그것에 힘입는다."라 했고, "하늘의 큰 보배는 다만 한 덩이 붉은 해이고, 사람의 큰 보배는 다만 한 호흡 진양(眞陽)이 갖추어지는 것이다. 이 해가 없다면 세상이 비록 크다 하더라도 한낱 추운 성질일 뿐이다. 사람도 곧 작은 세상이니 양(陽)을 얻으면 살고 잃으면 죽을 것이다."라 했습니다. 선철(先哲)은 "화(火)가 많고 수(水)가 적으면 양(陽)은 차고 음(陰)은 비게 되어 그 병이 뜨겁게 되고, 수가 많고 화가 적으면 음은 차고 양은 비게 되어 그 병이 차갑게 된다."라 했습니다.

제가 여기 두 설명에 근거해 깨달은 것이 있습니다. 진양(眞陽)의 기운을 비유해 말하자면, 부인의 뱃속이 마치 솥 안의 뜨거운 물과 같은데, 뜨거운 것은 태어나면서 자신에게 주어진 것이며, 원양(元陽)의 상태가 진실로 지나치거나 모자라지 않은 것입니다. 화기(火氣)가 왕성하면 그 물이 세차게 끓어오르고, 진화(眞火)가 약해지면 솥 안은 차갑게 되니, 끓는 것에는 물을 더하고 차가운 것에는 땔감을 더합니다. 마땅히 황금(黃芩), 황련(黃連), 지모(知母), 황벽(黃蘗), 석고(石膏) 등 찬 것으로 진양(眞陽)의 상태를 살피되, 그 따뜻함을 잃을 수는 없으니 따뜻함이 없어지면 죽기 때문입니다. **인삼(人蔘)**, 부자(附子), 생강(生薑), 계피(桂皮) 등 따뜻한 것으로 그 따뜻함을 더하면 안 됩니다. 그것을 알맞게 함으로써 끓지 않고 차지 않게 할 수 있습니다.

또 『난경』[10]에 "배꼽 아래 신간동기(腎間動氣)가 사람의 생명이다. 기(氣)는 사람의 근본이니, 마치 초목에 뿌리가 있는 것과 같다."라 했습니다. 개빈(介賓)[11]은 명문(命門)을 분별해 비록 신간동기라 말하지 않았지만, 단전(丹田) 지점이 이미 명문이니 말하지 않았어도 분명히 갖춘 것입니다. 『난경』에서 "각 내장의 동기(動氣)[12]는 내장의 기가 고르지 않은 것이 쌓이고 쌓여서 뛰며 움직이는 것이다."라고 했습니다. 그러므로 드문드문 아픈 데를 따라 맥을 짚어 아픈 곳을 아는 것이 어찌 명문의 동기이겠습니까?

저는 20세에 처음 의원의 길에 들어선 이래로 배꼽 근처를 살피고, 그 동기를 진찰해 맥을 짚되 드문드문 아픈 곳을 따라 짚지 않았으며, 마치 진양(眞陽)이 도를 얻은 것과 같이 고요하게 맥박이 뛰는 것을 따랐습니다. 실화(實火)[13]한 사람은 그 움직임에 힘이 있고, 수(水) 가

---

10 『난경(難經)』: 전국시대(戰國時代)에 편작(扁鵲)이 『황제내경(黃帝內經)』의 뜻을 밝힌 의서(醫書)인데, 문답 형식으로 『황제내경』 경문 중의 의문을 해석하였다. 2권.

11 장개빈(張介賓, 1563-1640) : 자는 경악(景岳)·회경(會卿). 호는 통일자(通一子)로, 명나라 의원이다. 온보학파(溫補學派)의 대표인물로 종합의학서『경악전서(景岳全書)』64권을 간행했다.

12 동기(動氣) : 맥박이 뛰는 상태를 가리킨다.

운데 화(火)가 움직이는 사람은 나아가되 힘이 없으며, 화(火)가 약해지면 살갗에 큰 열이 나고 그 움직임이 매우 약해집니다. (화(火)가 움직이는 사람은 나아가되 작게 하고, 화(火)가 약해지는 사람은 나아가되 흩어진다.) 혹은 없고, 혹은 떠돌다 흩어지며, 혹은 흉격(胸膈)에 오르고, 혹은 맥에 있지만 동기가 없어, 실(實)이 허(虛)와 비슷하고 허가 실과 비슷한 것처럼 생각함을 따라 양허(陽虛)[14]의 가화(假火)[15]에 미치면, 누가 그것을 가르칠 수 있습니까? 이러한 움직임은 저에게 가르칠 수 있는 것입니다. 맥이 고른데도 죽고, 맥이 거의 없는데도 사는 것은 이미 손바닥에 있으므로 맥에 힘이 있고 없는 것으로 양허와 양실(陽實)을 압니다. 또 신간동기를 살피면 진양이 약하거나 약하지 않음을 알 수 있습니다. 이것이 저의 치료법입니다.

樞紐

張氏曰, 命門之火謂之元氣, 元陽, 眞陽, 命門之水謂之眞精, 眞陰, 元陰. 此命門之水火, 卽十二藏之化源, 故五臟賴之, 又曰, 天之大寶, 只此一丸紅日, 人之大寶, 只一息眞陽設無. 此日則天地 雖大, 一寒質耳. 人是小乾坤, 得陽則生, 失陽則死矣. 先哲曰 火多水少爲陽實, 陰虛其病爲熱, 水多火少爲陰實陽虛, 其病爲寒矣. 予據此兩說有所知覺. 所謂眞陽之氣, 以譬言之, 夫人之腹內如釜中之溫湯, 溫者先天之與我者, 而元陽之常, 固無過不及也. 火氣壯, 則其湯沸騰, 眞火衰, 則釜中滄也, 其沸也添水, 其冷也益薪. 欲以芩, 運, 知, 蘗, 石膏之寒冷者, 察眞陽之常, 而不可失其溫, 溫去則死.

---

13 실화(實火) : 화가 몹시 성한 것. 사기(邪氣)로 작용하는 열이 왕성하여 생긴 실열증(實熱症)이다.
14 양허(陽虛) : 양기(陽氣)가 부족한 증상인데, 추운 것을 싫어하고 팔다리가 싸늘하며 권태감이 있다.
15 가화(假火) : 병의 본질은 차가운데, 겉으로는 열이 있는 것처럼 나타나는 거짓증상이다.

以參, 附, 薑, 桂之溫熱者, 不可益其溫. 節之以不可沸, 不可冷也. 且難經曰, 臍下腎間動氣者, 人之生命也. 氣者人之根本, 如草木有根矣. 介賓之命門辨, 雖不曰 腎間動氣, 丹田之地旣命門, 則不謂而明備. 難經則謂各藏之動氣者, 其藏氣不調之處, 築築跳動也. 故曰, 按牢若痛因之知若痛者, 豈命門之動氣乎? 予自弱冠始入醫門, 以來探臍邊候, 其動氣按, 而不牢不痛, 如眞陽得常, 則寂然而與脉動也. 實火者, 其動有力, 且水中之火動者, 進而無力, 火衰則肌表大熱, 其動甚弱. 火動者進而小, 火衰者進而散. 或無或浮散, 或上于胸膈, 或有脉, 而無動氣, 仍思之實似虛, 虛似實者, 及陽虛之假火, 孰能敎之? 此動能敎我者也. 脉平而死, 脉絶而生者, 旣在掌, 故以脉有力無力知陽虛陽實. 且察腎間動氣, 可識得眞陽之衰不衰. 是我治法也.

2. 음양(陰陽)

천(天)은 순수한 양(陽)이 밖에 옮겨진 것이고, 지(地)는 순수한 음(陰)이 안에 모여 엉긴 것입니다. 양이 가득 찼다는 것은 천지가 일정해 온갖 사물을 생겨나 자라게 할 수 있습니다. 진양에 남음이 있다는 것은 사람의 몸에 좋은 것이어서 오장이 순탄하고 화기롭습니다. 사람은 이러한 화(火)가 아니면 살 수 없으니, 어떻게 화(火)가 없을 수 있습니까? 일양(一陽)[16]은 하늘이 준 것이어서 사람은 그 모양에 따라 지니는 것이고, 각각 많고 적음, 허(虛)함과 실(實)함이 같지 않습니다. 살찐 사람은 양허가 많고, 야윈 사람은 양실이 많은데, 내려 받은 양(陽)이 온전히 갖추어진 사람은 병이 없고 그 병도 치료가 쉽지만, 온전치 않은 사람은 병이 많고 그 병도 치료가 어렵습니다. 그러므로 그 치료법 중 양허한 사람은 설씨[17]와 장씨에 의지하고, 화가 움직이는

---

16 일양(一陽) : 태양(太陽) · 양명(陽明) · 소양(少陽)의 세 경맥(經脈)을 아울러 가리킨다.

사람은 동원[18]과 단계에 의지하니 이것이 그 기본 되는 규범입니다. 그러나 양이 여유롭다는 이치는 말하기 어렵습니다. 화(火)가 움직임에 다 살아 있는 사람은 대체로 힘든 일로 고생하거나 하고 싶은 대로 다하는 사람이니, 진화(眞火)가 떠돌다 흩어지는 움직임을 따라 열이 됩니다. 이것은 모두 양허(陽虛)의 가화(假火)이니, 팔미환(八味丸) 재료에 **십전대보탕(十全大補湯)** 혹은 **사군자(四君子)**[19], **인삼**, 부자를 조제해 다스리면 낫는 사람이 많을 것입니다. 단계가 명문(命門)의 진화는 떠돌다 흩어지는 움직임을 따라 갑자기 하늘로 올라 떠돌아다니는 불꽃처럼 된 것이라 말하지 않은 것이 한스럽습니다.

제가 주정재주인(主靜齋主人)을 만난 적이 있는데, 그는 '의원으로서 화(火)가 움직이기 쉬우니 늘 음(陰)을 기르는 것이 좋다고 알고 있다'면서 제게 말했습니다. "육미신기환(六味腎氣丸)을 먹으면 반드시 대변이 묽어질 것입니다."

제가 말했습니다. "먹으면 안 됩니다. 신기환은 수기(水氣)를 보충하

---

17 설기(薛己, 1486~1558) : 명나라 의원인데, 태의원에 근무하였던 부친 설개(薛鎧)의 가업을 계승하여 어의(御醫)를 지냈다. 장원소(張元素), 이고(李杲) 등의 영향을 받아 진음(眞陰)과 진양(眞陽)을 보(補)하는 방제를 쓸 것을 주장하였다. 그의 책을 모아 놓은『설씨의안이십사종(薛氏醫案二十四種)』에는『내과적요(內科摘要)』,『교주외과정요(校注外科精要)』,『교주부인양방(校注婦人良方)』등 10여 종의 의서들이 수록되어 있다.

18 동원(東垣) : 금나라 의원 이고(李杲, 1180~1251)의 호이다. 금원사대가(金元四大家)의 한 사람으로, 당시 기아와 질병이 만연하여 백성들에게 내상병(內傷病)이 많은데 착안하여 내상학설(內傷學說)을 제기하였고, 보중익기탕(補中益氣湯) 등 새로운 방제를 만들어 냈다.『비위론(脾胃論)』,『내외상변혹론(內外傷辨惑論)』,『난실비장(蘭室祕藏)』,『의학발명(醫學發明)』,『약상론(藥象論)』등의 저서가 있다.

19 사군자(四君子) : 사군자탕(四君子湯)에 들어가는 4가지 한약재인데, 인삼·백출·백복령·감초이다.

는 약이며, 양기(陽氣)를 억누릅니다. 지금 그대의 맥이 느리고, 신간 (腎間)의 움직임을 살펴보니 진화의 기운이 약합니다. 따라서 비위(脾胃)의 양기가 부족해 차가움을 얻었으면 반드시 없애거나 바꾸기는 어려우니, 늘 **인삼**, 백출, 생강, 계피의 약으로 가르쳐야 합니다."

그가 머리를 끄덕였는데, 오래지 않아 건강해진 뒤에 다른 말을 했습니다. "명문지화(命門之火)²⁰가 비토(脾土)²¹의 열을 오르게 하는 것임을 비로소 알겠습니다. 오직 사람만이 하늘과 땅을 닮았지만, 늘 고생이나 방로(房勞)를 하므로 양(陽)이 위로는 떠돌다 흩어지고 아래로는 빠진다는 점이 다릅니다. 대개 명문의 수(水)는 진기(眞氣)가 늘 가득차서 따뜻하고, 사람이 그 물을 볼 수는 있으나 그 기(氣)를 논할 수는 없습니다. 기(氣)가 없는 사람은 수(水)만 있고 화(火)가 없는데, 이 때문에 양허(陽虛)임을 알 수 있습니다. 수(水)가 없는 사람은 단지 화(火)만 있을 뿐입니다. 그것을 비유하면, 한 방에 밝은 등불이 있다면 어둠 속을 비출 수 있는데, 이것이 수(水) 속의 양(陽)이고, 기(氣)이며, 따뜻함입니다. 이것이 명문의 진화이니 원기(元氣)입니다. (월인(越人)²²은 이른바 신간동기(腎間動氣)라 했고, 동원은 이른바 위기(胃氣)²³의 근본이라 했으며, 장개빈(張介賓)은 이른바 진양(眞陽)이라 했다.) 불이 그 속에서 일

---

20 명문지화(命門之火) : 신양(腎陽). 신의 양기(陽氣)이다.
21 비토(脾土) : 비장(脾臟). 지라. 지라는 생명의 가장 밑바탕을 이루기 때문에 『황제내경』에서 비(脾)를 오행(五行) 중 토(土)에 배합하였다.
22 월인(越人) : 의원 편작(扁鵲)의 명(名)이고, 성(姓)은 진(秦)이니, 원명은 진월인(秦越人)이다. 춘추시대 명의 장상군(長桑君)에게서 금방(禁方)의 구전(口傳)과 의서(醫書)를 물려받아 명의가 되었다고 한다.
23 위기(胃氣) : 위(胃)의 기능.

어나 그 방을 태운다면, 등불 또한 함께 꺼질 텐데, (불과 원기(元氣)는 양립하는 것이 아니다.) 이 때문에 양실(陽實)임을 알 수 있습니다. 불이 그 속에서 일어나면 물로 끌 수 있는데, 등불을 끄는 것도 잘못은 아닐 것입니다." (지황(地黃), 지모(知母), 황백(黃栢)은 수(水)를 더하는 약으로 그 성질이 차고 서늘하니, 이것은 물로 불을 끄는 것이다. 차고 서늘함이 크게 지나치면 진양(眞陽)이 약해진다.)

陽有餘者丹溪之所發揮然難滿易虧且無水無火者可依其人施治之辨

天者純陽運遷於外, 地者純陰凝聚於內. 一陽充塞者, 天地之常, 而能化生萬物. 眞陽有餘者, 人身之所喜, 而順和五藏. 人非此火不能以有生, 奈之何而可以無火乎? 一陽者上天所賦, 而人隨其形所値, 又各有厚薄虛實之不齊. 蓋肥者多陽, 虛瘦者多陽, 實所禀之陽全備者, 無疾其病也, 易治不全者多疾, 其病也難治. 故其治法, 陽虛者據薛氏張氏, 火動者據東垣丹溪, 此其大法也. 然以陽有餘之理有難言, 火悉生於動者, 夫辛苦勞役縱欲之人, 因動眞火浮散而爲熱. 是皆陽虛之假火, 以八味丸料, 十全大補湯, 或四君, 參, 附之劑, 而愈者多矣. 恨丹溪不言, 命門之眞火, 因動浮散, 俄然升天爲無根之焰者也. 予訪主靜齋主人, 彼知醫以火易動, 常好滋陰, 謂予曰, 服六味腎氣丸, 則必大便溏. 予曰, 勿服. 腎氣丸者, 壯水之劑, 而以制陽光. 今公之脉緩, 察腎間之動, 眞火之氣衰. 故脾胃虛冷得凉, 則必難消化敎之, 常以參, 朮, 薑, 桂之劑. 彼頷之, 不日而健他日與彼語, 彼曰, 始識命門之火上蒸脾土矣. 惟人肖天地, 而不同者, 以有辛苦房勞爲常, 故其陽浮散于上, 脫于下矣. 蓋命門之水, 眞氣常滿而溫, 人能見其水而不論其氣. 無氣者有水無火, 是以陽虛可知之. 無水者只火而已. 譬之一室有燈火, 光明能照於闇中, 是水中之陽也氣也溫也. 是命門之眞火, 則元氣也. 越人所謂腎間動氣, 東垣所謂胃氣之本, 張介賓所謂眞陽也. 火起於其中燒其室, 則燈火亦俱滅, 火與元氣不兩立者也. 是以陽實可知之. 火起於其中, 則可減以水, 勿誤減燈火矣. 地黃知栢益水之劑, 其性寒凉, 是則以水消火也. 寒凉大過, 則眞陽衰也.

3. 객이 '아직 드러나지 않은 화(未發之火)'를 물었다.

그 질문에 응답했다. "화(火)가 드러나지 않으면 사람은 그것을 알지 못하니, 대체로 한 방의 등불이란 것은 명문의 진화(眞火)이고, 기(氣)의 근원입니다. (이것은 월인(越人)이 이른바 신간동기(腎間動氣)이고, 동원이 이른바 위기(胃氣)의 근본이다.) 불이 그 속에서 일어난다는 것은 명문지화(命門之火)가 움직이는 것입니다. 동원은 음화(陰火)[24]라고 이름했는데, 그 조짐은 힘든 일과 즐기고 좋아하는 욕심에 있으니, 화(火)와 원기는 양립하지 않는 것입니다. (동원이 '**인삼**과 황기로 양기(陽氣)를 돕고, 생지항(生地黃)와 지모와 황백으로 음화를 물리친다' 한 것이다.) 비유하면, 열 아름의 나무라도 처음 난 어린 싹은 발로 긁어 끊을 수 있고, 손으로 흔들어 뽑을 수 있으니, 다 자라지 않은 것으로 친다면 아직 나타나지 않은 것에 앞섭니다. 그러나 열 아름이 되면 멀리서 바라보아도 나무가 되었음을 압니다. 사람도 병이 없으면 얼굴빛이 마치 가을철 날씨 같습니다. 귀가 조금 말라 있는 부인은 피가 말라서 근심스러운 빛이 있고, 맥을 짚으면 힘이 있는듯하다 또 힘이 없는 것 같으며, 점점 잦아지고, 신간동기 또한 약해집니다. 이때 진양은 이미 줄어들어 처음 난 어린 싹과 같습니다."

객이 말했다. "그 줄어든 모습이 어떻습니까?"

대답했다. "얼굴빛이 마치 가을철 날씨 같다는 것은 양기가 가득차지 않은 것입니다. 양(陽)이란 것은 가득 참으로써 일정하게 되는데,

---

24 음화(陰火) : 음식·노권(勞倦)·칠정(七情)·상(傷)으로 생긴 화이니, 외부 사기(邪氣)의 침입이 아닌 음정(陰精)의 고갈로 치솟는 화를 가리킨다.

말랐다는 것은 양이 빈 것입니다. 그러므로 귀가 마르면 마른 뒤에 반드시 애태우니, 부인의 피가 마르는 것은 화(火)의 조짐이 명문(命門)에서 일어난 것입니다. 명문이란 것은 비토(脾土)의 근원이며, 진양의 창고입니다. 모기(母氣)가 먼저 줄어듭니다. 대체로 피의 근원은 음식에서 생겨나는데, 지금 위(胃)의 기(氣)가 점점 허하고 피가 부족하기 때문에 마르면서 경수(經水)가 끊겼을 것입니다. 비록 그러하나 몸은 튼튼해 평소와 같고 한열(寒熱)과 해소(咳嗽)도 없어 세상 사람들은 그것을 모릅니다. 동원만 홀로 감온(甘溫)이나 감한(甘寒)[25]으로 비위(脾胃)를 돕고, 음화를 조화시켜야 한다고 했습니다."

또 말했다. "원기가 상한 것은 아직 드러나지 않았을 때 치료할 수 있습니다. 화(火)가 처음 드러난 것은 어린 싹이 이미 자란 것과 같습니다. 마땅히 **인삼**과 황기에 생지황, 지모, 황백을 써야 합니다. 이씨(李氏)는 '비위가 원기의 근본이 되니, 위의 기를 잃지 않고 감완(甘緩)[26]으로 음화 물리치기를 구한다면, 음화는 스스로 물러나고 원기가 설 것이다'라 했습니다."

객이 말했다. "단계가 이른바 '허화(虛火)는 **인삼**과 황기 따위로 도울 수 있다'는 것이 이것입니까?"

대답했다. "맞습니다. 평범한 의원은 이러한 이치에 부합하지 않는데, 어린 싹이 크고 우람하면 **인삼**과 황기의 대제(大劑)로 물리치면서 생지황, 지모, 황백을 더해야 함은 모릅니다. 땔감을 쌓아 불을 돕는

---

25 감온(甘溫), 감한(甘寒) : '감온'은 맛이 달고 성질이 따뜻한 약이며, '감한'은 맛이 달고 성질이 찬 약이다.

26 감완(甘緩) : 맛이 달고 성질이 평순한 약이다.

것이니, 그것은 마음을 다하지 않았다 하겠습니까? 어떤 사람은 '양 (陽)이 여유로우면 화(火)가 움직이기 쉽다.'고 했습니다. 자음(滋陰)을 늘 좋아하는 것은 긴 세월 땔감을 줄여 솥 안을 차갑게 하는 것이니, 텅 비는 재앙이 손바닥 들여다보듯 분명할 것입니다."

客問未發之火, 應之曰, 火未發也, 人無知之, 夫一室之燈火者, 命門之眞 火, 而氣之根元也. 是則越人所謂腎間動氣, 東垣所謂胃氣之本也. 火起於其中者, 命 門之火動也. 東垣名陰火, 其幾在勞役嗜慾, 火與元氣不兩立者也. 東垣以參, 芪補陰, 以生地, 知, 栢逐陰火者也. 譬十圍之木, 始生而蘖足可搔而絶, 手可擺而 拔據, 其未生先其未形也. 其及十圍, 則遠望知爲其樹. 夫人未病, 而面色 如秋令. 耳輪稍乾婦人者, 血涸而無憂色, 脉之如有力, 又似無力, 而漸數, 腎間動氣亦弱. 此時眞陽已虧, 猶始生之蘖. 客曰, 其虧如何? 曰, 面色如秋 令者, 陽氣不滿也. 陽者以滿爲常, 萎者陽虛也. 故耳乾, 乾而後必焦, 婦人 血涸者, 火之幾起于命門. 命門者脾土之母, 而眞陽之府也. 母氣先虧焉. 夫血之源生於飮食, 今以胃氣漸虛血不足, 故涸而經水斷矣. 雖然以壯健如 常, 而無寒熱咳嗽俗未知之. 東垣獨以甘溫甘寒, 而補脾胃和陰火. 曰, 元 氣賊也, 乃可治於未形也. 火始顯者, 猶蘖旣長也. 宜用參芪加生地黃知母 黃栢. 李氏者以脾胃爲元氣之本, 要不損胃氣, 而逐陰火, 以甘緩之, 則陰火 自退, 而元氣立焉. 客曰, 丹溪所謂虛火可補參芪之屬者, 是乎? 曰, 是也. 庸醫不會此理, 蘖長大, 却以參, 芪之大劑, 而不知加生地知栢. 積薪救火, 其可不究心乎? 或謂陽有餘火易動. 常好滋陰者, 日月減薪, 而釜中滄也, 虛虛之禍如指諸掌矣.

4. '가화(假火)'[27]

시진이 이렇게 말했습니다. "못 속의 아지랑이 모양은 마치 불이 들

판의 도깨비불 같고, 그 빛은 횃불 같다. 이는 모두 불과 비슷하지만 불이 아니다. 대체로 가화가 일어난 것이니, 가화에는 세 가지가 있다. 첫째는 음식과 피로함으로 말미암아 상초(上焦)와 중초(中焦)의 양기가 부족해 열이 나고 자한(自汗)하는 사람이 있으니, **독삼탕(獨蔘湯)**, **보중익기탕(補中益氣湯)**, **이공산(異功散)**, **이중탕(理中湯)**, **십전대보탕(十全大補湯)**의 몇 가지 논의를 참고해 감온(甘溫)으로 치료를 베푼다. 따뜻함이 몹시 더운 기운을 없앨 수 있다. 아직 드러나지 않았거나 이미 드러난 화(火)의 진짜와 가짜는 아주 비슷한 사이인데, 사람의 생사가 달려있다. 둘째는 힘든 일과 즐기고 좋아하는 욕심으로 말미암아 명문(命門)의 진화(眞火)가 움직여 살갗에서 떠돌다 흩어지고, 혹은 양기(陽氣)가 아래로 빠져 몹시 더운 기운이 마치 손을 단근질하는 것 같은 사람이 있는데, 차고 서늘함을 치는 약을 잘못 먹은 것과 같으니 명문의 원양(元陽)이 슬며시 약해지고, 심흉(心胸)의 동기(動氣)는 손을 두드리듯 하며, 두한(頭汗)은 물 흐르는 듯하다. 진화가 매우 빠르게 빠져 양(陽)을 잃는 사람은 반드시 죽을 것이다. 치료법은 **삼부탕(蔘附湯)**, 팔미환(八味丸), **십전대보탕(十全大補湯)**에 숙부자(熟附子)를 더하거나 혹은 **사군자탕(四君子湯)**에 부자(附子), 계피(桂皮)를 더해 약을 쓰면 떠돌다 흩어지던 진양(眞陽)이 단전에 돌아오고, 배꼽 아래 동기는 한곳에 모이며, 가열(假熱)은 즉시 떠나간다. 셋째로 수기(水氣)가 다해 화기(火氣)와 같은 것은 격양증(格陽症)[28]이다. 음(陰)이 다해 번조

---

28 격양증(格陽症) : 양(陽)이 몹시 성하여 음기와 조화되지 못하는 증세. 내부는 음(陰)이 왕성하나, 양의 증상이 나타나는 상태이다.

(煩躁)를 일으키고, 약간 갈증 나며, 얼굴이 붉고, 흙탕물이나 우물 속

에라도 앉거나 눕고 싶어지며, 맥에 힘이 없거나 혹은 맥이 전혀 없어

끊어지려고 하는 사람에게 **회양반본탕(回陽反本湯)**을 쓰면 편안한데,

사람들은 그것을 모르고 가화를 가지고 실화(實火)라 여기며, 음허(陰

虛)를 가지고 양허(陽虛)라 여긴다."고 했습니다. 아! 생사의 길이 여기

에 있으나, 털끝만큼의 차이가 천리만큼 어긋나게 되니 자세히 분별

하지 않을 수 있겠습니까?

假火

時珍曰, 澤中之陽焰, 狀如火野外之鬼燐, 其光如炬. 此皆似火, 不火者
也, 夫假火之發也. 約之有三. 其一曰, 因飲食勞倦, 有上中焦之陽氣虛爲
發熱自汗者, 參考獨參湯, 補中益氣湯, 異功散, 理中湯, 十全大補湯之數
論, 以甘溫施治, 溫能除大熱者也. 未發已發之火眞假疑似之間, 人之死生
繫焉. 二曰, 因勞役嗜慾, 有命門之眞火動, 而浮散于肌表, 或陽氣脫于下,
大熱如烙手者, 如誤服攻擊寒凉之劑, 則命門之元陽暗衰, 心胸動氣彈手,
頭汗如流. 眞火忽焉脫亡陽者死必矣. 治法參附湯, 八味丸, 十全大補湯,
加熟附子, 或四君子湯, 加附桂而投之, 則浮散之眞陽復于丹田, 臍下動氣
收歛, 假熱頓去. 三曰, 水極似火者, 格陽症也. 陰極發躁, 微渴面赤, 欲坐
臥於泥水井中, 脉來無力, 或脉全無欲絶者, 投回陽反本湯則安, 人不知之,
以假火爲實火, 以陰虛爲陽虛. 嗟! 生死之路頭在此, 差之毫釐繆以千里, 可
不詳辨乎?

5. 객열(客熱)이 콩팥 속에 들어간 것은 지모와 황벽으로 다스린다.

(화(火)를 내리는 치료법은 단계에 의지한다.)

客熱入腎中者, 以知母黃蘗之辨. 降火者依丹溪.

상한, 온열병, 두통(頭痛), 발열(發熱), 구건(口乾)에는 발표(發表)[29],

해기(解肌)[30]의 약을 여러 번 쓰고, 해질녘 발열이 더욱 심해지거나 혹은 낮에 증세가 가볍다가 밤에 무거우며, 맥이 잦고 눌러보아 힘이 없으면, 이것은 객사(客邪)가 콩팥 속에 들어가서 음허화동(陰虛火動)[31]이 된 것입니다. 육미환(六味丸) 재료로 탕을 만들어 지모, 황벽을 더해 약을 쓰면 안정됩니다. 또 발열, 담천(痰喘)으로 누울 수 없고, 호흡이 빠르며, 대변은 막혔고, 맥이 잦고 눌러보아 힘이 없는 사람은 자음강화탕(滋陰降火湯), 청리자감탕(淸離滋坎湯)으로 즉시 안정됩니다. 제가 몇 사람을 치료해 효과를 얻은 것입니다. 동원은 말하기를 "객사(客邪)와 주기(主氣)[32] 두 화(火)[33]가 서로 가까이해 열병이 되는 것이다."라 했습니다. 설씨와 장씨에게 의지하는 사람은 가화로 여겨 **인삼**과 백출을 쓰니 편안할 수 있겠습니까? (두문(斗文)이 자세히 읽었거나 한 번 눈길이 스쳤을 것이다.)

傷寒·溫熱病·頭痛·發熱·口乾, 屢服發表·解肌之藥, 而日晡發熱尤甚, 或日輕夜重, 脉之數按而無力, 是客邪入于腎中爲陰虛火動也. 以六味丸料爲湯, 加知母黃蘗投之則安. 且發熱痰喘不能偃臥, 呼吸促迫, 大便結, 脉數按而無力者, 以滋陰降火湯, 淸離滋坎湯而頓安. 予治數人得效者也. 東垣曰 客邪與主氣二火相接所以爲熱病也. 倚于薛氏張氏者爲假火, 施以參朮可安乎? 斗文熟讀一過矣.

---

29 발표(發表) : 땀을 내어서 겉(表)에 있는 사기를 없애는 치료법의 하나이다.

30 해기(解肌) : 외감병 초기에 땀이 약간 나는 표증을 치료하는 방법이다.

31 음허화동(陰虛火動) : 음양의 균형이 파탄되어 음이 허하자 화가 동하는 증상이다.

32 주기(主氣) : 4철 24절기에 풍(風)·열(熱)·습(濕)·화(火)·조(燥)·한(寒)의 6기가 땅 위에서 기후의 주요 현상으로 나타나는 것인데, 운기론에서 쓰는 말이다.

33 이화(二火) : 군화(君火)와 상화(相火)인데, 군화는 심화(心火)이고, 상화는 간·담·신·삼초의 화를 통틀어 이르는 말이다.

기두문 : 그대의 말은 깊은 이치가 매우 마땅하고, 선철의 논의도 효과가 큽니다. 쓰시마부터 에도에 이르기까지 이치를 말하고 병을 고치는 의술을 업으로 삼는 사람들은 옛 사람의 법을 많이 어겼는데, 오늘에야 그대가 총명하고 지혜로움을 바로 알겠습니다. 명문(命門)의 학설을 논한 것에 "하늘은 이 화(火)가 없으면 만물을 생겨나게 할 수 없고, 사람은 이 화가 없으면 오운(五運)[34]을 생겨나게 할 수 없다."고 했습니다. 『내경』에 "장화(壯火)[35]는 기(氣)를 소모시키고, 기는 소화(少火)[36]를 소모시키며, 소화는 기를 생겨나게 한다."고 했습니다. 이로써 명문이 약해지면 원양(元陽)이 모자라게 됨을 알 수 있는데, 옛 사람은 팔미환에 부자를 갖추어 화의 근원을 도와 음예(陰翳)를 없앴습니다. 음허(陰虛)의 증세는 황백과 지모를 조금 더하는 것이 옳습니다. 양허(陽虛)에는 어찌 차고 서늘한 약을 쓰겠습니까? 선의(仙醫)의 도(道)는 음양을 자세히 살피는 것이니, 그대는 아마도 동원(東垣)의 문(門)에 오를 수 있을 것입니다. 상한에 해질 무렵마다 열이 나는 것에 대한 학설은 열이 피에 있으니, **소시호탕(小柴胡湯)**에 사물탕(四物湯)을 합하면, 그 효과는 마치 신(神)이 좁은 대롱을 통해 보는 것과 같아서 이는 옳고 그름을 모르는 것과 같습니다.

敬答 斗文, 足下之所論深當祕理, 多效先哲之論. 自馬州至于江戶, 論理治

---

34 오운(五運) : 오행(五行)이 상승(相勝)하고 상생(相生)하며 운행하는 것을 가리킨다.

35 장화(壯火) : 지나치게 왕성해져서 몸 안의 정기(正氣)를 소모시키는 화이다.

36 소화(少火) : 정상적으로 가지고 있는 생기(生氣)의 화(火)이니, 몸의 정상적 생리활동을 유지하는데 필요한 양기이다.

療之業醫者, 多違古人之法, 今日正知足下之高明矣. 所論命門之說, 天
非此火不能生萬物, 人非此火不能生五運. 內經云, 壯火食氣, 氣食少火,
少火生氣. 以此可知命門衰, 則元陽虛, 古人八味丸有附子者益火之源,
以鎖陰翳也. 陰虛之証少加黃栢知母可也. 陽虛何用寒凉之劑乎? 仙醫
之道詳審陰陽, 則庶可登東垣之門矣. 傷寒日晡潮熱之說, 熱在血分, 小
柴胡湯合四物湯, 則其効如神管見如, 斯未知是否.

인삼을 사용하는 치료법

비위(脾胃)

『내경』에 말하기를 "오장은 모두 위(胃)에서 기(氣)를 받았고, 위는 오장의 근본이다."라 했고, 또 "진기(眞氣)는 하늘에서 받은 것인데, 곡기(穀氣)와 함께 몸을 채운다."고 했습니다. 이 때문에 동원노인(東垣老人)은 보신(補腎)과 보비(補脾)라는 귀중한 말을 내놓았습니다.

공씨(龔氏)[37]는 이렇게 말했습니다. "사람에게 생명이 있지만, 섭양을 잘못하거나 방로(房勞)가 정도를 지나치면 진양(眞陽)이 쇠약하고 무기력해진다. 감화(坎火)가 따뜻하지 않으면 비토(脾土)의 열을 오르게 할 수 없고, 충화(沖和)는 넓게 펴지지 못하며, 중주(中州)[38]는 움직이지 않는다. 이렇게 되면 마시고 먹는 일이 왕성하지 못하여 흉격(胸膈)이 막히고, 먹지 않아도 더부룩해지며, 이미 먹었더라도 소화되지

---

37 공정현(龔廷賢, 1522-1619) : 명나라 의원으로 자는 자재(子才), 호는 운림(雲林)이다. 태의원(太醫院) 의원 공신(龔信)의 아들로, 저서에 『만병회춘(萬病回春)』, 『제세전서(濟世全書)』, 『수세보원(壽世保元)』, 『종행선방(種杏仙方)』, 『운림신구(雲林神彀)』, 『본초포제약성부정형(本草炮制藥性賦定衡)』, 『노부금방(魯府禁方)』 등이 있으며, 부친이 편찬하던 『고금의감(古今醫鑑)』을 완성시켰다.

38 중주(中州) : 비(脾) 또는 비위(脾胃)를 가리킨다.

않아 대부(大腑)는 묽은 설사를 한다. 이는 모두 진화(眞火)가 쇠약하여 비토에 간직해 덥게 할 수 없어 그런 것이다. 옛사람이 이르기를 '보신은 보비만 못하다.'고 하였는데, 보비도 보신만 못하다는 말이다. 신기(腎氣)가 만일 굳세면 단전(丹田)의 화가 비토의 열을 오르게 해서 비토가 따뜻해지고 중초는 저절로 다스려지니 먹는 일을 왕성하게 할 것이다." (치료법은 팔미환 재료에 **인삼**과 백출을 더한다.)

제가 이를 따라 얻은 것은 신간동기(腎間動氣)입니다. 이것의 움직임을 알면 열은 차갑게 하고, 넘치는 것은 빼주며, 모자란 것은 조화시키고 더해줍니다. 또 느리게 하거나 급하게 할 수도 있습니다. 나이 50세 된 사람이 있었는데, 비위가 피곤해 고달프고 종창(腫脹)을 앓으며, 맥을 짚어보니 느리고 힘이 없었습니다. 어떤 의원이 말하기를 "위기(胃氣)가 모두 비었으니, 십이관(十二官)³⁹이 그 할 일을 잃은 것이다. 따라서 차례대로 전달해 보내는 것도 잃고, 늘 종창이 일어나서 **보중익기탕(補中益氣湯), 이공산(異功散)**을 몇 달 써도 효과가 없어, 반년이 지나서 죽었다."고 했습니다. 아! 꽉 막혔으니, 동원(東垣)의 귀중한 말로 흙덩이를 삼은 것입니다. 드러나지 않은 때에 **익기탕, 이공산**을 늘 쓰고 음식을 조절하며, 즐기고 좋아하는 욕심을 끊어 섭양(攝養)하면 반드시 치료할 수 있었으니, 느리더라도 이렇게 하는 것이 마땅합니다. 그 증세가 이미 일어나서 맥이 느리고 배가 불룩해지며 속을 태우고 괴로워하면 진화(眞火)를 온보(溫補)⁴⁰해서는 안 되니, 비위

---

39 십이관(十二官) : 십이장(十二臟), 즉 장부(臟腑)의 총칭이니 심(心)·간(肝)·비(脾)·폐(肺)·신(腎)·심포락(心包絡)·담(膽)·위(胃)·대장(大腸)·소장(小腸)·방광(膀胱)·삼초(三焦)이다.

(脾胃)가 무슨 이유로 치료되겠습니까?

50세 된 사람이 1년간 종창을 앓았습니다. 제가 5월 하순에 가서 맥을 짚어보니 느리면서 약했고, 배가 불룩했으며, 온몸은 크게 부어 뱃가죽이 찢어지려 했고, 대변은 저절로 설사를 했으며, 손을 쓸 수 없어 약을 먹을 때 곁에 있는 사람이 숟가락으로 주었고, 죽음이 늘 머물러 있었습니다. 저는 단전(丹田)의 진화가 줄어들어 매우 약해진 것이라고 생각했습니다. **인삼**·부자 각각 1돈 반, 백출·육계(肉桂) 각각 1돈, 건강(乾薑) 7푼을 약으로 만들어 주니 15일 만에 대변은 고르게 되었지만 소변이 막혀서 통하지 않았는데, 약을 강하게 쓴 지 15일 만에 오줌은 샘물이 솟아오르듯 했습니다. 중추(中秋)에 조금씩 걸었고, 초동(初冬)에 완전히 안정되었습니다. 이러한 경험을 살펴보니 치료법을 알 수 있었습니다. 양허(陽虛) 음화(陰火)인 사람이 있다면 마땅히 동원의 처방에 따라 치료를 베풀고, 양실(陽實)한 사람의 치료법은 아직 드러나지 않은 화(火)를 분별함에 있습니다.

脾胃

內經曰, 五藏者皆稟氣於胃, 胃者五藏之本也. 又曰 眞氣者所受於天, 與穀氣幷而充身也. 是以東垣老人, 補腎補脾之格言出焉. 龔氏曰, 人之有生, 不善攝養房勞過度, 眞陽衰憊. 坎火不溫不能上蒸脾土, 冲和失布中州不運. 是致飮食不進, 胸膈痞塞, 不食而脹滿, 或已食而不消, 大腑泄溏. 此皆眞火衰弱, 不能蒸蘊脾土而然. 古云 補腎不若補脾, 謂補脾不若補腎. 腎氣若壯, 丹田之火上蒸脾土, 脾土溫和中焦自治, 則能進食矣. 治法以八味丸料加參朮. 予因玆有所得者腎間動氣也. 知此動, 則熱者淸之, 實者瀉之, 虛者和之補之, 且有可緩者, 有可急者. 一人年五十, 因脾胃虛憊, 患腫脹, 診脈緩

---

40 온보(溫補) : 성질이 더운 보약으로 허한증(虛寒症)을 치료하는 방법이다.

而無力. 一醫曰, 胃氣一虛, 則十二官職失其所. 故傳送失, 常腫脹起, 與補中益氣湯, 異功散數月無效, 經半年而死. 噫! 迂緩哉! 以東垣之金玉爲土塊也. 隱微之時常用益氣異功, 節飮食絶嗜慾, 而攝養之, 則可必治之, 緩則宜如此. 其症已發, 脉緩而腹脹苦悶, 非溫補眞火, 則脾胃何因治乎? 又一人年五十, 患腫脹周歲. 予五月下浣行而脉之緩弱, 而腹脹一身腫大腹皮欲裂, 大便自利, 不能手服藥傍人以匙與之, 死在旦夕. 予以爲丹田之眞火衰微也. 以人參附子各一錢半, 白朮肉桂各一錢, 乾薑七分爲劑與之, 十五日大便調, 而小便不通, 强用之十五日, 小水如湧. 仲秋漸步, 初冬全安. 是以可參考焉. 又有陽虛陰火者宜據東垣而施治, 陽實者其治法在未發火之辨.

양(陽)을 돕다.

나이가 55세 된 사람이 힘든 일로 고생하며 풍한(風寒)[41]에 걸렸는데, 차가운 성질로 열을 내리고 흩는 약을 먹은 뒤로도 날마다 피곤해 고달프고, 발열(發熱) 자한(自汗)하며, 대변은 묽은 설사를 하고, 발등이 부어 병이 위중하게 되었습니다. 제가 맥을 짚어보니 느렸고 살펴보니 힘이 없었으며, 명치는 텅 비었고, 배꼽 아래의 움직임은 약하며 작았습니다. 이것은 명문지화(命門之火)가 약해져서 비토(脾土)가 허한(虛寒)[42]한 것입니다. 발열하게 된 사람은 신경(腎經)[43]의 허화(虛火)가 밖으로 두루 돌아다닙니다. 급한 대로 **인삼** 2돈, 부자 1돈 반으로 1첩을 만들어 양(陽)을 도왔고, 아울러 **사군자탕**에 부자와 계피를 더하여 약의 용량을 많이 해서 몇 첩을 쓰니 안정되었습니다.

---

41 풍한(風寒) : 풍사(風邪)와 한사(寒邪)가 겹친 병, 또는 찬바람을 쐬어 생긴 병이다.

42 허한(虛寒) : 정기(正氣)가 허하고 속이 찬 증상이 겸해서 나타나는 증세이다.

43 신경(腎經) : 12경맥(經脈)의 하나인 족소음신경(足小陰腎經)의 준말이다.

補陽

一人年五十五, 勞役而感風寒, 服淸熱解散之劑, 而後日日虛憊, 發熱自汗, 大便泄溏, 足跗浮腫到危. 予脉之緩按而無力, 心下空虛, 臍下之動虛微. 是命門之火衰, 而脾土虛寒也. 爲發熱者腎經虛火遊行於外也. 急可補陽, 以人參二錢, 附子一錢半爲一貼, 兼四君子湯, 加附桂爲大劑與之 數貼而安.

맥이 끊어졌지만 살고, 맥이 정상이지만 죽다

30세 된 사람이 있었는데, 여름철에 열증(熱症)을 앓았습니다. 의원을 바꿔 치료했으나 효과가 없었고, 20일 뒤 맥은 있는 듯 없는 듯했으며, 손발은 차가웠고 말을 못했으며, 보지 못했고 듣지 못했으며, 몸도 움직일 수 없어 살기를 꾀했으나 죽게 되었습니다. 제가 신간동기(腎間動氣)를 살펴보니 호흡은 있는 것 같았고, 또한 근기(根基)가 있는 듯 보였으며, 흉격(胸膈)에서도 급박하지 않았습니다. 곧 **인삼**과 부자 각각 10돈으로 약을 써서 다 마시자 몸을 뒤척일 수 있었고, 비로소 먹을 것을 찾았습니다. 손발은 따뜻했고 원양(元陽)은 배꼽 아래에 돌아왔으며, 맥은 한번 호흡에 5번을 뛰었는데 **부자이중탕(附子理中湯)** 몇 첩을 써서 안정되었으니, 신간동기가 끊어지지 않은 사람을 살릴 수 있는 이치가 있지 않겠습니까?

脉絶而生, 脉平而死.

一人年三十, 夏月患熱. 治療更醫無効, 二旬後脉如有如無, 手足厥冷, 口不語目不見耳無聞, 身不能動爲生爲死. 予察腎間動氣. 猶有呼吸, 亦似有根, 而不迫於胸膈. 仍投以參附各十錢, 迨飮盡能轉身始求食. 手足溫和, 元陽復臍下, 脉來五動, 與附子理中湯數劑而安, 非有腎間動氣不絶者, 可生之理乎?

35세 된 사람이 있었는데, 곽란토사(霍亂吐瀉)[44]에 손발이 조금 차가 웠고, 맥은 약하며 작아서 **삼부탕**과 **부자이중탕(附子理中湯)**을 몇 첩 썼지만 아무런 효과 없이 맥이 끊어졌고, 식은땀이 흐르듯 했으며, 두 손에서 팔꿈치에 이르기까지 얼음처럼 차가웠습니다. 뱃속의 음식도 토했고, 약도 토해 오래지 않아 죽을 것 같았습니다. 저는 '비록 맥이 없으나 토한 것을 보면 승기(升氣)는 가지고 있다'고 생각했습니다. 양 이 끊어지지 않았음을 알았는데, 잠심(潛心)함과 같았고, 증후(證候)는 신간동기가 머무는 곳에 있었으며, 목소리 또한 근기(根基)를 가지고 있었습니다. 실(實)이 허(虛)와 비슷한 것임을 알아 그에게 빈랑(檳榔) 1돈을 썼더니 토하던 것이 즉시 그쳤고, 손발이 따뜻해졌으며, 식은땀 도 그쳤고, 맥이 나타났습니다. 3돈을 계속 복용하자 음식 먹을 생각 을 했고, 불환금정기산(不換金正氣散)으로 조화롭게 하여 안정되었으 니, 맥이 끊어졌지만 사는 사람도 있지 않겠습니까?

一人年三十五, 霍亂吐瀉, 手足微冷, 脉虛微, 與參附湯, 附子理中湯數貼 無効, 脉絶而冷汗如流, 兩手氷冷至肘, 且嘔而吐藥, 死在須臾. 予以爲雖無 脉爲嘔吐者, 有升氣也. 知陽未絶猶潛心, 候之有腎間動氣之在, 聲音亦有 根. 知是實似虛, 與之以檳榔一錢, 而吐頓止, 手足溫暖, 冷汗止而脉見, 連 進三錢思食, 以不換金正氣散調和而安, 非有脉絶而生者乎?

58세 된 사람이 있었는데, 토사(吐瀉)한 뒤에 먹지 않아노 배가 점점 불러올라 팽팽해졌고, 덩어리 하나가 명치에 가로 놓였으며, 아무 때나 뱃속의 음식을 토했습니다. 어떤 의원은 상식(傷食)[45]이라 했고, 어떤

---

44 곽란토사(霍亂吐瀉) : 토하고 설사하는 급성위장병이다.
45 상식(傷食) : 음식에 의해서 비위가 상한 병증으로, 식상(食傷) · 식체(食滯)라고도 한다.

사람은 산기(疝氣)[46]라 하며 치료했지만 효과가 없었습니다. 맥은 한번
호흡에 5번을 뛰었는데 점점 약해졌으며, 신간동기(腎間動氣)는 전혀
없었습니다. 저는 '명문(命門)의 진화(眞火)가 매우 약해져서 비토(脾土)
가 허한(虛寒)하고, 식적(食積)[47]하여 나아가지 못하는 것'이라고 생각했
습니다. 『내경』에 말하기를 "건장한 사람은 기(氣)가 돌아 병이 낫고,
허약한 사람은 쌓여서 병이 이루어진다."고 했습니다. 평소 양기(陽氣)
가 돌 수 없기 때문에 쌓인 것이니, 어떻게 순기(順氣)하는 약으로 음식
을 소화시켜 돌게 하겠습니까? **인삼**, 부자, 생강, 계피, 축사(宿砂) 무리
가 아니면 치료할 수 없습니다. 약 기운이 이기면 치료할 수 있지만,
이길 수 없어서 도리어 더욱 토하게 되면 치료할 수 없는데, 3,4첩을
강하게 써도 토하는 것이 오히려 그치지 않았습니다. 저는 그가 죽으리
라는 것을 알았는데, 작별을 고하고 떠나간 지 30일이 지나 죽음을 알
려주었습니다. 이것이 맥은 정상인데도 죽는 증세입니까?

　一人年五十八, 吐瀉之後, 不食腹漸脹, 一塊橫心下, 不時有嘔吐. 一醫
爲傷食, 或爲疝氣治之無効. 脉五動稍弱, 腎間動氣全無. 予以爲命門眞火
衰微, 而脾土虛寒, 食積不行也. 經曰 壯者氣行則愈, 怯者著而成病也. 素
無陽氣之可行故著, 何以消食順氣劑而行乎? 不以參附薑桂宿砂之屬, 則無
可治之理. 藥氣勝之則可治, 不能勝之却愈爲嘔吐者不可治, 强與之三四
貼, 嘔吐猶不已. 予知其死, 仍辭去經三十日而告終. 是脉平而死之證乎?

---

46 산기(疝氣) : 고환이나 음낭이 커지면서 아프거나 아랫배가 켕기며 아픈 병증으로, 산증
　　(疝症)이라고도 한다.

47 식적(食積) : 비위(脾胃)의 운화(運化) 기능 장애로 먹은 음식물이 정체되어 생긴 적(積)
　　의 하나이다.

실(實)이 허(虛)와 비슷한 것은
약으로 배설시키거나 조화시킨다

25세 된 부인이 평소 허약하면서 화(火)의 조짐이 있어 지난해 **팔물탕(八物湯)**을 썼더니 안정되었다가 한여름에 곽란토사(霍亂吐瀉)를 앓았습니다. 맥은 있는 듯 없는 듯했고, 토한 뒤에 근육 경련이 심했으며, 팔다리가 차가워졌으니, 한여름 더위가 경락(經絡)을 마르게 한 것입니다. 사물탕에 생지황을 더하고 육계로 도와서 1첩을 쓰자 근육 경련은 즉시 그쳤으며, 손발이 미지근해졌고, 오심(惡心)이 있었으나 맥은 전과 같아졌으며, 잠잔 뒤에 눈 흰자위가 넓어졌고, 심하게 야위어 매우 위중했습니다. 어떤 의원이 진맥하고 말하기를 "치료할 수 없습니다. **인삼**으로 약을 짓더라도 살릴 수 있겠습니까?"라 했습니다. 온 집안이 그 말을 듣고 놀라 울며 갑자기 **인삼**으로 약을 지어 썼는데, 도리어 토하는 증세가 심해졌고, 거의 숨이 끊어지려고 했기 때문에 다시 저를 불렀습니다. 제가 사물탕을 먼저 써야 한다고 생각하는 사이에도 오심이 있었고, 근육 경련은 안정되었지만, 음식에 체한 것이 다가 아님을 알았습니다. 그러나 그 의원은 맥이 있는 듯 없는 듯한데도 **인삼**으로 약을 지어 써서 머물러 남아 있도록 도왔으니 더욱 토하게 된 것입니다.

지금 비록 맥이 약하고 토하더라도 충심(衝心)[48]하는 것은 양(陽)의 움직임입니다. 또 명치를 눌렀더니 아파했고, 배꼽 아래 동기(動氣)는 힘이 있는 것 같았는데, 이에 증세는 취(取)[49]했지만 맥은 얻을 수 없었습니다. 불환금정기산에 복령을 더하여 1첩 썼더니 토하던 것이 그쳤고, 2첩에 먹을 것을 찾았으며, 맥은 점점 이어졌고, 7첩에 자리에서 일어났으며, **팔물탕(八物湯)**으로 조리해 안정되었습니다. 허(虛) 속에 실(實)이 있는 것은 먼저 조화롭게 한 뒤에 그것을 돕고, 혹은 먼저 도운 뒤에 조화롭게 해야 합니다. 허실은 아주 비슷한 사이인데, 살리고 죽이는 일도 여기에 있습니까?

實似虛者, 或瀉之, 或和之.

一婦年二十五, 平素虛人, 而有火之幾, 去歲與八物湯而安, 仲夏患霍亂吐瀉. 脉之如有如無, 吐後轉筋甚, 手足厥冷, 是暑熱燥經絡也. 以四物湯, 加生地黃, 佐肉桂而與之, 一貼轉筋頓止, 手足得微溫, 而有惡心, 脉猶前, 睡後白睛多, 甚疲甚危. 一醫脉之曰, 不可治. 若以人參劑, 則有可生之理乎? 擧家聞之, 驚哭遽爾與人參劑, 却吐甚殆欲絶, 故又招予. 予以爲先用四物湯之間, 有惡心, 雖轉筋安, 知是停食不盡. 然一醫以脉如有如無, 與人參劑補住而益吐. 今雖脉弱吐, 而衝心者陽之動也. 且心下按而爲痛, 臍下動氣猶有力, 乃取症不可取脉也. 與之以不換金正氣散, 加茯笒一貼吐止, 二貼思食脉漸連續, 七貼而起床, 以八物湯調理而安. 虛中有實者, 先和而後補之, 或先補而後和之. 虛實疑似之間, 活殺在此乎?

30세 된 사람이 열증(熱證)을 앓았습니다. 날이 지나도 풀리지 않았

---

48 충심(衝心) : 병 기운이 가슴으로 치밀어 오르는 증세이다.
49 취(取) : 열이 좀 심할 때 성질이 찬 약으로 치료하거나, 사기가 있는 부위와 반대되는 부위를 택하여 치료하는 방법이다.

고, 의원도 3번 바꾸었으나 효과가 없었습니다. 귀먹어 소리를 듣지 못했고, 혀는 검게 타서 말을 못했으며, 몸은 매우 야위었고, 손으로 약을 먹을 수 없었으며, 몸은 움직일 수 없었습니다. **독삼탕(獨蔘湯)** 을 썼으나 죽음을 기다리게 되었습니다. 이웃사람이 두려워하자 그 부모가 뉘우치고 저를 불렀습니다. 가서 진맥하니 두 척맥(尺脈)[50]은 약하며 작았고, 명치를 눌러보니 맥이 있는 것 같았는데, 다만 주름 잡힌 얼굴이 참기 어려운 듯했습니다. 저는 실(實)이 허(虛)와 비슷한 상태임을 알고, 급히 조위승기탕(調胃承氣湯) 1첩을 썼더니 혀를 내어 놓고 약을 찾았으며, 2첩에 말을 할 수 있었고, 3첩에 먹을 것을 찾았으며, 뒤에 조리해 안정되었습니다.

一人年三十, 患熱. 經日不解, 三更醫無効. 耳聾舌焦黑不語, 其形甚疲, 而不能手服藥, 身不能動. 以獨參湯而俟斃. 隣人恐, 其父母之悔而招予. 行而脉之兩尺虛微, 而猶有按心下, 則只皺面如難堪. 予知實似虛, 急與調胃承氣湯一貼出舌求藥, 二貼而能言, 三貼而思食, 後調理而安.

아직 드러나지 않은 화(未發之火)

40세 된 사람이 10월에 얼굴빛이 안 좋아졌습니다. 몹시 게을러지고 눕기를 즐겼으며, 약간 해소(咳嗽)기를 띠었습니다. 앓지는 않았는데, 음식의 맛을 알지 못할 뿐이었습니다. 맥은 잦고 눌러보면 힘이 없었으며, 신간동기(腎間動氣)는 있는 듯하면서 없는 것과 같았습니다. 제가 놀라 치료했습니다. **사군자탕**에 당귀(當歸) · 축사(宿砂) 혹은 육

---

50 척맥(尺脈) : 촌구 3부맥의 하나인데, 척부위에서 나타나는 맥이다. 왼쪽 척에는 신(腎) · 방광, 오른쪽 척에는 명문(命門) · 삼초의 기능상태가 나타난다.

계를 더하여 원양(元陽)의 허(虛)함을 도왔습니다. 아울러 육미신기환
에 **인삼**·백출을 더하여 한편으로 원양을 돕고, 한편으로 진음(眞陰)을
도와 양(陽)이 실하도록 만들었습니다. 매일 이와 같이 쓰기를 마치
천평(天平)을 바로잡듯 해서 한 가지가 치우쳐 이길 수 없게 했습니다.
만약 양을 돕는 약에 치우치면 양만 왕성하고 음은 사라져 장화(壯火)
가 더욱 움직이게 되고, 만약 음을 돕는 약에 치우치면 양기가 줄어들
고 움직임을 게으르게 합니다. 그 또한 이러한 이치를 알고 약 먹기를
게을리 하지 않아 이듬해 3월에 이르자 비로소 안정되었습니다.

未發之火

一人年四十, 十月面色憂. 怠惰嗜臥, 微帶咳嗽. 然人未病, 只飮食不知
味而已. 脉之數按而無力, 腎間動氣如有似無. 予驚而治之. 以四君子湯, 加
當歸宿砂, 或肉桂助元陽之虛. 兼以六味腎氣丸, 加參朮, 一補元陽一補眞
陰, 而制陽實. 每日如此服之, 如彈天平一般不可偏勝. 若偏於補陽藥多,
則陽旺陰消, 而壯火愈動, 若偏於補陰藥多, 則陽氣減, 而懶動作. 彼亦知此
理, 服藥無怠, 至次年三月始安.

가화(假火)

40세 된 사람이 대두통(大頭痛)을 앓아 20일 동안 그치지 않았습니
다. 열이 났고 눈은 붉었으며, 머리와 얼굴에만 땀이 났고 발은 차가
웠습니다. 세 사람에게 머리를 감싸 안도록 시켰지만 오히려 견디기
어려워 했습니다. 맥은 느려져 깊이 진찰해도 전혀 잡히지 않았으며,
배를 잘 눌러보니 배꼽 아래 동기(動氣) 또한 작았습니다. 『난경』에
"진맥할 때에 뼈까지 닿도록 깊이 눌렀다가 손가락을 약간 뗄 때에 빠
르게 느껴지는 맥상(脈象)[51]이 콩팥의 맥기(脈氣)이다."라 했으니, 지금

깊이 진찰하여 뼈까지 닿도록 깊이 눌렀다가 손가락을 약간 뗄 때에
맥상이 전혀 없는 까닭은 명문(命門)의 진화(眞火)가 약해진 것이라고
생각했습니다. 급히 팔미환 재료에 **인삼**을 더해 탕을 만들고, 부자·
계피를 더해 마시게 했는데, 2첩에 머리 아픈 것을 잊은 듯했고, 20첩
에 안정되었습니다.

假火

一人年四十, 患大頭痛, 二旬不已. 發熱眼赤, 頭汗足冷. 使三人抱頭, 而
猶難堪. 脉之緩, 沈診全無, 其腹好按, 臍下動氣亦微. 予以爲難經曰, 持脉
按之, 至骨擧指, 來疾者, 腎部也. 今沈診至骨擧指全無者, 命門眞火衰. 急
以八味丸料爲湯加人參, 倍附桂進之, 二貼頭痛如忘, 二十貼而安.

25세 된 부인이 9월에 아이를 낳은 뒤로 입과 혀가 아프게 되었습니
다. 대변은 묽었고 가끔 하혈(下血)했는데, 봄이 되어도 낫지 않았습니
다. 기(氣)를 돕고 혈(血)을 도우며, 열을 내리는 약 모두 효과가 없었
고, 여러 의원이 재주를 다했지만 지쳐 야위었고, 앓아 누워있는 상태
가 죽 이어졌습니다. 5월이 되어 **보중익기탕**을 쓰자 손발이 붓고 열이
나며, 헛소리를 했고, 맥은 잦으며 격했고, 입과 혀를 더욱 아파했습니
다. 어떤 의원이 **인삼백출산(人蔘白朮散)**을 쓰고 음식을 먹지 않게 하
자 5일 만에 오줌을 누려고 했는데, 몸을 움직였으나 정신은 흐리멍덩
하여 죽은 것 같았습니다. 잠시 되살아났지만 얼굴빛은 짙푸르면서
누런색을 띠었고, 온몸이 부었으며, 가슴속 동기(動氣)는 손을 강하게
쳤지만 배꼽 아래의 움직임은 전혀 없었습니다.

---

51 맥상(脈象) : 손가락 끝에 느껴지는 맥의 상태이다.

선철(先哲)이 말하기를 "입과 혀가 아프게 되어 마시고 먹는 것은 생각도 못하고 대변이 부실한 사람은 중기(中氣)[52]가 허한(虛寒)한 것이다."라 했고, "입과 혀에 부스럼이 나서 먹는 것이 적고 변이 묽으며, 얼굴은 누렇고 팔다리가 찬 사람은 화(火)가 약하고 토(土)가 허(虛)한 것이다."라 했습니다. 이를 따라서 생각해보면, 본디 양기가 부족해 몸이 찬 부인이 몇 달간 차고 서늘한 기운을 얻어 명문의 진화가 매우 약해졌으니, 비토(脾土)에 간직해 덥게 할 수 없는 것입니다. 급히 **삼부탕**을 쓰고, 또 **부자이중탕**·팔미환에 **인삼**·백출을 더해 마셨는데, 5첩에 맥은 점점 줄어들었고, 가열(假熱)이 다 없어졌으며, 헛소리도 그쳤고, 배꼽 아래 동기가 조금 나타났으며, 30일간 섭양하여 안정되었습니다.

一婦年二十五, 九月産, 而後口舌爲痛. 大便溏, 或下血, 至于春不瘥. 補氣補血淸熱之劑俱不效, 諸醫技窮, 羸瘦臥床綿延, 而至于五月, 以補中益氣湯, 而手足浮腫, 發熱譫言, 脉數而擊, 口舌愈痛. 或以人參白朮散絶食, 五日欲尿而動身, 昏悶若死. 暫而甦, 其顔色蒼蒼帶黃, 一身浮腫, 胸中動氣彈手, 臍下之動全無. 先哲曰, 口舌爲痛, 飮食不思, 大便不實者, 中氣虛寒, 又曰, 口舌生瘡, 食少便滑, 面黃肢冷者, 火衰土虛也. 因玆思玆, 素虛冷之婦, 數月得寒凉, 而命門眞火衰微, 不能蒸蘊脾土也. 急以參附湯, 又投以附子理中湯, 八味丸, 加人參白朮進之, 五貼脉漸收, 假熱悉去, 譫言亦止, 臍下動氣稍見, 攝養三十日而安.

---

52 중기(中氣) : 중초(中焦)의 기인데, 음식물을 소화하여 흡수하고 배설하는 비위(脾胃)의 생리적 기능이다.

음양(陰陽)은 저울과 같다. (사람이 병에 걸리면 음양이 균형을 이루게 하고, 평소에는 진양(眞陽)이 여유 있도록 한다.)

나이 35세 된 사람이 열병을 앓았습니다. 열이 나고 이명(耳鳴)이 있었으며, 입안이 마르고 혀도 점점 말랐으며, 잠이 들면 사리에 어긋나는 말을 했고, 오심(惡心)이 있었으며 음식을 토했습니다. 어떤 의원이 열을 내리고 담(痰)을 삭히는 약을 썼는데 그것도 토했습니다. 저는 평소 담화(痰火)[53]가 있었음을 알고, 육미환 재료에 지모·황벽을 더해 썼습니다. 두 번 마시고나자 토하던 것은 즉시 그쳤지만, 이후로 해질 녘에 열이 나고, 입과 혀는 말랐으며, 맥은 약하고 잦았으며, 먹지 못했습니다. 오히려 허(虛) 속에 화(火)가 있음을 알고 청리자감탕을 쓰니 열은 줄어들었는데, 마음이 안정되지 않아 잠들지 못했고, 원기는 점점 약해졌습니다. 그래서 **이공산**으로 양기를 도우려고 여러 번 쓰니 음화(陰火)가 습격해서 또 청리자감탕 혹은 육미환 재료를 쓰자 화(火)의 기세가 느려졌고, **이공산·사군자탕**에 맥문(麥門)·오미자(五味子)를 더해 써서 한편으로 양(陽)을 돕고 한편으로 화(火)를 내렸습니다. 이같이 치료하니 5,6일 만에 객화(客火)가 땀이 되어 없어졌습니다. 뒤에 **이공산**을 써서 조리(調理)해 안정되었으니, 이로써 음양 가운데 한 가지로 치우치면 치료할 수 없음을 알 수 있습니다.

누군가 "객화는 맥이 약하고 잦으며 힘이 없어졌으니, 치료법을 제대로 얻은 것 같습니다. 그러나 이미 드러난 화는 어째서 청리자감탕으로 내리지 못합니까?"라고 했습니다. 그래서 제가 이렇게 대답했습니다.

---

53 담화(痰火): 담에 의해 가슴이 답답해지는 증상.

"당신은 어찌 그런 것도 생각하지 못하십니까? 이미 드러난 화는 드러나지 않은 진양(眞陽)이 먼저 약해지기 때문에 위기(胃氣)도 약합니다. 지금 객열(客熱)을 앓는 사람은 위기가 약하지 않기 때문에 차고 서늘한 것으로 안정된 것입니다. 그렇다고는 하지만 솥 안의 따뜻함을 잃을 수는 없으니, 차고 서늘함을 지나치게 쓰면 차가워져서 죽습니다. 생명을 사랑하는 손님께서는 가볍게 여기지 마시기 바랍니다."

陰陽如權衡. 人病則欲使陰陽如權衡, 常則欲眞陽有餘也.

一人年三十五, 患熱病. 發熱耳鳴, 口乾舌漸焦, 睡後譫語, 惡心嘔吐. 一醫與淸熱火痰之劑, 則吐之. 予知平素有痰火, 以六味丸料, 加知母黃蘗與之. 二次吐頓止, 而後日晡發熱, 口舌乾, 脉虛數而不食. 猶知虛中有火, 與淸離滋坎湯, 熱退則心神不寧, 寤而不寐, 元氣稍弱. 乃二異功散助陽氣屢與之, 則陰火襲來, 又與滋坎, 或六味丸料, 火勢緩, 則以異功散, 四君子湯, 加麥門五味子, 一補陽一降火如此施治, 五六日客火得汗而去. 後與異功散調理而安, 是以知陰陽不可偏勝矣. 客問曰, 客火脉虛數無力, 其治法如有所得. 然已發之火, 何不以降火滋坎乎? 曰, 客何不思之甚也? 已發之火, 其未發眞陽先衰, 故胃氣弱. 今患客熱者胃氣未虛, 故以寒凉而安. 雖然不可失釜中之溫, 過用寒凉, 則冷而死. 好生之客幸毋輕視.

화(火)가 맨 끝에 이르면 수(水)와 같아진다.

어떤 아이가 한여름에 열병을 앓았는데, 13일이 지나도 낫지 않았습니다. 어떤 의원은 화해(和解)시키는 약을 썼고, 어떤 의원은 황련해독탕(黃連解毒湯)을 썼지만 효과가 없었습니다. 또 다른 의원은 그 맥에 힘이 없었기 때문에 **가미익기탕(加味益氣湯)**을 썼지만, 열이 더욱 심해지자 저를 불렀습니다. 맥은 한번 호흡에 5번을 뛰었는데 느렸고, 누르면 약했으며, 때로 잦은 듯했습니다. 헛소리를 했고 귀먹어 소리를 듣지 못했으며, 입과 혀는 모두 검게 탔습니다. 소변은 붉으면서 잘 나오지 않았고, 대변은 3일간 막혀서 통하지 않았으며, 팔다리가 모두 차가워졌습니다. 저는 허실(虛實)도 깨닫지 못하고 먼저 **인삼**·백출을 썼는데, 1첩을 쓰자 맥이 더욱 약해졌고, 팔다리도 점점 더 차가워져서 마음속으로 괴로워했으니 어려움이 어떠했겠습니까? 그제서야 양증사음(陽症似陰)[54]임을 알고, 명치를 눌러 아픈가 아프지 않은가를 묻자 대답은 못하고 얼굴만 찡그렸는데 참기 어려운 빛이었습니다. 게다가 배꼽 아래 동기(動氣)가 힘이 있어 실열(實熱)임을 분명히 깨닫게 되었습니다. 급히 방풍통성산(防風通聖散)을 썼는데, 1첩을 쓰자 손발이 점점 따뜻해졌고, 3첩을 쓰자 먹을 것을 찾았으며, 몇 첩을 계속 쓰자 열이 반으로 줄어들어, **죽여온담탕(竹茹溫膽湯)**으로 조리해 안정되었습니다. (두문(斗文)이 자세히 읽었거나 한 번 눈길이 스쳤을 것이다.)

火極似水

一童仲夏患熱, 十三日不解. 一醫用和解劑, 或黃連解毒湯不効. 又更醫以其脉無力, 與加味益氣湯熱愈甚, 於是招予. 脉之五動緩按而弱, 時又如數. 譫言耳聾, 口舌俱焦黑, 小便赤澁, 大便三日不通, 四肢厥冷. 予未曉虛實, 先以參朮與之, 一貼脉之愈弱, 四肢倍厥冷, 心胸苦悶, 難如何? 仍知陽症似陰, 按心下而問痛不痛, 不答而只有皺面難忍之色. 且臍下動氣有力, 愈曉實熱. 急以防風通聖散, 與之一貼手足稍溫, 三貼而思食, 連進數貼熱減半, 以竹茹溫膽湯調理而安. 斗文熟讀一過矣.

기두문 : 병 치료와 약 사용에 대해 말씀하신 것은 옛 사람의 활투법(活

---

54 양증사음(陽證似陰) : 양증 증상이 음증 비슷하게 나타나는 증세이다.

套法)⁵⁵에 어긋남이 없으니, 동해(東海)의 천민(天民)이라 말할 수 있습니다.

敬答 斗文, 所論治病用藥, 無違於古人之活套法, 可謂東海之天民也.

기두문 (또 대답했다) : 방풍통성산은 풍(風)·열(熱)·조(燥) 3가지를 총괄하는 약이니, 이와 같은 상한(傷寒)의 증세에 그것을 쓰면 반드시 효과가 높다고 할 수 있습니다.

又, 防風通聖散, 風熱燥三者之總劑, 傷寒如此之症用之, 必効可謂高矣.

---

55 활투법(活套法) : 두루 쓰이는 격식이다.

이별의 선물 우황청심환

기타오 슌포 : 어젯밤에는 애쓰고 고생함을 마다하지 않으시어 새벽까지 높은 가르침이 많았으니, 어느 때인들 크신 사랑을 잊겠습니까? 아! 바다 구름 머나먼 곳인지라 이후 만남은 기약조차 어려운데, 종이를 마주하고도 멍해져 쓸 말을 모르겠습니다. 다만 큰 수레로 평안히 그대 나라에 들어가시기를 바랍니다.

謹啓 春圃, 昨夜不恐賢勞, 到于鷄鳴高敎多端, 何時忘鴻慈乎? 噫嘻! 海雲萬里, 後會難期, 臨楮惘然不知所裁. 只願高軒平安入于三韓矣.

기두문 : 어젯밤 우연히 만나 토해낸 말들이 지금까지도 잊지 않았습니다. 사행(使行) 일정이 매우 바쁘지만 평수상봉(萍水相逢)[56]한 것처럼 서로 손 잡고 차마 헤어지지 못하겠으며, 목이 메어 말하지 못하겠습니다. 날마다 잘 계시라는 이 말 외에는 더 드릴 다른 말이 없습니다.

　　금박 입힌 것은 **우황청심환(牛黃淸心丸)**입니다. 긴 것은 자금정

---

56 평수상봉(萍水相逢) : 물 위를 떠다니는 부평초가 서로 만났다는 뜻이니, 우연히 서로 만남을 비유한 말이다.

(紫金錠)[57]입니다. 둥근 것은 박하전(薄荷煎)입니다. 이별의 속마음을
이 약들에 옮겨 드립니다.

復 斗文, 昨夜偶逢吐論, 迨今不忘. 行期甚忙, 正所謂萍水相逢之事, 握
手不忍別, 嗚咽不成語. 連日好存, 此外更無他言.

金衣者牛黃淸心丸.

長者紫金錠.

圓者薄荷煎.

寫相別之衷.

기타오 순포 : 헤어짐을 앞두고 황공하게도 좋은 약 세 가지를 내려주
시니, 정말 깊이 감동되어 잊지 않겠습니다. 작고 흰 종이 1,000장을
삼가 드립니다. 부족하나마 헤어지기 서운한 마음을 베푸니, 물건
이 비록 보잘것없으나 웃으며 받아주시기를 간절히 바랍니다.

謹啓 春圃, 臨別辱賜良藥三種, 感佩實深. 謹呈小白紙千葉, 聊陳別意, 物
雖些甚幸冀笑納.

---

57 달리 만병해독단(萬病解毒丹)이라고도 한다.

부록 : 인삼을 잘못 쓴 처방들

첫째·둘째·셋째 아들이 말했다.

"지난해 아버지께서 의론(醫論)과 치료법을 (조선 양의) 기두문에게 올렸습니다. 지금 그 글을 읽어보니, 논한 바는 스스로 깨달아 얻은 요점을 모은 것입니다. 따라서 이해하기 어려운 점이 있으니, 진양(眞陽)의 기운을 솥 안의 뜨거운 물로 비유한 것은 그 주된 뜻을 보여 자세히 가르쳐 주십시오."

伯仲叔曰, 去歲家君, 以醫論治法呈于奇斗文, 今讀之, 其所論撮自得之要. 故有難曉者, 眞陽之氣比以釜中之溫湯, 其旨趣詳垂示教.

질문 : 소화가 변해 장화가 된다고 하셨는데, 지금 가르쳐 보이신 것은 소화란 것이 원기(元氣)임과 등불로 그것을 비유하셨으니, 그렇다면 원기가 변하여 장화기 되는 깃입니까? 천민은 "양기가 부족한 사람은 심경(心經)의 원양이 부족하다. 그 병은 오한(惡寒)이 많고, 화(火)가 없는 데 원인이 있다. 치료법은 기를 돕는 약에 오두(烏頭)·부자 등의 약을 더하는데, 심한 사람은 삼건탕(三建湯)이나 정양산(正陽散) 따위를 쓴다."고 했고, "음액(陰液)이 부족한 사람은 신경(腎經)의 진음(眞陰)이 부족하다. 그 병은 장열(壯熱)이 많고, 수(水)가 없는 데

원인이 있다. 치료법은 혈(血)을 돕는 약에 지모·황백 등의 약을 더하는데, 또는 대보음환(大補陰丸)·자음대보환(滋陰大補丸) 따위를 쓴다.”고 했습니다. 왕빙(王冰)의 주에도 “화의 근원을 도와 어두운 그늘을 없애고, 수의 근본을 굳세게 해서 밝은 빛을 누른다.”고 했으니, 그 뜻을 다했을 것입니다. 지금 명문을 가지고 원기(元氣)를 가리킨다고 가르쳐 보이셨으나, 심(心)에 대해서는 설명이 없습니다. 또 “수(水)가 없다.”고 말한 것은 진화(眞火)를 잘못 없애지 말라는 것입니까? 아직도 멀었으니, 자세히 들려 주십시오.

問, 少火變爲壯火, 今所示敎, 少火者元氣比之燈火, 然則元氣變, 而爲壯火耶? 天民曰, 陽虛者, 心經之元陽虛也. 其病多惡寒, 責無火. 治法, 以補氣藥中, 加烏·附等藥, 甚者三建湯·正陽散之類. 曰, 陰虛者, 腎經之眞陰虛也. 其病多壯熱, 責其無水. 治法, 以補血藥中, 加知母黃栢等藥, 或大補陰丸·滋陰大補丸之類. 王注曰, 益火之源, 以消陰翳, 壯水之主, 以制陽光也, 其意盡焉. 今示敎之, 以命門指元氣, 而不說心. 且云, 無水者, 勿誤減眞火也? 嗚呼! 迂哉! 乞聞其詳.

대답 : 마땅한 질문을 했으니, 나 또한 그것이 몇 년 동안 의문이었다. 그러나 이제 선철(先哲)의 격언(格言)을 가지고 병을 치료하면서 스스로 얻은 것이 있으니, 그 이유를 대강 설명하겠다. 대체로 소화(少火)가 변하여 장화(壯火)가 된다는 이론은 진화(眞火)가 변하여 장화가 된다는 것은 아니다. 원래 진양(眞陽)은 땅에 머무르다 화(火)로 나서 자라는 것이니, 굳세게 되면 원기를 해친다. 천민(天民)의 말로 깨우친 것을 깊이 생각해보면, 제대로 다 설명하지 못한 점이 있다. 후세 사람은 심장과 콩팥을 나누지 못했지만 모두 명문(命門)에 의지하니, 육미신기환(六味腎氣丸)으로 밝은 빛을 누르고, 팔미환(八味

丸)을 써서 화의 근원을 도우며, 또 **인삼**을 더하면 소화는 진양이 가득 차 왕성하게 할 수 있고, 기(氣)를 생겨나게 해 비토(脾土)가 조화롭게 할 수 있다. 내가 직접 치료하여 효험을 보았는데, 익숙치 못한 자들은 원기·원양(元陽)이 심장을 근본으로 하기 때문에 지모·황백으로 콩팥 속의 장화만 누르고, 열(熱)이 빨리 줄어들면 심장이 도리를 얻어 원기가 선다고 말한다. 이들은 진기(眞氣)가 위에만 있는 것으로 알고, 아래에도 있음을 알지 못한 것이다. 의원된 사람은 알 수 있고, 또한 지모·황백으로 장화를 누르는 것도 필요하지만, 비위(脾胃)를 잃을 수는 없으니, 이것이 세상의 중요한 치료법이다. 이들은 또한 진기가 음식물에서 생겨나 가운데에만 있다가 하초(下焦)에 미치지 못한다고 알고 있는데, 진기가 아래 있는 것은 정(精)을 기화(氣化)시켜 명문에 저장해 삼초(三焦)의 근본이 되는 것이다. (신간동기(腎間動氣)가 있다.) 심장과 콩팥에 저장된 정·기·신(神)을 보지 못하고, (장개빈은 "원기·원정(元精)은 명문에 머무르고, 원신(元神)은 심장에 머무른다."고 했다.) 소화가 끊어지면 신(神) 또한 잃어버린다. 진화란 것은 원기이고, 음화(陰火)란 것은 신병(腎病)이자 화를 생겨나게 하는 것이다. 음화가 진화에 더해지면 원기는 음화의 속에 있게 되니, 이것이 화와 원기가 양립하지 않는 까닭이다. 그러므로 지모·황백으로 등불을 끄지 못한다고 말했을 것이다.

答曰, 宜哉! 問我亦疑之數歲. 然今以先哲之格言, 臨病施治, 而有所自得, 粗述其故. 夫少火變爲壯火之理, 非眞火變而爲壯火. 固眞陽所寓之地生火而爲壯, 則傷元氣也. 所諭天民之語, 潛思之有未盡其源也. 後人不分心腎, 一依于命門也, 以六味腎氣丸制陽光, 用八味丸益火之源, 且加人參, 則少火能旺眞陽充塞, 而能生氣, 脾土調和焉. 我親治之, 而有効者

也, 初學謂元氣元陽主心, 故以知栢制腎中之壯火, 熱速退則心得常, 而
元氣立焉. 是但知眞氣在上者, 而不知在下者也. 能知醫之人, 亦要以知
栢制壯火, 而不可損脾胃, 是世間之大法也. 是亦知眞氣生於水穀, 而在
中未及于下焦也. 眞氣之下者, 氣化於精藏于命門, 以爲三焦之根本者
也. 腎間動氣在焉. 不見乎精氣神藏于心腎, 張介賓云, 元氣元精寓于命門, 元神舍
于心也. 少火絶則神亦去焉. 眞火者元氣, 陰火者腎病, 而所生之火也. 介
賓云 腎熱骨蒸者, 以地骨皮者也. 陰火加于眞火, 則元氣在陰火之中, 是所以火
與元氣不兩立也. 故云, 以知栢勿滅燈火矣.

질문 : 동원(東垣)은 "비위(脾胃)로 근본을 삼고, 위기(胃氣)로 원기의 근
원을 삼으면, 화와 원기는 양립하지 않으며 원기가 상하지도 않는
다."라 했고, 또 **"인삼**·황기로 원기를 돕고 화사(火邪)[58]를 배설시킨
다."고 했습니다. 단계(丹溪)는 "허화(虛火)는 **인삼**·황기 따위로 도
울 수 있다."고 했습니다. 저희들은 정기(正氣)를 길러 사기(邪氣)가
저절로 없어지는 이치로 화가 움직이는 사람에게 **인삼**·황기의 대
제(大劑)를 강하게 썼지만 보람이 없었습니다. 가화(假火)로 열이 심
한 사람에게도 **인삼**·황기를 썼는데, 열이 빨리 줄어들었습니다. 그
렇다면 동원의 말은 가화를 가리켜 말했던 것입니까? 그 치료법을
알려주십시오.

又問, 東垣曰, 以脾胃爲主, 以胃氣爲元氣之源, 火與元氣不兩立, 且元氣之
賊, 又曰, 人參黃芪益元氣, 而瀉火邪. 丹溪曰. 虛火可補參芪之屬也. 僕
等以養正邪自除之理, 火動者强投參芪之大劑, 而無有功. 假火大熱者投
參芪, 熱速退然, 則東垣之語指假火言之乎? 其治法示之.

---

58 화사(火邪) : 온사(溫邪)·열사(熱邪)·서사(暑邪)와 같은 속성을 가지고 있지만, 그보다
열의 속성이 더 심한 사기(邪氣)이다.

대답 : 동원이 "위기로 원기의 근본을 삼는다."고 한 것은 보신(補腎)이 보비(補脾)만 못하다는 뜻일 것이다. 위기란 무엇이냐? 사람 몸의 따뜻함이 되고, 따뜻함은 기(氣)를 생겨나게 하며, 기는 보고 들으며 말하고 움직이게 한다. 따뜻함은 음식을 소화시키고, 그 근원은 명문(命門)에 있으며 신간동기(腎間動氣)가 되는데, 공씨는 그것을 밝혀 "소심(少心)이니 곧 소화이다."라 했고, 다시 "명문이 약해지면, 감화(坎火)가 따뜻하지 않고, 비토(脾土)의 열을 오르게 할 수 없다." 고 했다. 허학사(許學士)[59]가 "보비는 보신만 못하다." 했고, 공씨는 대개 그 말을 따라 "**인삼** · 부자 · 생강 · 계피 · 숙지황(熟地黃) 따위로 감화를 도우면, 비위가 소화시키고 신수(腎水)도 여기에 생겨날 수 있다"고 했을 것이다. 감화는 곧 신간동기이다. 사람이 병들면 맥이 있는 듯 없는 듯하고, 보고 들으며 말하고 움직일 수 없게 되며, 동기(動氣)가 끊어지면 신(神)도 잃어버려 죽는다. 끊어지지 않고 작지만 가늘게 이어지는 듯하며, 신이 떠나려 하는 사람은 **인삼** · 부자를 얻으면 동기가 나타나고, 곧 맥이 점점 이어지며, 신도 다시 몸을 돈다. 그제서야 비로소 다른 사람을 알아보고, 말을 시작한다. 나는 이로써 위기의 근본은 명문의 원양(元陽)이 됨을 깨달았다. 그것을 알게 되면 음화(陰火)와 가화도 확실해지니, 철인(哲人)의 말이 마치 부계(符契)[60]처럼 딱 들어맞았다. 왕태복(王太僕)은 "장수(壯水)의 근

---

59 허학사(許學士) : 허숙미(許叔微). 자는 지가(知可), 호는 근천(近泉)으로, 송나라 진주(眞州) 사람이다. 신인(神人)이 꿈에 나타나 '선을 행하고 덕을 쌓아야 한다'고 가르쳐 주었고, 이를 실천해 이름난 의원이 되었다. 『상한발미론(傷寒發微論)』・『상한구십론(傷寒九十論)』・『유증보제본사방(類證普濟本事方)』 10권, 『상한백증가(傷寒百證歌)』 5권, 『치법팔십일편(治法八十一篇)』・『중경맥법삼십육도(仲景脈法三十六圖)』 등이 있다.

본에 화의 근원을 더한다." 했고, 허학사는 "보비는 보신만 못하다."
했으며, 동원은 "위기를 도와 음화를 물리친다." 했고, 공씨는 "한편
으로 음을 돕고 한편으로 양을 도와 음양으로 하여금 균형을 맞추
게 해야 한다."고 했으니, 이로써 그것을 알 수 있다.

　또 화와 원기가 양립하지 않는다는 판단은 배꼽 아래 부위의 음
화가 성대하게 일어나는 듯한 사람이 있으면 생지황과 황벽을 더하
라는 말이지, 가화(假火)를 말함은 아니니, 단계(丹溪)의 총명함이 어
찌 가화에 미혹되겠는가? 그러나 뒤따라 배운 사람들이 참과 거짓
을 분별하지 못하고, 양허(陽虛) 음화(陰火)인 사람에게 **인삼**·황기
의 대제(大劑)를 잘못 쓰고는 단계의 말을 핑계 대니, 동원(東垣)의
지혜와 식견도 깨닫지 못한 것이다. 따라서 내가 아직 일어나지 않
은 화(火)를 구분하여 말했던 것이다. 화가 일어남에 느리고 빠른
사람이 있는데, 느린 사람은 **인삼**·황기·당귀·감초에 신기환(腎氣
丸) 따위를 함께 먹으면 병이 조금 나을 수 있다. 화가 점점 왕성해
지며 원기(元氣)가 부족한 사람은 한편으로 음(陰)을 돕고 한편으로
양(陽)을 도와야지, 위기(胃氣)를 잃고 그것을 치료할 수 없다. 치료
하기 많이 어려운 경우는 심한 열이 있으면서도 가화인 사람인데,
인삼·부자·생강·계피를 쓰면 나으니, 자세히 살피면 치료할 수
있을 것이다.

答曰, 東垣以胃氣爲元氣之本, 曰, 補腎不如補脾矣. 胃氣者何也? 爲人身
之溫, 溫生氣, 氣爲視聽言動, 溫消化飮食, 其源在命門, 而爲腎間動氣,

60　부계(符契) : 부신(符信)의 한 가지인데, 금·옥·대나무 등으로 만들어 그 위에 문자를
　　쓰고, 둘로 나누어 각각 한 쪽씩 가졌다가, 사용할 때 이를 맞추어 신표로 삼았다.

龔氏曉之曰, 少心則少火也, 復曰, 命門衰, 則坎火不溫, 不能上蒸脾土
也. 許學士曰, 補脾不如補腎, 龔氏蓋因之, 以參附姜桂熟地之屬補坎火,
則脾胃能消化, 腎水生玆矣. 坎火則腎間動氣也. 人病脉如有如無, 不能
視聽言動者動氣絶, 則神去而死也. 未絶而微如縷欲神脫者, 得參附而動
氣見, 則脉稍連續, 神復轉身. 初知人始言語. 我以是曉胃氣之本爲命門
之元陽也. 能知之, 則陰火假火判然也, 哲人之語如合符契. 王太僕 壯水
之主益火之源, 許學士 補脾不如補腎, 東垣補胃氣逐陰火, 龔氏一補陰
一補陽, 使陰陽如權衡也, 以是可知之. 且火與元氣不兩立之決, 有下元
陰火蒸蒸然者, 加生地黃蘗之語, 非言假火也, 丹溪之明, 何可惑于假火
耶? 然後學者不辨眞假, 以陽虛陰火者誤投參芪大劑, 而託丹溪之語, 不
曉東垣之底蘊. 故我言未發火之辨者也. 夫火之發也有緩急, 緩者以參芪
當歸甘草, 兼服腎氣丸之類, 則間得愈, 火稍盛而元氣虛者, 一補陰一補
陽, 不可損胃氣而治之. 多難治, 雖有大熱假火者, 以參附姜桂則愈, 詳
察之可施治矣.

질문 : 시진(時珍)은 왕빙(王氷)의 말을 가려 뽑아 음화(陰火)와 양화(陽
火)를 설명했는데, "음화란 것은 습(濕)을 얻으면 타오르기 시작하
고, 수(水)를 만나면 불길이 더욱 세차게 되니, 수(水)로 그것을 꺾으
려 하면 세찬 불꽃이 하늘에 이른다."고 했습니다. 요즈음 의원 가
운데 이 말을 따라 음화를 보면 **인삼**·부자의 대제(大劑)를 쓰는 자
들이 있는데, 이러한 이치는 어떻습니까?

問, 時珍取土氷之語, 說陰火陽火, 曰, 陰火者得濕愈焰, 遇水益熾, 以水
折之, 則光焰詣天. 今世之醫因此語, 見陰火, 則有以參附大劑者, 此理
如何?

대답 : 당연한 말이니, 왕빙의 말을 의심하겠느냐? 대체로 음화가 있
고, 가화(假火)가 있는데, 세상 사람들은 두 종류를 나눌 줄 모른다.

어쩌다 가화가 있는 사람에게 **인삼**·부자를 써서 세찬 불꽃이 갑자기 줄어들면 이러한 이치가 꼭 들어맞는다고 여긴다. 다시 음화를 보면, "용화(龍火)[61]의 불길이 매우 세차면 화(火)로 물리치는데, 곧 불태워 저절로 사라지면 불씨도 꺼진다."고 말하고, 마침내 **인삼**·부자·생강·계피의 따뜻하고 더운 약을 쓰면 며칠 안에 죽는다. 어찌 그리 어리석은가! 옛 사람이 이르기를

"속된 의사(醫師)는 경서(經書)의 논의를 따르지 않고 바로 처방전을 주며, 그 처방으로 병을 치료하다보면 오히려 병을 얻게 되는 사람도 있다. 번번이 죽고 삶을 근거 없이 추측으로 판단하니, 경서를 알고 옛사람을 배운 자와는 함께 논할 수 없을 것이다."

라고 했다. 어찌 참된 말이 아니겠느냐? 동원(東垣)의 치료법에

"양환(兩丸)[62]이 차갑고, 전음(前陰)이 위축되어 약하며, 음한(陰汗)이 물 흐르듯 하고, 소변 뒤에 남은 오줌방울이 있으며, 엉덩이도 함께 전음처럼 차가워 오한(惡寒)으로 따뜻함을 좋아하며 배꼽 아래 또한 차가운 사람은 **고진탕(固眞湯)** 속에 용담초(龍膽草)·택사(澤瀉)·지모·황백의 차고 서늘한 약을 쓴다."

고 했다. 또

"부인의 경수(經水)가 그치지 않고 우척맥(右尺脈)[63]을 눌러봐서 텅 빈듯하면, 이는 기(氣)와 혈(血)이 함께 빠져 크게 한(寒)[64]한 증세이

---

61 용화(龍火) : 신화(腎火), 명문지화(命門之火)이다.
62 양환(兩丸) : 고환(睾丸)을 가리킨다.
63 우척맥(右尺脈) : 오른쪽 촌구의 척 부위에 나타나는 맥인데, 여기에서 명문과 삼초(三焦)의 기능 상태가 나타난다.

다. 그 맥을 가볍게 볼 때 잦고 빠르며, 손가락을 약간 뗄 때 급하고 팽팽하거나 또는 거칠면, 모두 양기가 몹시 소모되어 위중한 증세이다. 음화 또한 없어져 입·코·눈에 열증(熱證)이 보이고, 어떤 사람은 갈증(渴症)이 있는데, 이는 모두 음조(陰躁)해 양(陽)이 먼저 없어지려 하는 증세이다. 이에 대한 치료법은 혈(血)과 기(氣)를 크게 올리고, 급히 명문(命門)의 아래로 소모된 것을 도와야 한다. 승양거경탕(升陽擧經湯)에 **인삼**·황기·육계(肉桂)·부자·숙지황의 많이 따뜻한 약을 주로 하고, 올리는 약으로 돕는다."

고 했다. 나는 이 때문에 늘 탄식했다. 아! 못난 나는 동원(東垣)이 설명한 것이 **보중익기탕(補中益氣湯)**인 줄로만 알았다. 음식과 피로가 비위(脾胃)를 상하게 하는 것만 염려하고, 위기(胃氣)가 상하게 되는 것은 모른 채 안정시키고 조화시키는 약만 썼던 것이니, 보(補)·사(瀉)·온(溫)·량(凉)의 험난한 곳에는 이르지도 못했다. 이는 그 근본을 알지 못했기 때문이다. 이씨가 맥을 밝혀 주장함이 이와 같은데, 온(溫)에는 이를 수 있으나 한(寒)에는 이를 수 없으니, 요즈음 사람들이 어떻게 그것을 알 수 있겠느냐? 나는 늘 부귀한 사람들을 만나봐서 온(溫)을 따랐고, 보법(補法)을 좋아했으며, 한(寒)을 염려했고, 사법(瀉法)을 싫어했다. 의원들은 또한 풍속에 따르고 부인들에게 자랑하며, 부족함을 보면 음화(陰火)와 가화(假火)를 논하여 나누지도 못하고, **인삼**을 치우치게 써서 음화는 양을 돕는데 힘입어 홀로

---

64 한(寒) : 6음(六淫)의 하나로 음사(陰邪)에 속하고, 양기(陽氣)를 손상하기 쉬우며, 기혈(氣血)의 활동에 영향을 미친다. 인체의 양기가 부족하고 위기(衛氣)가 견고하지 못하면 한사(寒邪)의 침입을 받아 병이 되기 쉽다.

왕성해져도 음양(陰陽)으로 하여금 균형을 잡게 해야 함을 모른 채, 오직 **인삼** · 부자의 효과가 미치지 못할까만 염려한다. 양만 있으면 자라지 못하고 죽는데, 비록 죽더라도 그 이치를 깨닫지 못한다. 늘 한(漢) · 당(唐)대만 높이고 원(元) · 명(明)대를 업신여기는 의원들이 이러한 경우를 만나면 "허증(虛證)인데 도움 받을 수 없는 사람은 치료하지 못한다."고 말하니, 아! 돌아보지 못함이 심하구나!

答曰, 宜哉! 惑于王氷之語耶? 夫有陰火有假火, 俗不知分二物. 偶有假火者, 而投參附, 光焰頓退, 則以爲此理適中也. 復見陰火曰 龍火之熾盛, 以火逐之, 則燔灼自消, 焰火其減也. 卒投參附姜桂之溫熱, 不日而死. 何爲其愚哉! 前人謂, 俚俗醫師, 不由經論, 直授藥方, 以之療病, 非不或中至於遇病, 輒應懸斷死生, 則與知經學古者, 不可同日語矣. 豈不眞乎? 東垣治法曰 兩丸冷, 前陰痿弱, 陰汗如水, 小便後有餘滴, 尻臀幷前陰冷, 惡寒而喜熱, 臍下亦冷者, 固眞湯之中, 以龍膽草澤瀉知栢之寒冷. 又曰, 婦人經水不止, 如右尺脉按之空虛, 是氣血俱脫, 大寒之證. 輕手其脉數疾, 擧指弦緊或澁, 皆陽脫之證. 陰火亦亡, 見熱證於口鼻眼或渴, 此皆陰躁陽欲先去也. 此法當大升浮血氣, 切補命門之下脫也. 升陽擧經湯人參 · 黃芪 · 肉桂 · 附子 · 熟地之大溫爲主, 佐以升浮之藥. 我以是常歎息. 嗚呼! 庸醫說東垣者, 只知補中益氣湯. 恐飮食勞倦傷脾胃, 而不知所以胃氣之見傷, 所施平和之劑, 而不至于補瀉溫凉之嶮處. 是不求其本之故也. 李氏之明持脉如此, 其溫可及也, 其寒不可及也, 今人何得知之乎? 予常見富貴之人, 就暖喜補恐寒惡瀉. 醫亦隨俗衒婦, 見虛則不分論陰火假火, 偏投人參, 陰火得補陽, 獨旺不知使陰陽如權衡, 惟恐參附不及也. 孤陽不長而死, 雖死不曉其理也. 彼常高漢唐卑元明之醫, 及此時遽爾曰 虛證不受補者不治也, 噫嘻! 不顧之甚哉!

질문 : 저희들이 듣기로는, "위기(胃氣)가 없는 사람은 비록 **인삼** · 부자라도 이길 수 없기 때문에 죽는다."고 합니다. 이것이 "허증(虛證)인

데 도움 받을 수 없는 사람은 치료하지 못한다."는 말입니다. 그러나 별도로 의견이 있으십니까?

問, 僕聞無胃氣者, 雖參附不能剋化故死. 是虛證不受補者, 不治之說也. 然別有所見哉?

대답 : 자세하게 물었으니, 치료법으로 말해주겠다. 대체로 의원은 죽고 삶을 살핀다. 서리를 밟아보지 않고 단단한 얼음을 알 수는 없다. 옛사람이 이르기를,

"위기가 없는 사람은 죽을 것이다. 약으로 이길 수 없는 사람은 대부분 병을 앓는 맨 마지막 단계인데, 그 끝을 설명할 수 없고, 그 처음도 말할 수 없다."

라고 했다. 내게 그 처음을 말해 달라고 한다면, "도움 받을 수 없음을 안다."는 것은 맥을 짚어 명치의 허실(虛實)을 살피고, 신간동기(腎間動氣)를 찾으며, 치료법을 자세히 안 뒤에 의심이 없게 될 뿐이다. 죽고 삶을 판단하는 공부는 쉬울 수 없다.

答曰, 詳哉! 問予亦以治法言之. 夫醫之察死生也. 不可不蹈霜知堅氷. 古云, 無胃氣者死矣. 不能剋化藥者, 多疾之末者也, 未有說其末, 不言其始者也. 請我言其始, 所以知不受補者, 診脉察心下虛實, 探腎間動氣, 詳于治法, 而後可無疑耳. 斷死生之工夫, 不可容易也.

내가 마음 쏟았던 치료를 말해 주겠다. 30세가 채 되지 않은 어떤 부인이 경수(經水)가 끊어진 지 5개월 되었는데, 몸은 평소같이 튼튼했지만 표정과 얼굴빛이 점점 앓는 듯 보였으며, 목소리도 작고 쉰 듯했다. 내가 늦봄에 맥을 짚어보았는데, 힘이 없고, 점점 잦았으며, 신간동기는 나아갔으나 작았다. 이것은 음과 양이 부족해 화(火)가 있는

것이다. 한편으로 음을 돕고 한편으로 양을 도와 치료할 수 있다. 그러므로 내가 **인삼**·백출 따위를 썼더니 얼굴이 붉어지고 이명(耳鳴)이 있었으며, 숙지황·맥문동·오미자 따위를 쓰자 흉격(胸膈)에 막혀 얹혀 있었다. 나는 이 부인이 가을이 되면 반드시 자리에 누울 것이라 생각했다. 이것이 "허증(虛證)인데 도움 받을 수 없다."는 경우이다. 10일을 치료하고, 가까운 친척에게 그녀가 죽게 될 것임을 설명했다. 작별을 고하고 떠나간 뒤에, 9월이 되자 죽었다는 소식이 왔다.

予所潛心者, 不過之一婦年三十, 經斷五箇月, 壯健如常, 而神色稍患, 聲微嗄. 予季春之間, 診脉虛而漸數, 腎間動氣進而小也. 是陰陽虛而有火. 其法可一補陰一補陽而治之. 故予以參朮之屬, 則面赤而耳鳴, 以熟地麥門五味之屬, 則停滯于胸膈. 予以爲此婦必以秋臥床. 是虛證不受補者也. 治療十日, 說其死於親屬, 而辭去到于九月告終.

또 30세를 넘은 어느 남자가 술과 여색을 지나치게 좋아했는데, 겨울에 요통(腰痛)을 앓다가 **십전대보탕(十全大補湯)**을 써서 점점 안정되었다. 그러나 낫지는 않더니, 초봄에 자리에 눕게 되었다. 오전에는 음낭(陰囊)이 매우 차갑고, 오후에는 얼굴이 붉어지고 열이 나며, 밤에는 땀이 나다 풀렸다. 날마다 이와 같아서, 몇 번이나 의원을 바꿨다. **팔물탕(八物湯)·대보탕(大補湯)·보중익기탕(補中益氣湯)·귀비탕(歸脾湯)·사군자탕(四君子湯)·육군자탕(六君子湯)** 등이 효과가 없었다. 어떤 의원은 신기환(腎氣丸) 재료를 썼는데, 먹는 것이 줄었으므로 강하게 쓰지 않고 몇 달 동안 자리에 누웠는데도 태연했다. 내가 한여름에 맥을 짚어보니 힘이 없고 잦았다. 이것 또한 음(陰)과 양(陽)이 부족해 화(火)가 있는 것이다. 나는 그것을 염두에 두고, **인삼**·부자를 두

배로 더해서 오로지 열(熱)만 더할 수 있었다. 비록 그러하나 만일 가화(假火)라면 살릴 수 있는 이치가 있었기에, 곧 **사군자탕**에 당귀·부자를 더하고 **인삼**을 두 배로 쓰자 몇 첩 지나지 않아 화가 강해졌다. 따라서 **인삼**과 **팔물탕**·신기환 재료를 줄였더니, 명치에 막혀 머물러 있었다. 이 또한 "허증(虛証)인데 도움 받을 수 없다."는 경우이다. 작별을 알리고 떠나간 뒤, 가을에 이르러 죽었을 것이다.

다만 위기(胃氣)가 부족해 아래로 처져 발등이 부은 사람은 양을 도와 치료할 수 있다. 그러나 **인삼**·부자를 써도 효과 없는 사람은 죽는 증세이다. (명문(命門)의 소화(少火)가 약해지면, 위기(胃氣)의 근원도 끊어진다.) 이 증세에는 치료할 수 있는 것과 없는 것이 있다. 온보(溫補)를 얻어 양기(陽氣)가 돌아다니면 발등 부은 것이 다 없어지고 병도 낫는다. 병이 낫지 않는 사람은 음화(陰火)가 있고, 진화(眞火) 또한 약해서 음화가 **인삼**·부자를 받아들이지 못하기 때문에 반드시 죽을 것이다. 사람에게는 기(氣)·혈(血)·담(痰)·식(食)·충(蟲)·적(積)[65]이 있고, 약 기운 가운데 나쁜 것도 있으며, 객열(客熱)·주열(主熱)이 있다. 양이 부족해 화가 있으면, 그 부족함을 보고 그것을 도와도 흉격(胸膈)에 막혀 머물러 있고, 거듭 그것을 쏟아내면 지친다. 다만 허(虛)와 실(實)이 함께 보이는 사람이 있으면, 한편으로 보법(補法)을 쓰고, 한편으로 사법(瀉法)을 쓰며, 한편으로 화법(和法)을 쓰는 사이에 진화가 약해지는지 아닌지를 살필 수 있다. 또 충적(蟲積)[66] 따위에 그 부족함이 끝에

---

65 적(積) : 배속에 생긴 덩이인데, 아픈 부위로 이동되는 일 없이 고착되어 있는 병증이다.
66 충적(蟲積) : 배속에 있는 기생충 때문에 생기는 병이다.

이른 것 같은데도 도움을 받지 못하는 사람이 있다면, 그것을 조화롭게 해야 효과를 얻는다. 이와 같은 것들은 증세에서 얻지만, 맥에서는 얻을 수 없다. 표정과 얼굴빛을 관찰해 살피고, 명치의 허실(虛實)을 눌러보면 죽고 삶을 판단할 수 있다.

　내 비록 좋은 스승의 가르침은 없었지만, 선현의 귀중한 말을 마음에 새기고 뼈에 새겨, 그 알맞은 이치로 병을 다스렸다. 의론(醫論)과 치료법을 대략 갖추었는데, 그 오묘함은 말로 펼치기 어려운 법이다. 얘들아. 힘쓰거라.

　又酒色過度之男, 年踰三十, 冬間患腰痛, 以十全大補湯稍安. 然未全孟春臥牀. 午前陰囊氷冷, 午後面赤發熱, 到夜汗出而解. 日日如此, 數更醫. 八物湯·大補湯·補中益氣·歸脾·四君·六君等無効. 或以腎氣丸料則減食, 故不强用之數月, 臥牀而自若. 予仲夏診脉虛數. 是亦陰陽俱虛而有火. 予顧之, 倍加參附, 必可加熱. 雖然如假火, 則有可生之理, 仍投以四君子湯, 加當歸附子倍人參, 不經數劑而火壯. 故減人參與八物湯腎氣丸料, 則停滯于心下. 是亦虛証不受補者也. 辭去之後, 到秋死矣. 且胃氣下陷, 足跗浮腫者, 可以補陽治之. 然投參附不効者死證也. 命門之少火衰, 胃氣之源絶也. 此證有可治有不可治. 得溫補陽氣行, 則足跗浮腫悉去而愈, 不愈者有陰火, 而眞火亦衰, 陰火不受參附, 故決而死矣. 人有氣有血有痰有食有蟲有積, 有惡藥氣者, 有客熱有主熱. 陽虛而有火, 見其虛而補之, 則停滯于胸膈, 仍瀉之則疲. 且有虛實兼見者, 一補一瀉一和之間, 可察眞火之衰不衰. 又蟲積之類, 有如其虛極, 而不受補者, 和之而間得効. 如此者取證, 不可取脉也. 望察神色, 按心下虛實, 而可決死生也. 我雖無良師之導, 銘心鏤骨, 以先賢之金言, 臨病以其適理者. 略備醫論治法, 有其妙難以口舌伸者. 嗚呼! 兒曹! 勉旃.

桑韓醫談卷上

正德元年辛卯季冬朔夜會朝鮮國奇斗文

於濃州大垣桃源山全昌寺

逼刺

　僕　姓藤氏北尾名春圃字育仁號當壯菴

啓

天涯萬里往來無恙固堪祝賀　僕濃州大垣庸

醫隱于市間者也嚮欲因馬島雨森芳洲請謁

一問圃 沙參之一種中華商船攜來者四十年

前大明一僧來于我邦視之曰是野胡蘿蔔也

本草曰薺苨沙參遍亂人參且根形如野胡蘿

蔔是以疑之者多此名沙參者不知是否や是

沙參示之半文
能嚼而味之

一答文 此唐沙參也不如我國之沙參土風各

殊也薺苨一名蔓參形如人參而味異也

一問 我國自古有名蔓人參者三十年前貴

邦之人見生於路傷者曰是沙參也憶貴國之

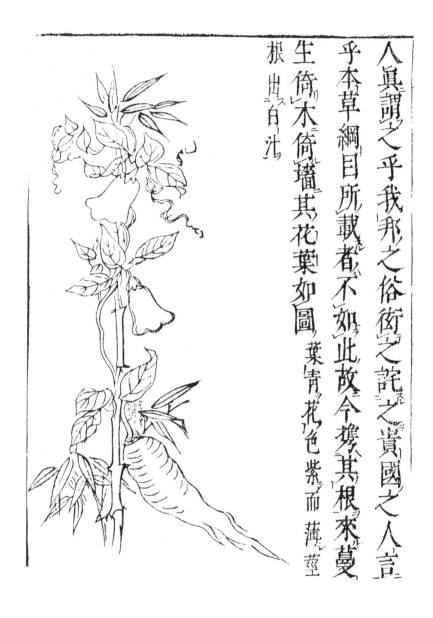

人眞謂之乎我邦之俗術之詫之賣國之人言
乎本草綱目所載者不如此故今婆其根來蔓
生倚木倚璃其花葉如圖　葉靑花色紫而蓏莖
根出白汁

一答　是薺苨名蔓參者也

一問　本草綱目沙參條下曰高二二尺莖上之
葉則尖長如枸杞葉而小有細齒秋月葉間開
小紫花長二三分狀如鈴鐸五出白蕊亦有白
花者也　云

云　本邦處處有之花葉如圖根者今
攜來無違于本草圖說響言貴國之人見之名
沙參者恐此花葉乎多生于野隄路傍我邦之
俗名薺苨或曰沙參未知是否　參者也

一答　此乃沙參真也正如我國之沙參初視

者臺參也

一問　僕所以問沙參者潔古老人言以沙參

代人參取其味甘也本草綱目曰人參上黨者

其價與銀齊又證治準繩曰人參其價尊貴者

以白朮代人參二云　云　中華如此況於我邦哉有

其家貧而不能服人參者請爲之垂示教愚以

爲據時珍之說則如無補陽之功然何謂代人

參耶潔古老人別有所自得乎試以單沙參湯

臣附子與之則其功如何

一答　沙參藥性云清心益肺陰虛火動咳嗽

痰火盛者不可以人參補之代以沙參窮貧者

迫不得已代用雖然沙參湯中以黃芪附子同

劑用之焉可必有功

一又　我邦之人參產於濊山無人烟處仙人

往來云形如童子者一名神草也

一問　時珍曰以黃精代參芪不寒不燥大有

殊功此脅人所未聞者也公用之其功如何中

華商船携來黃精是也

一答　土風各殊本國所產盡後或用可

一問　我邦之黃精是也 我邦之黃精出
之長而柔者也

一答　此眞也古人用薑糵湯多用以此爲淡

矣

一問　其一證始發也腰痛或脊骨爲痛中間
手足筋攣動身則脇腹攣痛經二三年而後脊
骨凸形如く屈曲而不能起床五七年或十年
腰下甚瘦一身屈而必婦人多患之男子亦間
有之補瀉溫凉其無效此治法冀垂示敎

一答　此証濕熱痰三氣挾風游走於督脉足
部用藥則三合湯灸則肺腧膏肓腧可矣

一問　小兒瘧痢痄眼蓄熱而久不愈者冀傳

家祕一方

一答　此症乳哺不節臟腑不和仍成天地不

交泰之症俺有二少方示之足下矣

柳府扶脾散　陳皮　青皮香油　神麯炒各

白术土炒　龍膽草酒洗　白芥子炒　山楂子

白茯苓分　各八人參五分　黃連姜炒　柴胡

胡黃連　甘草分　各三生姜三片

此外又有消食保童元消食餅肥兒丸亦皆効

矣

一問　一人歲三十二耳聾多年其因六七歲

而溺水患聾耳十三而病傷寒衄血聾耳亦發

雖治療而耳氣頗過人聲呪呪則如聞似不聞

今也右耳鳴頭冷或斷出益喜暖恐寒凡物遮

於前則心悸用理中湯異功散六君子湯歸脾

湯金匱腎氣丸等不效脉五動按而無力冀喜

治淶公明日出大垣行程半日到處今須驛也

供食之間此病人可請見于公脉之詳垂尊論

一答　明日來則診脉粗知矣用藥大補此是
陰虚之症也耳逼於腎相火作孽如此
斗文到于今須驛診脉探胷腹曰虚里動以
補中益氣湯加香附子縮砂牡丹皮錢各一蔓
荆子桑白皮　分ヲ各七　兼服雲林潤身丸更灸風
池究三七壯矣嚮答ヲ以相火作孽脉之後
探虚里動而以益氣湯潤身丸矣
一問　癆瘵傳屍者貴國亦有之乎其治法如
何

僕幸得聞一則所仰慕可足講憐察之乎

醫論六條

　樞紐

張氏曰命門之火謂之元氣元陽眞陽命門之

水謂之眞精眞陰元陰此命門之水火卽十二

藏之化源故五臟賴之又曰天之大寶只此一

尤紅日人之大寶只一息眞陽設無此日則天

地雖大一寒質耳人是小乾坤得陽則生失陽

則灾矣先哲曰火多水必爲陽實陰虛其病爲

熱ヲ水多火少為陰實陽虛其病為寒矣予據此
兩說有所知覺所謂眞陽之氣以譬言之夫人
之腹內如釜中之溫湯溫者先天之與我者而
元陽之常固無過不及也火氣壯則其湯沸
騰眞火衰則釜中滄也其沸也添水其冷也
益熾欲以舉連知藥石膏之寒冷者察眞陽之
常而不可失其溫溫太則衆以參附畫桂之溫
熱者不可益其溫節之又不可沸不可冷也且
難經曰臍下腎間動氣者人之生命也氣者人

之根本如草木有根矣介賓之命門辨雖不曰

腎間動氣丹田之地既命門則不謂而明備難

經別謂各藏之動氣者其藏氣不謂之處築築

跳動也故曰築牢若痛因之知若痛者豈命門

之動氣乎予自弱冠始入醫門以來探臍邊候

其動氣按而不牢不痛如眞陽得常則寂然而

與脉動也實火者其動有力且水中之火動者

進而無力火衰則肌表大熱其動甚弱火動者

火衰者或無或浮散或上干胃膈或有脉而無

動氣仍思之實似虛虛似實者及陽虛之假火

熟能救之此動能救我者也脉平而久脉絶而

生者既在掌故以脉有力無力知陽虛陽實且

瘶腎間動氣可識得眞陽之衰不衰是我治法

也

陽有餘者丹溪之所發揮然難滿易虧且無

水無火者可依其人施治之辨

天者純陽運遷於外地者純陰凝聚於內一陽

充塞者天地之常而能化生萬物眞陽有餘者

人身之所喜而順和五藏人非此火不能以有

生奈之何而可以無火乎一陽者上天所賦而

人隨其形所值又各有厚薄虛實之不齊盍肥

者多陽虛瘦者多陽實所禀之陽全備者無疾

其病也易治不全者多疾其病也難治故其治

泆陽虛者據薛氏張氏火動者據東垣丹溪此

其大泆也然以陽有餘之理有難言火悉生於

動者夫辛苦勞役縱欲之人因動眞火浮散而

為熱是皆陽虛之假火以火味尤料十全大補

湯或四君參附之劑而愈者多矣恨丹溪不言

命門之眞火因動浮散俄然升天爲無根之焰

者也予訪主靜齋主人彼知醫以火易動常好

滋陰謂予曰服六味腎氣丸則必大便溏予曰

勿服腎氣丸者壯水之劑而以制陽允今公之

脉緩察腎間之動眞火之氣衰故脾胃虛令得

凉則必難消化敎之常以參朮薑桂之劑彼領

之不日而健他日與彼語彼曰始識命門之火

上蒸脾土矣惟人肖天地而不同者以有辛苦

房勞爲常故其陽浮散于上脱于下矣蓋命門
之水眞氣常滿而温人能見其水而不論其氣
無氣者有水無火是以陽虛可知之無火者只
火而已譬之丁室有燈火炎明能照於闇中是
水中之陽也氣也温也是命門之眞火則元氣
東垣所謂胃氣之拳火起於其中燒其室則燈火
張介賓所謂眞陽也
亦俱滅兩其者也　是以陽實可知之火起於
其中則可滅以水勿誤滅燈火矣

客問未發之火ヲ

應之曰火未發也人無知之夫一室之燈火者

命門之真火而氣之根元也是則越人所謂腎

間動氣東垣所謂胃氣之

根元也是則越人所謂腎

火起於其中者命門之火動也東垣名陰

火其幾在勞役嗜慾火與元氣不兩立者也

以參芪補陽以生地知柏逐陰火之者也

可撲而絶于可權而技據其未生先其未形也

雙十圖之木始生而蘖定

其及十圖則遠望知爲其料夫人未病而面色

如秋令耳輪猶乾猫人者血凅而無憂色脈之

如有力又似無力而漸數腎間動氣亦弱此時
真陽已虧猶如生之藥客曰其虧如何曰面色
如秋令者陽氣不滿也陽者以滿爲常萎者陽
虛也故耳乾乾而後必焦婦人血涸者火之幾
起于命門命門者脾土之母而真陽之府也母
氣先虧焉夫血之源生於飲食令以胃氣漸虛
血不足故涸而經水斷矣雖然以壯健如常而
無寒熱咳嗽俗未知之東垣獨以耳溫其寒而
補脾胃和陰火曰元氣賊也乃可治於未

形也火始顯者猶藥既長也安用參芪加生地

黃知母黃栢李氏者以膻胃爲元氣之本要不

須胃氣而逐陰火以甘緩之則陰火自退而元

氣立焉客曰丹溪所謂虛火可補參芪之屬者

是乎曰是也庸醫不會此理藥長大却以參芪

之大劑而不知加生地知栢積薪救火其可不

寃心乎或謂陽有餘火易動常好滋陰者曰月

減薪而釜中滄也虛虛之禍如指諸掌矣

已發之火

而半成痰陰火愈襲來衝於心肺故咳嗽而

吐痰矣而自汗盜汗曰晡寒熱交作於是遠補

陽則虛火得力而逆上且補陰則脾胃愈疲噬

如窮兵對強敵然大便泄溏胃氣下陷足跗浮

腫不日而歿余甚憫焉然未能達于其治法往

者不可追來者猶可及乎哲人知幾而已

假火

埼玲曰澤中之陽焰狀如火野外之鬼燐其炎

如炬此皆似火不火者也夫假火之發也約之

有二其一曰因飲食勞倦有上中焦之陽氣虛
為發熱自汗者參考獨參湯補中益氣湯異功
散理中湯十全大補湯之數論以甘温施治温
能除大熱者也未發已發之火真假疑似之間
人之次生繋焉二曰因勞役嗜慾有命門之真
火動而浮散于肌表或陽氣脱于下大熱如烙
手者如誤服攻繋寒涼之劑則命門之元陽頓
衰心胸動氣躁手頭汗如流真火忽焉脱以陽
者次必矣治法參附湯八味丸十全大補湯加

熟附子或四君子湯加附桂而投之則浮散之
眞陽復于丹田臍下動氣收斂假熱頓去三日
水極似火者格陽症也陰極發躁微渴面赤欲
坐臥於泥水井中脈來無力或脈全無欲絶者
投回陽反本湯則安人不知之以假火爲實火
以陰虛爲陽虛噬生炎之路頭在此差之毫釐
緣以千里可不詳辨乎
客熱入腎中者以知母黄蘗之辨　降火者依丹溪
傷寒溫熱病頭痛發熱口乾屢服發表解肌之

藥而曰晡發熱尤甚或曰輕夜重脉之數按而

無力是客邪入于腎中爲陰虛火動也以六味

丸料爲湯加知母黃蘗投之則安且發熱痰喘

不能偃臥呼吸促迫大便結脉數按而無力者

以滋陰降火湯清離滋坎湯而頓安得治數人

得效者也東垣曰客邪與主氣二火相接所以

爲熱病也倚于薛氏張氏者爲假火施以參术

可安乎

　　斗文熟讀

　　一過矣

敝客

斗文

足下之所論渙當祕理多效先哲之論首馬州

至于江戸論理治療之業醫者多邁古人之益

今日正知足下之高明矣所論命門之説天非

此火不能生萬物人非此火不能生五運内經

云壯火食氣氣食少火少火生氣以此可知命

門衰則元陽虛古人八味先有附子者益火之

源次鎖陰豎也陰虛之証少加黄栢知母可也

陽虛何用寒凉之劑乎仙醫之道詳審陰陽則

焦可登東垣之門矣傷寒曰晡潮熱之説熱在

血分小柴胡湯合四物湯則其効如神嘗見如

斯未知是否

啓

　　　　春圃

復

頃倒一樽暫時連榻則多幸

公不辭旅憊辱垂尊諭感謝感謝仍供酒肴

　　　　斗文

萬里役行之客晨出夕返困倦之餘到處論理

問病之人幾千百乎是故精神困憊如此拙筆

略示端倪幸高明諒恕焉

　　　　上卷終

桑韓醫談卷下

　　啓　　　　　　　　　　春圃

雖附濟淰於論末恐倦看仍扳益之然是亦袖

來尊公有蕢薟之否伏冀阮眼爲一青而下金

言一句尊敎以生炊之要何賜加之　侯　依宥嗜

醫癃不恐吐露方寸嗟蘸雞不知有甕外之大

耳

　治淰

　　脾胃

內經曰五藏者皆稟氣於胃胃者五藏之本也

又曰眞氣者所受於天與穀氣并而充身也是

以東垣老人補腎補脾之格言出焉藥氏曰人

之有生不善攝養房勞過度眞陽衰憊坎火不

溫不能上蒸脾土沖和失布中州不運是致飲

食不進胸膈痞塞不食而脹滿或已食而不消

大腑泄瀉此皆眞火衰弱不能蒸蘊脾土而然

古云補腎不若補脾謂補脾不若補腎腎氣若

壯丹田之火上蒸脾土脾土溫和中焦自治則

能進食矣治法以八味予因茲有所得者腎間

動氣也知此動則熱者清之實者瀉之虛者和九料加參朮

之補之且有可緩者有可急者二人年五十因

脾胃虛憊患腫脹診脈緩而無力一醫曰胃氣

二虛則十二官職失其所故傳送失常腫脹起

與補中益氣湯異功散數月無效經半年而死

噫迂緩哉以東垣之金玉爲土塊也隱微之時

常用益氣異功節飲食絕嗜慾而攝養之則可

必治之緩則空如此其症已發脈緩而腹脹苦

悶非溫補眞火則脾胃何因治乎又一人年五

十患腫脹周歳于五月下浣行而脉之緩弱而

腹脹一身腫大腹皮欲裂大便自利不能手服

藥傷人以匙與之死在旦夕于以爲丹田之眞

火衰微也以人參附子各一錢半白术肉桂各

一錢乾薑七分爲劑與之十五日大便調而小

便不遍強用之十五日小水如湧仲秋漸步初

冬全安是以可參考焉又有陽虚陰火者空據

東垣而施治陽實者其治法在未發火之辨

補陽

人年五十五勞役而感風寒服清熱解散之

劑而後日日虛煩發熱自汗太便泄瀉足蹤浮

腫到危ㅋ脉之緩撥而無力心下空虛臍下之

動虛微是命門之火衰而脾土虛寒也爲發熱

者腎經虛火遊行於外也急可補陽以人參二

錢附子一錢半爲一貼兼四君子湯加附桂爲

大劑與之數貼而安張氏曰人是小乾坤得陽

則生失陽則死ㅋ予以爲夫心者神明之舍君主

脉絶而生脉平而歿ス

一人年三十夏月患熱治療更醫無効二旬後

脉如有如無ク手足厥冷口不語目不見耳無聞

身不能動爲生爲死ヤ　察腎間動氣猶有ク呼吸

亦似有根而不追於胃膈仍投以參附各十錢

盡飲盡能轉身始求食手足温和元陽復臍下

脉來五動與附子理中湯數剤而安非有腎間

動氣不絶者可生之理乎

一人年三十五霍亂吐寫手足微冷脉虚微與

參附湯附子理中湯數貼無効 脉絶而冷汗如

流兩手氷冷至肘且嘔而吐藥死在須史予以

爲雖無脉爲嘔吐者有升氣也知陽未絶猶潛

心候之有腎間動氣之在聲音亦有根知是實

似癥與之以檳榔一錢而吐頓止手足溫暖冷

汗止而脉見連進三錢思食以不換金正氣散

調和而安非有脉絶而生者乎

一八年五十八吐瀉之後不食腹漸脹一塊橫

心下不時有嘔吐一醫爲傷食或爲痎氣治之

無効脈五動稍弱腎間動氣全無、予以爲命門

真火衰微而脾土虛寒食積不行也經曰壯者

氣行則愈怯者著而成病也素無陽氣之可行

故著何以消食順氣剤而行乎不以參附薑桂

猶砂之屬則無可治之理藥氣勝之則可治不

能勝之却愈爲嘔吐者不可治强與之三四貼

嘔吐猶不已予知其死仍辭去經三十日而告

終是脈平而必之證乎

實必虛者或瀉之或和之

一婦年二十五平素虛人而有火之幾大歲與
八物湯而安仲夏患霍亂吐瀉脈之如有如無
吐後轉筋甚手足厥冷是暑熱燥經絡也以四
物湯加生地黃佐肉桂而與之一貼轉筋頓止
手足得微溫而有惡心脈猶前睡後白睛多甚
疲甚冗一醫脉之曰不可治若以人參劑則有
可生之理乎舉家聞之驚哭遽爾與人參劑却
吐甚殆欲絶故又招予予以爲先用四物湯之
間有惡心雖轉筋安知是停食不盡然一醫以

脉如有ッ如無ッ與人參劑補佳而益吐今雖脉弱

吐而衝心者陽之動也且心下按而爲痛臍下

動氣猶有カ乃取症不可取脉也與之以不換

金正氣散加茯苓一貼吐止二貼思食脉漸連

續七貼而起床以六物湯調理而安虛中有實

者先和而後補之或先補而後㓟之虛實疑似

之間活殺在此乎

一人年三十患熱經旬不解三更醫無効耳聾

舌焦黑不語其形甚瘓而不能手服藥身不能

動以獨參湯而候斃隣人恐其父母之悔而招

行而脉之兩尺虛微而猶有撲心下則只毈

面如難堪予知實必虛急與調胃承氣湯一貼

出舌求藥二貼而能言三貼而思食後調理而

安

未發之火

一人年四十十月面色憂急憔悴臥微帶咳嗽

然人未病只飲食不知味而已脉之數按而無

乃腎間動氣如有似無予驚而治之以四君子

湯ヲ加ヘ當歸宿砂或ハ肉桂ヲ助ケ元陽之虚兼ヌ以テ六味

腎氣丸ヲ加ヘ參朮ニ六補元陽ニ六補眞陰ニ而制シ陽實

每日如此服之如彌天平一般ニ不可偏勝若偏

於補陽藥多ク則陽旺陰消而壯火愈ニ動若偏於

補陰藥多ク則陽氣減而頻動作彼亦知此理ヲ服

藥無怠至次年三月始テ安シ

假火

一人年四十患大頭痛ニ旬不已發熱眼赤頭

汗足冷使ニ三人ニ抱頭而猶難堪脉之緩沈診ニ全

無其腹好按臍下動氣亦微予以爲難經曰持
脉按之至骨舉指來疾者腎部也今沈診至骨
舉指全無者命門眞火衰急以三八味丸料爲湯
加人參倍附桂進之二貼頭痛如怒二十貼而
安
一婦年二十五九月產而後口舌爲瘡大便溏
或下血至于春不痊補氣補血清熱之劑俱不
效諸醫技究羸瘦臥床綿延而至于五月以補
中益氣湯而手足浮腫發熱譫言脉數而擊口

舌愈痛或以人參白朮散絕食五日欲尿而動

身昏悶若外暫而甦其顏色蒼々帶黃一身浮

腫胃中動氣彌手臍下之動全無先哲曰口舌

爲痛飲食不思大便不實者中氣虛寒又曰口

舌生瘡食少便滑面黃肢冷者火衰土虛也因

茲思茲素虛冷之婦數月得寒涼而命門眞火

衰微不能蒸蘊脾土也急以參附湯又投以附

子理中湯八味丸加人參白朮進之五貼脉漸

收假熱悉去讝言亦止臍下動氣稍見攝養三

十日而安

陰陽如權衡人病甚則欲使之飲陽少如權
衡常則欲之真陽有之餘也

一人年三十五患熱病發熱耳鳴口乾舌漱焦

睡後譫語惡心嘔吐一醫與清熱化痰之劑則

吐之了知平素有痰火以六味丸料加知母黃

藥與之二次吐頓止而後日晡發熱口舌乾脈

虛數而不食猶知虛中有火與清離滋坎湯熱

退斯心神不寧寐而不寐元氣稍衰乃以異功

散助陽氣屢與之則陰火襲來又與滋坎或六

味先料火勢緩則以異功散四君子湯加麥門

五味子二補陽一降火如此施治五六日客火

漸泮而太後與六異功散調理而安是以知陰陽

不可偏勝矣客問曰客火脉虛數無力其治淡

如有所得然已發之火何不以降火滋坎乎曰

客何不思之甚也已發之火其未發真陽先衰

故胃氣弱今患客熱者胃氣未虛故以寒凉而

妄雖然不可失釜中之溫過用寒凉則冷而火

好生之容幸毋輕視

火極テ似水ニ

一童仲夏患熱テ十二三日不解セ一醫用テ和解劑或

黃連解毒湯ヲ不効ス又更ニ醫ヲ以テ其脉無力與ニ加味

益氣湯熱愈甚於是ニ招テ脉之ヲ五動緩ニ按而弱

時又妄語譫言耳聾口舌俱焦黑小便赤澁大

便三日不通四肢厥冷テ未曉虚實先ニ以テ參术

與之一貼脉之愈弱四肢倍厥冷心胷苦悶難

如何仍知陽症必醫接心下而問痛不痛不答

而只有皺面難忍之色且臍下動氣有力愈曉

實熱急以防風通聖散與之一丁貼手足稍温三
貼而思食連進數貼熱減半以祈箚温膽湯調
理而安　斗文熱讀一過矣

敬答

所論治病用藥無違於古人之活套法可謂東
海之天民也

又　斗文

防風通聖散風熱燥三者之總劑傷寒如此之
症用之必効可謂高矣

啓　　　　　　　　　　　　　　春圃

候誤蒙獎譽鳴呼坎蛙之見安敢當安敢當還
慙愧明公忿長途之疲勞於仁術幸垂憐察而
告底蘊其恩高於山淡於海感激無已只恐
懷厚眷不問厭困伏願宥恕恨歸報在明且此
會忿忿無盡懷鷄聲頻報今茲辭太明朝來可
拜謝耳
謹啓
二月之朝訪旅窓
　　　　　　　　春圃

昨夜不恐賢勞到于 鷄鳴高峩多端何時惣鴉

慈乎噫嘻海雲萬里後會難期臨楷惘然不知

所裁只願高軒平安入于三韓矣

復　　　　斗文

昨夜偶逢此論迨今不忘行期甚怱正所謂萍

水相逢之事握手不忍別嗚咽不成聲連日好

存此外更無他言

金衣者牛黃淸心丸

長者紫金錠

圓者薄荷煎

寫相別之衷

謹啓

臨別辱賜良藥三種感佩實淺謹呈小白紙千　　森圓

藥聊陳別意物雖些甚幸冀笑納

桑韓醫談畢

附錄

伯仲叔曰太歲家君以醫論治法呈于奇斗

文今讀之其所論撮自得之要故有難曉者

真陽之氣比以釜中之温湯其旨趣詳垂示

教ヲ

答曰人是小天地孤陽不生獨陰不成矧陰陽

之過不及則其治法何誤焉上夫賦人以二陽

故真陽之氣滿于血中而陰陽和平也益人之

腹内不温則不得常温中生熱則爲之病也用

得常則少火生氣能爲視聽言動飲食得之而
能消化矣我所以譬眞火於燈火者以陰中不
可無也夫腎病而生火則以少火爲壯火壯火
食氣故云燈火亦俱滅矣
問少火變爲壯火今所示教少火者元氣比
之燈火然則元氣變而爲壯火耶天民曰
陽虛者心經之元陽虛也其病多惡寒責無
火洽浴以補氣藥中加烏附等藥甚者三建
湯正陽散之類曰陰虛者腎經之眞陰虛也

其病多壯熱責其無水治法以補血藥中加
知母黃柏等藥或大補陰丸滋陰大補丸之
類王注曰益火之源以消陰翳壯水之主以
制陽光也其意盡焉今示教之以命門指元
氣而不說心且云無水者勿誤減眞火也鳴
呼迂哉乞聞其詳

答曰奚哉問我亦彙之數歲然今以先哲之格
言臨病施治而有所自得粗述其故夫以火變
爲壯火之理非眞火變而爲壯火固其陽所寓之

地生火而爲壯則傷元氣也所論天民之諱潜
思之有未盡其源也後人不分心腎一依干命
門也以六味腎氣丸制陽光用八味丸益火之
源且加人參則少火能旺眞陽充塞而能生氣
脾土調和焉我親治之而有效者也初學謂元
氣元陽主心故以知栢制腎中之壯火熬速退
則心得常而元氣立焉是但知眞氣在上者而
不知在下者也能知醫之人亦要以知栢制壯
火而不可損脾胃是世間之大法也是亦知眞

氣生於水穀而在中未及于下焦也真氣之下流

者氣化於精藏于命門以為三焦之根本者也

腎間動氣在焉　不見乎精氣神藏于心腎氣元精寫于

命門元神合于心也　少火絕則神亦盡焉真火者元氣陰

火者腎病而所生之火也

火加于真火則元氣在陰火之中是所以火與

元氣不兩立也故云以知柏勿滅燈火矣

問燈火之說得聞之然未能無疑故再乞示

教夫命門之火動者如燈火熾盛而其油盡

其治法增油則光焰自滅此非必然之理哉

答曰三子之心一如此我亦中年之意如兩箏

而已夫壯火者所動之火也少火者人身之常

而為水中之溫為元氣世人只知壯火之為燈

火而不知少火之為燈火卒增油則燈火忽然

而滅矣故治法有二一補陰一補陽使陰陽如權

衡也

又問東垣曰以脾胃為主以胃氣為元氣之

源火與元氣不兩立且元氣之賊又曰人參

黃芪益元氣而瀉火邪丹溪曰虛火可補參

芪之屬也僕等以養正邪自除之理火動者

強投參芪之大劑而無有功假火大熱者投

參芪熱速退然則東垣之語指假火言之乎

其治法示之

答曰東垣以胃氣為元氣之本曰補腎不如補

脾矣胃氣者何也為人身之溫溫生氣氣為視

聽言動溫治化飲食其源在命門而為腎間動

氣龔氏曉之曰必心則少火也復曰命門衰則

坎火不温不能上蒸脾土也許學士曰補脾不

如補腎冀氏益因之以參附姜桂熟地之屬補

坎火則脾胃能消化腎水生兹矣坎火則腎間

動氣也人病脈如有如無不能視聽言動者動

氣絕則神去而火亡未絕而微如縷欲神脱者

得參附而動氣見則脈稍連續神復轉身初知

入窓言語我以是曉胃氣之本為命門之元陽

也能知之則陰火假火判然也哲人之語如合

符契王太僕壯水之主益火之源許學士補脾

不如補腎東垣補胃氣逐陰火冀氏 一補陰 一
補陽使陰陽如權衡也以是可知之且火與元
氣不兩立之決有下元陰火蒸々然者加生地
黃藥之謂非言假火也丹溪之明何可惑于假
火耶然後學者不辨眞假以陽虛陰火者誤投
參芪太劑而託丹溪之語不曉東垣之底蘊故
我言未發火之辨者也夫火之發也有緩急緩
者以參芪當歸芎草兼服腎氣丸之類則間得
愈火稍盛而元氣虛者二補陰 一補陽不可損

胃氣而治之多難治雖有大熱假火者必參附

姜桂則愈詳察之可施治矣

問今代之醫多高漢唐而不問宋元取明龔

氏之書曰語粗矣今示教之有龔氏之語其

故如何

答曰夫醫者始于素難自宗神景以來經河間

東垣丹溪而其道明備也後世得之而補其不

足也今世雖因于四子之說閣元明之方書而

得其道漫好高說而耀技衒俗耳龔氏之書雖

醫察次生之要不可過之能識之則有漢唐朝

而今代高者乎何專依龔民只可取哲人所得

卂

問時珍取王氷之語說陰火陽火曰陰火者

得濕愈焰遇水益熾沃以水折之則發焰詛天

今世之醫因此語見陰火則有以參附大劑

者此理如何

答曰㤀哉惑于王氷之語耶夫有陰火有假火

俗不知分二物偶有假火者而投參附光焰頻

退則灸為此理過中也復見陰火曰龍火之熾
盛灸灸逐之則燔灼自消焰火共滅也卒投參
附姜桂之温熱不日而灰何為其愚哉前人謂
俚俗醫師不由經論直授藥方灸之療病非不
或中至於遇病輒應懸斷於生則與知經學古
者不可同日語矣登不真乎東垣治洨曰兩丸
冷前陰痿弱陰汁如水小便後有餘滴尻臀并
前陰冷惡寒而喜熱膽下亦冷者固真湯之中
灸龍膽草澤瀉知栢之寒冷又曰婦人經水不

正如尺脉按之空虛是氣血俱脱大寒之證
輕手其脉數疾舉指弦緊或澁皆陽脱之證陰
火亦凶見熱證於目鼻眼或渴此皆陰躁陽欲
先亡也此泆當大升浮血氣切補命門之下脱
也升陽舉經湯人參黄芪肉桂附子熟地之太
溫為主佐以升浮之藥我以是常歎息嗚呼庸
醫說東垣者只知補中益氣湯恐飲食勞倦傷
脾胃而不知所以胃氣之見傷所施平和之劑
而不至于補瀉溫凉之儉虚是不求其本之故

也李氏之明　持脉如此其温可及也其寒不可

及也今人何得知之乎予常見富貴之人就暖

喜補恐寒惡瀉醫亦随俗欲媚貝虛則不分論

陰火假火偏投人參陰火得補陽獨旺不知彼

陰陽如權衡惟恐參附不及也孤陽不長而死

雖然不曉其理也彼常高漢唐異元明之醫及

此時邇爾日虛證不受補者不治也噫嘻不顧

之甚哉

間僕　聞無胃氣者雖參附不能尅化故死是

虚證不受補者不治之説也然別有所見哉

答曰詳哉問予亦以治法言之夫醫之察死生

也不可不踞霜知堅氷古云無胃氣者死矣不

能尅化藥者多疾之末者也未有説其末不言

其始者也請我言其始所以知不受補者診脉

察心下虚實揆腎間動氣詳于治法而後可無

猱耳斷死生之工夫不可容易也予所潛心者

不過之一婦年三十經斷五箇月壯健如常而

神色稍惠聲微嗄予季春之開診脉虚而漸數

腎間動氣進而小也是陰陽虚而有火其法可

一補陰一補陽而治之故予以參朮之屬則面

赤而耳鳴以熟地麥門五味之屬則停滯于胸

膈予以爲此婦必到秋臥床是虚證不受補者

也治療十日說其必於親屬而辭太到于九月

告終又酒色過度之男年踰三十冬間患腰痛

以十全大補湯稍安然未全孟春臥榻午前陰

囊氷冷午後面赤發熱到夜汗出而解日日如

此數更醫八物湯大補湯補中益氣歸脾四君

六君等無効或以賢氣丸料則減食故不強用テ

之數月臥淋而自若予仲夏診脉虚數是亦陰

陽倶虛而有火予顧之倍加參附必可加熱雖

然如假火則有可生之理仍投以四君子湯加

當歸附子倍人參不經數劑而火壮故減人參

與八物湯賢氣丸料則停滯于心下是亦虛証

不受補者也辟公之後到秋久矣曰胃氣下陷

足蹈浮腫者可以補陽治之然投參附不効者

死證也 命門之少火衰 胃氣之源絶也 此證有可治有不可治

得溫補陽氣行則足蹄浮腫悉去而愈不愈者
有陰火而眞火亦衰陰火不受參附故決而死
矣人有氣有血有痰有食有蟲有積有惡藥氣
者有客熱有主熱陽虛而有火見其虛而補之
則停滯于胸膈仍瀉之則疲日有虛實兼見者
一補一瀉一和之間可察眞火之衰不衰又蟲
積之類有如其虛極而不受補者和之而間得
效如此者取證不可取脈也望察神色按心下
虛實而可決死生也我雖無良師之道銘心鏤

骨以先賢之金言臨病以其適理者略備醫諺

治汰有其妙難以口舌伸者鳴呼兒曹勉旃

桑韓醫談附錄畢

상한창화훈지집

桑韓唱和塤篪集

상한창화훈지집
桑韓唱和塤篪集

『상한창화훈지집(桑韓唱和塤篪集)』은 본문에서 『상한훈지(桑韓塤篪)』라
고 썼는데, 1719년 정사 홍치중(洪致中)·부사 황선(黃璿)·종사관 이명언(李
明彦) 등의 통신사가 도쿠가와 요시무네(德川吉宗)의 습직을 축하하기 위해
일본에 파견되었을 때에 미노(美濃)·오와리(尾張) 등지의 숙소로 일본 문사
와 의원들이 찾아와 주고받았던 필담과 창화를 교토의 경화서방(京華書坊)
규문관(奎文館)에서 편집하여 목판본으로 간행한 필담창화집이다.

규문관 주인 세오 요세쓰사이(瀨尾用拙齋, 1691-1728)가 필담 창화를 주
도했으며, 제3권에 기타오 슌포(北尾春圃, 1658-1741), 기타오 슌치쿠(北尾
春竹), 기타오 슌린(北尾春倫, 1701-?) 등의 일본 의원들이 조선 양의(良醫)
권도(權道, 1678-?), 의원 백흥전(白興詮) 등과 나눈 필담이 실려 있다. 권도
의 자는 대원(大原), 호는 비목(卑牧)인데, 42세였다. 의원 백흥전의 자는 군
평(君平), 호는 서초(西樵)이다.

기타오 슌포의 자는 육인(育仁)이고, 호는 당장암(當壯菴)인데, 가학(家學)
으로 의술을 전수받은 의원이다. 맥진(脈診)의 대가이며, 저서에 『제이담(提
耳談)』과 『찰병정의론(察病精義論)』이 있다. 기타오 슌포는 8차 사행(1711년)
때에도 쓰시마의 조선어 통사 아메노모리 호슈(雨森芳洲)에게 부탁해 아들

3명과 함께 기두문을 만나려고 몇 차례 시도한 끝에 통신사의 귀국 길인 1711
년 12월 1일 밤에 통신사의 숙소였던 오가키(大垣)의 젠쇼지(全昌寺)에서 만
나 필담을 나누었다. 그날의 필담 내용으로『상한의담(桑韓醫談)』을 편집하
고, 자신이 장남 슌치쿠(春竹), 차남 슌린(春倫), 3남 도우센(道仙)과 나눈 의
학 관련 문답을 부록으로 편집하여 출판했다.

제10권에는 편집자 세오 요세쓰사이(瀬尾用拙齋)가 조선 의원 김광사(金
光泗)와 인삼을 주제로 하여 주고받은 칠언절구가 실려 있다.

인삼을 써도 낫지 않는 병

기타오 슌치쿠(北尾春竹) : 남녀를 불문하고 가슴 아래가 막히고 답답하여 일어나 있으면 호흡이 빨라지고 앉아 있어야 안정이 되는 병이 있습니다. 맥은 부맥(浮脈)이어서 중진(中診)으로 진맥하면 현맥(弦脈)이거나 결맥(結脈) 또는 세맥(細脈)이고, 침진(沈診)으로 진맥하면 맥이 없는 것 같습니다. 이러한 증세가 있는 사람은 나중에 반드시 종창(腫脹)이 생기기 때문에 그 기미를 살펴 **인삼**·부자(附子)·건강(乾薑)·육계(肉桂)로 온보(溫補)를 하면 나을 수 있는 경우가 많습니다. 그러나 온보를 해도 도리어 고통과 답답함이 더해지고 맥이 빨라지는 경우가 있는데, 맥을 세게 짚어보아도 기력이 없는 사람은 치료할 수 없습니다. 종창이 날로 심해지고 소변이 막혀 죽게 됩니다. 이런 증세에 대한 치료법을 가르쳐주시면 고맙겠습니다.

春竹問 : 有一種病, 不問男婦, 心下痞塞, 起則呼吸速迫, 坐則安靜。其脈浮, 中診則弦或結或細, 沈診如無。得此症者, 後必腫脹, 故察其幾, 而以參、附、薑、桂溫補之, 則得愈者多。然得溫補, 卻加苦悶, 其脈數, 按而無力者不治。腫脹日甚, 小便閉澁而死矣。其治法冀垂示敎。

권도(權道) : 치료할 수 있는 병과 치료할 수 없는 병이 있습니다. 처음 발병했을 때 간혹 **인삼**이나 부자로 처방해서 낫게 되는 경우가 있습니다만, 만약 온보의 조제로 처방했는데도 도리어 괴로운 증세가 더해지고 맥박 또한 빨라지면서 기력이 없게 되면 부어서 죽게 됩니다. 달리 목숨을 구할 방도가 없습니다.

卑牧齋答 : 凡病有治不治。此病初起時, 或有與參、附安之者, 若得溫補之劑, 反加苦悶之症, 脈又數而無力, 則法當腫脹而死。他無救生之方耳。

기타오 순치쿠 : 곽란복통인데도 토하거나 설사하지 못하고 헛구역질을 하며 대변이 막혀 나오지 않고 사지가 냉합니다. 복맥(伏脈)인 경우 지실대황탕(枳實大黃湯)과 비급원(備急圓) 등을 쓰거나 **독삼탕(獨蔘湯)**과 **부자이중탕** 종류를 썼는데도 효과가 없습니다. 이러한 증세로 죽는 사람이 참으로 많으니, 처방을 하나 전해주시기 바랍니다.

春竹問 : 霍亂腹痛, 不能吐瀉, 惡心嘔吐, 大便閉結, 四肢厥冷。其脈或伏, 投枳實大黃湯、備急圓之屬, 或用獨蔘湯、附子理中湯之類, 而不效也。得此症而死者固多。希傳一方。

권도 : 이런 병 가운데 담(痰)이 중초(中焦)에서 막혀 그러한 경우가 있는데, 지축이진탕(枳縮二陳湯)을 쓰면 효과를 얻을 수 있습니다만 다른 처방은 모르겠습니다. 이 약을 썼는데도 효험이 없는 사람은 제중(臍中)에 뜸 100장을 뜨고 승산(承山)에 뜸 21장을 뜨면 백에 하나도 잃음이 없을 것입니다. 이것을 우선구(遇仙灸)라고 합니다.

卑牧答 : 此病有或痰隔中焦而然, 只用枳縮二陳湯, 有得效, 其他別方未知耳。用此劑而無效者, 灸臍中百壯、承山三七壯, 則百無一失, 此謂之遇仙灸。

기타오 순치쿠 : 남녀를 불문하고 먹고 마시는 증세는 평상시와 같은데,

안색이 푸르고 시간이 오래되면 몸이 점점 마르는 병세가 있습니다. 오전에는 오한이 나고 오후에는 열이 나다가 도한(盜汗)과 해소(咳嗽) 뒤에 대변이 당설(溏泄)이 되고 발등이 부어오르면서 죽게 됩니다. 음허화동(陰虛火動)이라 여겨 당귀(當歸)와 지황(地黃)을 쓰면 흉격에서 막혀 머물러 있고, 지모(知母)와 황벽(黃蘗)을 쓰면 나중에 반드시 대변이 당설이 되고, 또 **인삼**으로 양기를 보하면 해소와 토담이 심해집니다. 결핵으로 멸문이 되는 경우도 이따금 보았습니다. 이러한 증상은 그 기운에 감염되어 전염되는 것입니까? 아니면 실지 노충(勞蟲)이라는 것이 있어서 전염되는 것입니까? 그 치료법은 어떻습니까?

春竹問 : 不問男婦, 其症飮食如常, 面色蒼蒼。日月久遠, 形肉消瘦。午前惡寒, 午後發熱, 盜汗、咳嗽後大便溏泄, 足趺浮腫而死。爲陰虛火動, 而投當歸、地黃, 則停滯于胸膈; 以知母、黃檗, 乃後必大便泄溏; 又以人參補陽, 則加咳嗽、吐痰也。傳屍滅門者, 往往見之。此症有感於其氣而傳之邪? 將實有所謂勞蟲者而傳之邪? 其治法如何?

권도 : 이 병에 처음 걸린 사람은 모두 신기(腎氣)를 과도하게 써서 생긴 것이니 마땅히 하거육미원(河車六味元) 같은 종류를 오래 복용하면 치료됩니다. 몇 사람에게 전염된 뒤라면 필시 노충이 되었을 것이니 연심산(蓮心散)과 홍초산(紅椒散)을 써서 나쁜 물질을 설사로 배출시켜 버린 뒤 기혈을 크게 보하는 약을 계속 쓰면 됩니다. 그러나 이 병에 걸린 사람이 많아져 대여섯 사람에 이른 뒤에는 그들을 멀리 격리하는 것이 가장 좋습니다.

卑牧齋答 : 此病始得者, 皆由於費腎過度, 宜以河車六味元之屬, 久服治之。至於傳染數人後, 則必成勞蟲, 當用蓮心散、紅椒散, 瀉下惡物, 後繼用大補氣血之劑, 而多至於五六人後, 莫如遠避之耳。

기타오 순치쿠 : 홍초산은 어떻게 처방합니까?

春竹再問 : 紅椒散方如何?

권도 : 천초(川椒) 껍질을 볶아 기름을 없애고, 빈속에 매번 100알을 복용하되 침으로 삼키며, 100일을 채우면 노충이 사라질 것입니다.

卑牧齋答 : 川椒殼炒去油, 空心每服百粒津下, 滿百日, 蟲消下。

적백농리(赤白膿痢)와 팔물탕(八物湯)

기타오 슌린 : 나이가 삼십 남짓 된 부인이 적백농리(赤白膿痢)를 앓은 지 3년이 되었습니다. 밤낮으로 몇 차례 화장실에 다니더니 이급후중(裏急後重)이 되었습니다. 지난해 가을에 그 아들도 병이 나 강보 속에서 길렀는데 몹시 고생스러워 하더니 병세가 한층 심해졌습니다. 초겨울에는 침상에 엎드리면 일어날 수 없게 되었고, 음식은 많이 먹기도 하고 적게 먹기도 하는데, 뱃속에 덩어리 같은 게 있습니다. 그 모양이 길고 커서 상완(上脘)부터 배꼽 아래까지 이어졌습니다. 그곳을 누르면 아프지는 않지만 몹시 딱딱하며, 나머지 작은 덩어리가 잇달아 포개어져 있는 것은 셀 수도 없습니다. 음식이 심하(心下)에 이르면 곧바로 내려가지 않고 조금 지나서 좌우로 나뉘어 내려갑니다. 이따금 가슴속에 옭아매는 것이 있는 듯하고 수족이 오그라듭니다. 소변은 찔끔거리다가 줄어들고, 온몸이 부으며, 맥은 좌우 모두 약합니다. 온갖 약이 효험이 없습니다만 지금까지 명을 이어오고 있습니다. 나무껍질이나 풀뿌리 같은 것으로 치료할 수 있는 것은 아니겠지만, 혹 상지(上池)[1]의 영험한 처방이 있어 살릴 수 있지 않을까요? 처방전을 듣고 싶습니다.

春倫問：一婦年三十餘, 患赤白膿痢, 三年于玆, 日夜數行, 作裏急後重。上
　年之秋, 其子病矣, 養于襁褓之中, 勞劬特甚, 以故病患加一層。初冬, 伏
　枕不能起, 飮食或增減。其腹有塊, 其狀長大, 自上脘直至臍下而止。按
　之不痛最堅硬, 其他小塊累累者, 不可勝數。飮食到于心下而不直下, 少
　焉分下于左右, 或胸中如有所縛, 而手足攣縮。小水澁少, 一身浮腫, 脈
　左右俱弱。百藥不驗, 綿延至今。雖非如樹皮草根之可能療, 或有上池之
　靈方, 而能活之哉否? 願得聞之。

김광사(金光泗) : 이 병에 토하는 증세가 있습니까?

小心軒問云：此病有吐證乎?

기타오 슌린 : 없습니다.

答曰：無之。

김광사 : 팔물탕(八物湯)에 황련(黃連)과 아교주(阿膠珠) 각각 1돈쭝을
　더하고, 끓인 물로 사신환(四神丸)을 삼키게 하십시오.

小心軒答：八物湯加黃連、阿膠珠各一錢, 煎水呑下四神丸。

1　상지(上池)：상지수(上池水)인데, 아직 땅에 떨어지지 않은 이슬이다. 장상군(長桑君)이
　　편작(扁鵲)에게 주어 마시게 하였다는 좋은 물이다.

인삼을 주제로 주고받은 한시

호(號)가 소심헌(小心軒)인 의원 김씨(金氏)가 학사의 곁에 있었으므로, 내가 절구시 한 수를 지어 그에게 주었다. 홀연 맑은 자태를 접하고 고상한 풍모를 맘껏 맛보았으므로 감사한 나머지 외람되이 절구시 한 수를 읊어 소심헌(小心軒)의 단조(丹竈)[2] 아래에 드렸다.

바다 위에서 신선을 찾을 수 없는데 　　　　海上神仙不可尋

신농(神農) 황제 남기신 책이 다행히 지금 전하네 　　農皇遺帙幸傳今

서로 만나 약상자 물건 견주어보며 　　　　相逢漫擬藥籠物

앞서 봄 산에서 **인삼** 맛본 것 추억하네 　　先憶春山一味蔘

도선(道仙)의 시에 차운하다. 소심헌(小心軒)

---

2 단조(丹竈) : 선약(仙藥)을 만들 때 사용하는 아궁이나 화로인데, 상대방을 신선으로 미화하는 표현이다. 일반적으로 상대방에게 시를 보낼 때에는 "서안(書案) 아래" 즉 안하(案下)라는 표현을 즐겨 쓰는데, 이 글에서는 상대방 김광사가 의원이었으므로 선약을 만드는 단조를 끌어들여 표현한 것이다.

주후(肘後)[3]의 신묘한 처방을 그대 이미 찾은데다가　　肘後神方子已尋

맑고 참신한 시율 또한 현세를 넘어섰구려　　清新詩律亦超今

삼신산엔 본래 천수(天壽)를 늘이는 약 있으니　　三山自有延齡藥

춘산(春山)의 백출과 **인삼(人蔘)** 그리워 마오　　休憶春山朮與蔘

위의 시는 재회하는 날에 소매에 가지고 가서 보여주었다.

---

3 주후(肘後) : 갈홍(葛洪)이 지은 의서 『주후비급방(肘後備急方)』을 줄여서 쓴 책이름이다.

濃州

大垣前會

享禄四年己亥十月二十六夜朝鮮學士書記醫
官等抵濃州大垣客館七八季兄弟從家君往會之
筆語唱和若干玆編入以貽好事云

奉呈青泉申公嘯軒成公蓂溪張公各案

春竹

使星遙指大瀛東蓬島煌霞岭與濃永夜樽前聊連
楊桑人和氣靄春融

·呈申張成三公　　　　　　　　　　　春竹

迢迢十里路今夜暫停鞍相遇還分手坐噫百會難

夜與春竹叙別因次其韻　　　　　　　　菁泉

高堂對樽酒寒月遶征鞍嶺海千秋別心腸一夜難

走次春竹贈別韻　　　　　　　　　　　嘯軒

意長夜苦短曉月動征鞍再面知何日天涯此別難

走次春竹惠韻　　　　　　　　　　　　菊溪

萬里長爲客脩程困跨鞍浮生元役役良會古今難

贇貝筆語

一　春竹

問　有一種病不問男婦心下痞塞起則呼吸速

迫坐卽安靜其脉浮中診則弦或結或細沈診如

無得此症者後必腫脹故察其幾而以參附姜佳

溫補之則得愈者多然得溫補卻加苦悶其脉數

按而無力者不治腫脹日甚小便閉澁而火矣其

治法萐垂示敬齋牧答凡病有冷不治此病初起時

或有與參附安之者若得溫補之劑反加苦悶之

症脉又數而無力則法當腫服而必他無救生之

方年春竹聞霍亂腹痛不能吐瀉惡心嘔吐大便閉

結四肢厥冷其脉或伏投枳實大黃湯備急圓之

屬或用獨參湯附子理中湯之類而不效也得此

症而灰者固多希傳二方答 此病有或痰臨中

焦而然只用只縮二陳湯有得效其他別方未知

耳用此劑而無幾者灸臍中百壯承山三已壯則

百無一失此謂之過仙灸問 不問男婦其症飲

食如常面色蒼春日月久遠形肉消瘦午前惡寒

午後發熱盜汗咳嗽後大便溏泄足蹄浮腫而火

爲虛火動而投常歸地黃則停滯于胸膈以知

母黃蘗乃後必大便泄溏又以人參補陽則加咳

嗽吐痰也傳屍瘵門者往往見之此症有感於其

灸而傳之邪將實在所謂勞蟲者而傳之邪其症

法如何〔卑牧〕　答　此病始得者皆由於費腎過度至以

河車六味元之屬久服消之至於傳染數入後則

必成勞蟲當用連心散紅椒散瀉下惡物後變用

大補氣血之劑而多至於五六人後莫如遠避之

耳　再問　紅椒散方如何〔卑牧〕答　川椒殼炒去油空心

每服百粒津下滿百日蟲冷下

一問〔春竹〕　男年五十嘗患痔痛肛門或脫或收經年不

愈補瀉溫凉之劑俱不奏效伏乞示敎〔小心山茱軒〕答　山茱

萸一兩酒蒸焙□□貼服三十貼而効　問〔春竹〕小兒瘡

眼發熱口渴腹服泄瀉脈數無力經日不治必者

事歸于佐州之後當從容以計之耳

啓　即今適事氏傳定下丁寧之意且云後向所

呈于與牧公八下虛賞論在東都幸經淸舉所題

之議言謹得領之感謝萬實以爲終身之寶矣

嚮道仙荷一西之識四開足下抱不世之材也

玆得新識幸何如乞未知貴姓名如何

小心　僕姓金名光泗字曰汝號小心軒
新德

春倫　一婦年三十餘患赤白膿痢三年于玆日夜
問

軱行伴裏怠後晝上年之秋其己病矣養于强藥

之中勞劬特甚以故病患加些一瘳初冬伏枕不能

迪飲食或增減其腹有塊其狀長大自上脘直至

臍下而止按之不痛旻堅硬其他小塊累與累者不

可勝數欲飲食到子心下而不直下必為分下于左

右或胸中如有所縛而手足拳縮小水澁火一身

浮腫脈左右俱弱百藥不驗綿延至今雖非如哉

皮草根之可能燒或有上泄之靈方而能治之哉

否願得聞之　小心軒問云此病有　軒答曰無之

加黃連阿膠珠各一錢煎水吞下四神丸　軒答八物湯

小心軒問云

一軒啓僕脾腎素虛今慮冷地甘久百病種生頑疾　小心軒使　一春倫

鎣胸悶悶　診脈　診定下脉左手濡右

屢賜高唱反復詠歎感踰獲珍叨汚高韻以應詠

東

相逢賓館裏阮眼一何青富岳當前途求丹須永齡

醫員金氏號小心軒者在學士之傷余裁一絶

贈之

忽接清儀飲把高風感荷有餘叨裁一絶呈小心

軒丹竈下

道仙

海上神仙不可尋農皇遺帙幸傳今相逢漫憾樂籠

物忘慮春山一味蔘

稟

青泉

조선인대시집

朝鮮人對詩集

조선인대시집
朝鮮人對詩集

　　일본에 에도 막부가 성립된 이래 조선에서 온 사신과 가장 먼저 필담과 창화를 했던 인물은 하야시 라잔(林羅山, 1583-1657)이다. 막부 최초의 유관(儒官)이자 어용학자(御用學者)였던 그는 1636년 병자통신사 때부터 직접 외교문서를 관장하기 시작했고, 조선 사신과 직접 대면하여 필담과 창화를 나누었다.

　　하야시 라잔은 1636년부터 자신의 아들들을 대동하고 사신들을 만났으며, 1655년에는 라잔이 은퇴하여 아들 하야시 가호(林鵝峰, 1618-1680)가, 하야시 가호가 죽은 후인 1682년부터는 라잔의 손자 하야시 호코(林鳳岡, 1645-1732)가 대를 이어 사신들을 접대하였다. 이들은 공자의 석전(釋奠)을 주재하였으므로 조선인이 이해하기 쉬운 "좨주(祭酒)"라는 호칭을 사용하였고, 하야시 호코가 유시마성당(湯島聖堂)을 세운 이후에는 "대학두(大學頭)"라는 호칭을 썼다.

　　도쿠가와 요시무네(德川吉宗, 1684-1751)가 1716년 에도막부의 제8대 쇼군(將軍)에 즉위하자, 이를 축하하기 위해 1719년 조선에서 통신사를 파견하였다. 정사는 홍치중(洪致中, 1667-1732), 부사는 황선(黃璿, 1682-1728), 종사관은 이명언(李明彦, 1674-?)이었다. 통신사 일행이 에도에 머물던 1719

년 9월 29일, 대학두 하야시 호코가 아들 하야시 류코(林榴岡, 1681-1758), 하야시 다이쇼(林退省) 형제를 데리고 통신사의 관소로 사용되었던 아사쿠 사(淺草)의 혼간지(本願寺)를 방문하였다. 이들 부자는 제술관 신유한(申維翰, 1681-1752), 정사 서기 강백(姜栢, 1690-1777), 부사 서기 성몽량(成夢良, 1718-1795), 종사관 서기 장응두(張應斗, 1670-1729)를 만나 시와 필담을 주고받았다.

하야시 호코의 문인들은 10월 3일, 10월 5일, 10월 7일 관소를 방문하여 제술관 일행과 시를 주고받았다. 이들의 필담창화를 편집한 책이 『조선인대시집(朝鮮人大詩集)』인데, 2권 2책의 필사본이 본래 아사쿠사문고에 소장되었다가 현재 일본공문서관으로 이관되어 있다.

1권에는 통신사 일행과 나눈 시와 편지가, 하야시 호코, 하야시 류코, 하야시 다이쇼의 순으로 정리되어 있고, 말미에는 "한객필어(韓客筆語)"라는 제하에 세 사람이 조선인과 나눈 필담이 시간 순서대로 실려 있다. 2권에는 일본 문사들이 제술관 이하 조선 문사들과 나눈 시와 편지가 일본 문인별로 정리되어 있고, 역시 말미에 간단한 필담이 실려 있다. 인삼 관련 필담은 1권 「한객필어」에 실려 있다.

대학두 하야시 호코를 따라왔던 그의 아들 하야기 류코(林榴岡, 1681-1758)는 호가 쾌당(快堂)인데, 학사 신유한(申維翰)과 필담을 나누다가 인삼에 관한 질문을 두 차례 하였다. 1728년에 대학두(大學頭)가 되어 막부의 외교문서를 관장하였다.

인삼의 산지

하야기 류코(林榴岡) : 귀국 **인삼**은 어느 산에서 납니까? 그 산의 이름
  을 듣고 싶습니다.

快堂問, 貴國人參, 出于何山? 願聞其山名.

신유한(申維翰) : 이는 하나의 산에서 나는 것이 아닙니다만, 서북쪽
  에서 많이 생산되고 동남쪽은 적습니다. 산의 이름은 논할 수 없
  습니다.

學士答, 此非一山之出, 而但西北多産, 東南則鮮少, 山名不可論.

하야기 류코 : 귀국은 **인삼** 이외에 따로 어떤 약재가 납니까?

快堂問, 貴國除人參之外, 別有何藥出耶?

신유한 : 약재 또한 많지 않습니다. **인삼** 이외에 나는 약초는 품종이
  중국 약재만큼 훌륭하지 못합니다.

學士答, 材亦不多, 人參之外, 所出藥種, 不如唐材之美.

快蔁問

貴國人参出于何山願聞其山名。

学士答

此非一山之出而但西北多產東南則鮮少山名

不可論。

快蔁問

俗云虎者牡豹者牝真果然乎蓋虎者大猛而不

学士答

可近也貴國施何討拿之乎。

虎有牡牝豹有牡牝其文既有虎豹之異自是兩

種捕得之方或以綱罟或以檻穽亦有持弓矢劍

搶而直前搏之者西北人悍勇故有此事

安道之妙香山忠清道之俗離山全羅道之智

異山皆以高深秀麗見稱

貴國花卉必多矣其中以何為佳種乎

花卉則別無可稱又無奇怪之產唯以蓮菊等

物為好。

貴國除人參之外別有何藥出耶。

藥材亦不多人參之外所出藥種不如唐材之數

貴國馬上才果然善騎公營武士皆能如是乎苦

대려필여

對麗筆語

대려필어
對麗筆語

1748년에 10차 통신사가 파견될 때에 조숭수(趙崇壽, 1715-?)가 양의(良醫)로 수행하였는데, 에도 의원 간 도우하쿠(菅道伯)가 6월 3일과 7일 이틀에 걸쳐 통신사 숙소인 교토 혼간지(本願寺)로 찾아와 주고받은 의학 필담 내용을 정리하여 목판본으로 간행한 필담집이 『대려필어(對麗筆語)』이다.

조숭수는 양주 사람으로 자는 경로(敬老)이고, 호는 활암(活庵)이다. 이때 34세였다.

간 도우하쿠는 자가 이장(夷長), 호는 순양(純陽)으로, 이때 37세였다.

조선과 일본의 의학 교육 순서, 『난경』의 진위 여부, 약초 감별법, 『동의보감』, 각기병(脚氣病)의 증세 및 치료법에 대한 문답과 토론 등이 전개되는데, 32쪽 분량의 작은 책으로 『반형한담』의 뒤에 부록으로 붙어 있다.

176

『난경』과 인삼·수삼(鬚蔘)

엔쿄(延享) 5년 무진년(1748) 5월에 조선의 삼사(三使)[1]가 예를 갖추어 찾아왔다. 나는 6월 3일에 양의(良醫) 조숭수와 혼간지(本願寺)[2]에서 만나보았다. 관의(官醫) 노로(野呂)[3]·가와무라(河村)[4] 두 사람도 왔다. 조숭수는 자가 경로(敬老)이고 호는 활암(活菴)이며 나이는 40세 정도였다. 깁으로 만든 관모(官帽)를 썼고 몸에는 옅은 푸른색 관복을 입고 있었다.

延享五戊辰年五月, 朝鮮三使來聘, 六月三日, 余會其良醫趙崇壽於本願

---

1 삼사(三使) : 일본에 파견된 통신사의 정사(正使)·부사(副使)·종사관(從事官) 세 사람을 가리키는데, 이때의 삼사는 정사 홍계희, 부사 남태기, 종사관 조명채이다.

2 혼간지(本願寺) : 교토(京都)에 있는 정토진종(淨土眞宗) 혼간지(本願寺)파의 본산(本山) 사원이다. 분리된 히가시혼간지(東本願寺)와 구별하기 위해 니시혼간지(西本願寺)라고 부르기도 했다.

3 노로(野呂) : 노로 지쓰오(野呂實夫). 자는 원장(元丈), 호는 연산(連山)이다. 노로 겐죠(野呂元丈)로도 알려져 있는데, 도호토(東都)의 의관(醫官)이다. 1748년 5월에 조숭수 등과 만나 필담을 나누고, 『조선필담(朝鮮筆談)』과 『조선인필담(朝鮮人筆談)』으로 편집하였다.

4 가와무라(河村) : 가와무라 슌코(河村春恒). 자는 자승(子升)·장인(長因), 호는 원동(元東)으로 도호토(東都)의 의관(醫官)이다. 1748년 6월 1일부터 12일까지 조숭수 등과 만나 필담을 나누고, 『상한의문답(桑韓醫問答)』으로 편집하였다.

寺. 官醫呂·河二君, 亦至. 崇壽字敬老号活菴年可四十. 戴紗帽, 身著淺青色服.

간 도우하쿠(菅道伯) : 저의 성은 간(菅)이고, 이름은 도우하쿠(道伯)이며, 자는 이장(夷長)입니다. 코우토 사람이고, 자호(自號)는 순양(純陽)입니다.

余書曰, 不佞姓菅名道伯, 字夷長江都人自号純陽.

조숭수 : 그대 나이는 얼마이고, 어떤 사람을 스승으로 섬겨 따랐습니까?

趙曰, 公年歲幾許, 而從師何人耶?

간 도우하쿠 : 제 나이는 37세이고, 조상의 일을 감히 없애지 못해 잇고 있습니다. 오늘은 틀림없이 좋은 날이니, 하늘이 서로 만나는 기회를 내려주셔서 천만다행입니다. 그대에게 요즘 대수롭지 않은 병이 있다가 오늘은 이미 시원하게 나으셨다고 키씨(紀氏)[5]에게 들었습니다.

余曰, 不佞春秋三十七, 先人所業不敢廢墮, 今日是好日, 天賜相見, 實爲萬幸. 聞之紀氏, 公近日有微恙, 今日旣愈快也.

조숭수 : 병은 이미 조금 나았는데, 그대의 문안을 받으니 매우 감사합니다. 평소 공부는 어떤 책부터 시작하셨습니까?

趙曰, 疾已少瘳, 而荷公問, 感感. 公平日所工, 自何書始?

---

5 키씨(紀氏) : 키노쿠니 주이(紀國瑞). 호는 난암(蘭菴)으로, 아메노모리 호슈(雨森東)의 문인이다. 당시 쓰시마 번주의 가신(家臣)이자 서기로 통신사 일행을 안내했다.

간 도우하쿠 : 저는 어려서 선친을 잃고, 비록 「소문(素問)」과 『난경(難經)』을 얻어 읽었지만 옛글이라 어렵고 껄끄러워 늘 괴롭고 어려웠습니다. 그래서 오늘까지도 성취한 바가 없습니다. 그대 나라 의원들은 어떤 의서(醫書)를 읽습니까?

余曰, 不佞幼失先人, 雖取素難而讀之, 古文苦澁, 每苦難通. 故至今日, 無所成就. 貴邦醫者, 所讀何等醫書?

조숭수 : 책을 읽는 방법은 쉬운 책부터 시작하여 어려운 책에 이르러야 하는데, 먼저 「소문」과 『난경』을 읽는 것은 좀 지나치다고 할 수 있습니다. 우리나라 의원들은 늘 『입문(入門)』과 『정전(正傳)』 등의 책부터 연구해서 익숙해진 뒤에 「소문」과 『난경』으로 나아갑니다. 『정전』은 글의 뜻이 매우 분명하고 『입문』은 뜻이 자세하고 치밀하니, 만약 이 책들을 함께 공부한다면 비록 세상에 나가 실천하더라도 대적할 사람이 없을 것입니다.

　만일 뛰어난 재주와 특별한 식견이 없는데도 먼저 「소문」과 『난경』을 읽는다면, 그 깊은 뜻을 얻기 어렵습니다. 여러 대가(大家)를 널리 읽은 뒤에야 그 깊고 심오한 경지를 엿볼 수 있습니다. 만약 망령되게 뛰어나고 큰 것부터 시작한다면, 범을 그리려다 이루지 못하고 도리어 개와 비슷하게 됩니다. 제게 어찌 시견이 있겠습니까만 어리석은 제 뜻을 말씀드릴 뿐이니, 그대가 만일 받아들여주신다면 다행입니다.

趙曰, 讀書之法, 自易而及難, 先讀素難, 似過矣. 弊邦醫者, 每自入門正傳等書始研熟, 然後進於素難. 正傳辭意明白, 入門歸趣細密, 若倂而行之, 則雖行于天下, 無敵者. 如非高材特見, 而先讀素難, 則難得其奧意也.

博讀諸家, 然後可以窺其深邃也. 若妄自高大, 則畵虎不成, 反類狗者也. 僕豈有所見也? 但以愚意言之耳. 公如領可則幸矣.

잔 도우하규 : 삼가 가르치신 뜻을 받아들여 감히 버려두거나 잊지 않겠습니다. 비록 그러하나 학문의 도(道)를 이루려면 먼저 어려운 것을 다스리라고 선친께 들었습니다. (어려운 것을) 이미 통한다면 쉬운 것은 다스리지 않아도 통할 수 있다는 것입니다. 지금 「소문」과 『난경』의 깊은 뜻에 통하려면 먼저 『입문』·『정전』과 근세의 책부터 읽으라고 하신 데에는 아마도 이러한 이치가 없는 듯합니다.

余曰, 謹領敎意, 不敢遺忘. 雖然聞之先人, 爲學之道, 先攻其難者. 難者旣通, 則易者可不攻, 而通也. 今欲通素難奧意, 而先讀入門正傳及近世之書, 恐無此理.

조숭수가 말이 없기에 내가 다시 입을 열려고 하자 조숭수가 말하였다 : 그대는 성(城) 안에 살고 있습니까? 「영추(靈樞)」와 「소문」의 전질(全帙)이 있습니까?

趙無語, 余欲再開口, 趙曰, 公居在城中耶? 有靈素全帙耶?

잔 도우하규 : 성 남쪽 3전(田)⁶에 살고 있는데, 이곳에서 20리 거리입니다. 이미 의원이라 일컫기는 하지만, 어떤 의서(醫書)도 쌓아두지 못했습니다.

余曰, 居在城南三田, 距此二十里. 旣稱醫者, 何醫書之不蓄也.

---

6 전(田) : 1정(井)이 되는 900묘(畝)의 땅이다.

조숭수 : 『난경(難經)』은 있습니까?

趙曰, 有難經耶?

간 도우하쿠 : 이곳에서는 『난경』 가운데 활수(滑壽)[7]가 주(註)를 단 책을 오로지 씁니다. 저는 오사카(大阪)에서 기(宜)선생이란 사람을 만나본 적이 있었는데, 『난경혹문(難經或問)』을 지었고, 또 겐이(玄醫)[8] 선생이 지은 『난경주(難經註)』도 있다고 했습니다. 이 책들은 활수가 주를 단 것보다 뛰어난 듯합니다.

余曰, 難經此方所專行者, 滑壽註. 我大阪有見宜先生者, 著難經或問, 又有玄醫先生者, 著難經註. 各似勝滑氏註.

조숭수 : 월인(越人)[9]이 『난경』을 짓고, 후대에 그 누가 감히 그 깊은 이치를 말하겠습니까? 그대는 이들 학설에 미혹되지 마십시오. 옛 주석이 아니면 할 수 없습니다.

趙曰, 越人難經, 後世何人, 敢言其蘊奧也? 此等說, 公莫敢也. 非古註則不可也.

---

7 활수(滑壽) : 자는 백인(伯仁), 호는 영녕생(攖寧生)으로 원나라 의원이다. 명의 왕거중(王居中)에게 의학을 배웠고, 『십사경발휘(十四經發揮)』 3권, 『독싱한론초(讀傷寒論抄)』, 『진가추요(診家樞要)』, 『난경본의(難經本義)』 등의 의서가 있다.

8 겐이(玄醫) : 나고야 겐이(名古屋玄醫, 1628-1696). 교토 출신으로 『상한상론편(傷寒尚論篇)』, 『의문법률(醫門法律)』 등의 영향을 받아, 당시 성행하던 이주(李朱) 의학을 버리고 임상의학 원류인 장중경(張仲景)의 고의방(古醫方)으로 돌아갈 것을 주창한 고방파 최초의 의원이다. 『의방규구(醫方規矩)』, 『의방문여(醫方問餘)』 등의 저서가 있다.

9 월인(越人) : 편작(扁鵲)의 명으로, 성(姓)은 진(秦)이니 원명은 진월인(秦越人)이다. 발해군(渤海郡) 사람으로 장상군(長桑君)에게서 금방(禁方)의 구전(口傳)과 의서(醫書)를 물려받아 명의가 되었다고 한다.

잔 도우하쿠 : 그대는 여러 주석을 읽어보지도 않고 무슨 까닭에 함부로 말씀하십니까? 옛 주석이라 말씀하셨는데, 이것은 어떠한 사람이 주를 단 것입니까?

余曰, 公未讀諸註, 何故胡亂說? 且所道古註, 是何等人所註.

조승수 : 『난경』은 본래 주가 없으니, 뜻으로 풀 수 있습니다.

趙曰, 難經本無註, 可以意解.

잔 도우하쿠 : 그대 나라 장백산(長白山)에서 생산되는 **인삼(人蔘)**이 가장 상등의 좋은 **인삼**임에 틀림없다고 들었습니다. 다른 곳에서 뛰어나다며 생산되는 것은 확실히 그러한지 모르십니까?

余曰, 聞貴國長白山産人蔘, 最是上好人蔘. 勝他所出, 不知信然耶?

조승수 : 다만 장백산만 아니라 여러 이름난 산에서 모두 생산되는데, 북쪽 지역에서 생산되는 **인삼**이 가장 뛰어납니다.

趙曰, 不獨長白山, 諸名山皆産焉, 而以北路産者爲最.

잔 도우하쿠 : 우리나라 길 근처 여기저기에 나는 **수삼(鬚蔘)**[10]은 맛이 매우 씁니다. 그것을 쓰는 방법은 감초(甘艸) 물에 담갔다가 굽는 것인데, 그대 나라에도 **수삼**이 있습니까?

余曰, 我國近道所出鬚蔘, 味甚苦. 用之法, 浸甘草水, 而炙之, 貴國亦有

---

10 수삼(鬚蔘) : 수제한 인삼의 작은 뿌리로, 중국에서는 수삼(鬚蔘), 또는 삼수(蔘鬚), 한국에서는 미삼(尾蔘)이라고 한다. 형태나 용법에 따라 홍미삼(紅尾蔘), 백미삼(白尾蔘), 100개 내외를 1포로 하는 대미(大尾), 200개 내외를 1포로 하는 대중미(大中尾), 201개 이상을 1포로 하는 중미(中尾), 세절(細折)이라고도 하는 미미(米尾), 세모(細毛)인 삼피미(蔘皮米), 백삼의 세모인 백직수(白直鬚), 홍직수(紅直鬚) 등이 있다.

鬚參耶?

조숭수 : 그대 나라 **인삼**에 관한 설명은 이미 가와무라(河村) 선생에게 말했는데, 진짜 **인삼**이 아니니, 섞어 쓰지 않으시면 좋겠습니다.

趙曰, 貴國參說, 只對河公言之耳, 非眞參, 幸勿混用也.

간 도우하쿠 : 『동의보감(東醫寶鑑)』에 그대 나라에는 관동(款冬)이 없다고 했습니다. 이 식물은 산과 들에 많이 있는데, 아마도 그대 나라 사람들이 그 모양을 모르는 것 아닙니까?

余曰, 東醫寶鑑曰, 貴國無疑冬. 此物山野多在, 恐是貴國之人, 不知形狀?

조숭수 : 중원(中原)에서 오는 것을 얻어다 씁니다.

趙曰, 取用中原來者.

인삼을 제목으로 주고받은 시

(칸 도우하쿠가) 조숭수(趙崇壽)에게 지어주다

압록강과 계림[11]은 손바닥 사이인데	鴨綠鷄林指掌間
어찌 이곳에 불그레한 얼굴이 머무는가?	如何此處駐朱顔
인삼 다섯 잎은 봄이 한창일 테니	人蔘五葉春應遍
만고의 풍광은 장백산일세.	萬古風光長白山

조(趙)가 화답하다

바다와 산 사이를 자주 나노라니	沈沈數翔海山間
일본에 이르기도 전에 이미 얼굴빛 초췌해졌네.	未到搏桑已減顔
큰 약으로 오래 산다고 그대는 말하지 마오	大藥駐年君莫說
고향 산에 돌아가 누움만 못하리.	不如歸臥故鄕山

---

11 계림(鷄林) : 김알지(金閼智)가 이 숲에서 태어날 때에 흰 닭이 울었다고 하여 계림(鷄林)이라 불렸는데, 경주, 신라라는 뜻으로도 쓰였다. 일본에서 신라를 계림이라고도 불렀다.

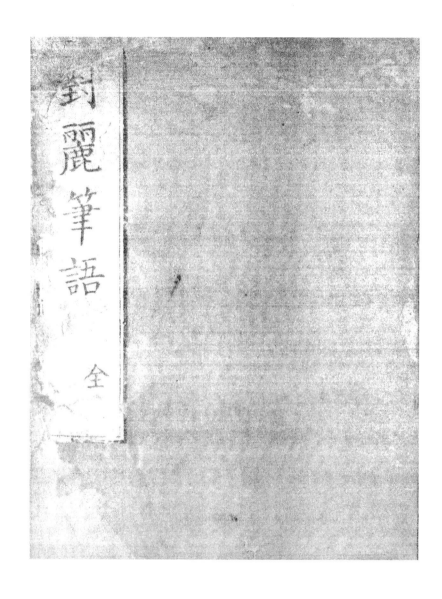

對麗筆語

江都　管道伯炅長著

延享五戊辰年五月。朝鮮三使來聘六月三日余會

其良醫趙崇壽於本願寺官醫呂河二君亦至崇壽

字敬老号活菴年可四十戴紗帽身着淺青色服

余書曰不佞姓菅名道伯字彧長江都人自号純陽

趙曰公年歲幾許而從師何人耶。

余曰不佞春秋三十七先人所業不敢發墮今日是

好日天賜相見實為萬幸聞之紀氏公近日有徵羔

今日既愈快也。

趙曰疾已少瘳而荷公問感感公平日所于所自何書

始。

余曰不佞幼失先人難取素難而讀之古文若涉每

若難通故至今日無所成就貴邦醫者所讀何等醫

書。

趙曰讀書之法自易而及難先讀素難似過矣弊邦

醫者每自入門正傳等書始研熟然後進於素難正

傳辭意明白入門歸趣細密若併而行之則雖行千

天下無敵者如非高材特見而先讀素難則難得其

與意也博讀諸家然後可以窺其深邃也若安伯高

大則畵虎不成反類狗者也僕豈有所見也但以愚
意言之耳公如領可則幸矣
余曰謹領教意不敢遺忘雖然聞之先人爲學之道
先攻其難者難者既通則易者可不攻而通也今欲
通素難與意而先讀入門正傳及近世之書恐爲此
理。
趙無語余欲再問曰趙曰公居在城中耶有靈素全
帙耶。
余曰居在城南三田距此二十里旣稱醫者何醫書
之不蓄也

趙曰有難經耶

余曰難經此方所專行者滑壽註我大阪有見宜先
生者著難經或問又有玄醫先生者義難經註各似
勝滑氏註

趙曰越人難經後世何人敢言其縕奧也此等說公
莫惑也非古註則不可也

余曰公未讀諸註何故胡亂說且所道古註是何等
人所註

趙曰難經本無註可以意解

余曰聞貴國長白山產人參最是上好人參勝他所

出不知信然耶

趙曰不獨長白山諸名山皆産焉而以北路産者爲

最이

余曰我國近道所所出顬參味甚苦用之法浸甘艸

水而炙之貴國亦有顬參耶

趙曰貴國參說只對河公言之耳非眞參幸勿泥聽

也

余曰東醫寶鑑曰貴國無欵冬此物山野多在恐是

貴國之人不知形狀

趙曰取用中原來者

與趙崇壽

鴨綠鷄林指掌間。如何此処駐朱顔。人參五葉春應
遍萬古風光長白山。

趙和

沉沉數翮海山間。未到搏桑已減顔。大藥駐年君召逸
說不如歸臥故鄉山。

余再和

五十三驛彩雲間。但道烟霞堪解顔。不向芙蓉顔
色何知此処是三山。

卒賦與趙崇壽用河公韻　　道伯

상한의문답

桑韓醫問答

상한의문답
桑韓醫問答

1748년에 제10차 통신사가 파견될 때에 조숭수(趙崇壽, 1715-?)가 양의(良醫)로 수행하자, 에도 의원 가와무라 슌코(河村春恒)가 숙소로 찾아와 의학 관련 필담을 주고받은 뒤에 목판본으로 간행한 책이 『상한의문답(桑韓醫問答)』이다.

조숭수는 양주 사람으로 자는 경로(敬老)이고, 호는 활암(活庵)이다. 이때 나이 34세였다.

가와무라 슌코의 자는 자승(子升)·장인(長因), 호는 원동(元東)으로, 이때 나이 27세였다.

필담은 6월에 며칠 동안 진행되었는데, 두 사람 사이에 여러 가지 병증과 의서에 관해 토론이 벌어졌다.

중풍 처방에 인삼 약재를 쓰는가

가와무라 순코 : 감히 묻습니다. 『내경(內經)』에 이른바 중풍(中風)과 후세의 중풍은 다를 것이라고 생각합니다. 후세의 중풍은 내상(內傷)에 연관되고, 『내경』의 중풍은 외감(外感)에 연관됩니다.

중경(仲景)의 『상한론(傷寒論)』에 이른바 중풍이란 것은 『난경』「상한(傷寒)」편에 있는 5가지 중 첫 번째 병증이니, 외감의 병입니다. 『금궤요략(金匱要略)』에 이른바 중풍은 비록 후세의 중풍과 비슷하지만 또한 외사(外邪, 邪氣)이니, 내상이 아님은 분명합니다. 소씨(巢氏)[1]의 『병원후론(病源候論)』[2]과 손씨(孫氏)[3]의 『천금방(千金方)』에 거의

---

1 소씨(巢氏) : 소원방(巢元方, ?-?). 중국 수(隋)·당(唐)대 의원. 610년에 『제병원후론(諸病源候論)』을 편찬한 대가인데, 『제병원후론』은 중국 의학의 고전이 되었다.

2 『병원후론(病源候論)』 : 소원방(巢元方)의 저술 『제병원후론(諸病源候論)』을 가리킨다. 전체 50권인데, 1,700여 조의 증후를 67문(門)으로 나누어 병원(病源)·병상(病狀)에 대해 기술하고 있으며 처치·약방(藥方)에 대해서는 설명하지 않았다.

3 손씨(孫氏) : 손사막(孫思邈). 중국 수(隋)·당(唐)대 의원. 섬서성(陝西省) 요현(耀縣) 사람. 손진인(孫眞人)이라고도 한다. 음양·천문·의약에 정통했고, 수나라 문제(文帝), 당나라 태종과 고종이 벼슬을 주려 했으나 사양하고 태백산에 은거했다. 어려서 풍증에 걸려 가산을 탕진했기 때문에 평생 의학서를 존중하고 가까이했으며, 여러 약방문을 모아 보기 쉽게 『비급천금요방(備急千金要方)』 30권을 편찬했다. 저서에 『섭생진록(攝生眞錄)』·『침중소서(枕中素書)』·『복록론(福祿論)』·『천금익방(千金翼方)』 등이 있다.

정확하게 말한 것이 바로 후세의 중풍입니다. 이렇게 되자 후세 사람들은 드디어 진중풍(眞中風)·유중풍(類中風)이란 명칭을 세웠는데, 시궐(尸厥)·식궐(食厥)·담궐(痰厥) 또는 중서(中暑)·중한(中寒) 등 대체로 혼궤(昏憒)·졸도(卒倒)에 이르는 것들을 모아서 유중풍이라 이름했으니, 유중풍은 후세의 중풍과 구별됩니다.

후세의 중풍 역시 유중풍인지는 전혀 모르겠습니다. 대체로 혼궤·졸도하여 정신을 잃고 의식이 없는 것은 그 원인을 따질 것 없이 모두 『내경(內經)』에 이른바 궐증(厥症)입니다. 풍(風)과 서로 관련은 없을 것입니다. 후세의 중풍과 같은 것은 유하간(劉河澗)[4]이

"적당한 휴식과 섭생을 잃고, 심화(心火)가 몹시 성하며, 신수(腎水)가 매우 약해 심화를 억제할 수 없다면, 음(陰)은 비게 되고 양(陽)은 가득 차서, 열기(熱氣)가 몰려 답답하고, 정신이 흐려져서 졸도한다."

고 했던 그 말이 정말 옳습니다. 이동원(李東垣)도 말하기를

"중풍이란 것은 밖에서 들어온 풍사(風邪)가 아니라, 본래 있던 기(氣)로부터 생기는 병이다. 대체로 사람의 나이가 40세를 넘어 기가 약해지는 즈음이나, 또는 근심과 기쁨, 몹시 성내는 것이 그 기를 해치면, 대부분 이 병이 있다. 장년일 때에는 없으나, 만약 살지고 원기 왕성한 사람이라면 간혹 그 병이 있으니, 역시 몸은 성하지만 기가 약해 이러한 병이 있게 될 뿐이다."

라 했으니, 제대로 설명했다고 할 수 있습니다. 이것은 하간(河澗)이

---

4 유하간(劉河澗) : 금(金)대 의원 유완소(劉完素). 하간은 유완소의 호.

언급하지 못했던 바를 다한 것입니다.

　그런데 두 사람이 중부(中腑)·중장(中臟)·육경(六經)에 나타나는 병증을 논의한 것은 바르지 않습니다. 중부(中腑)·중장(中臟)·육경(六經)에 나타나는 증상이란 것은 외사(外邪)이니, 후세의 중풍은 아닐 것입니다. 주단계(朱丹溪)가

　"서북(西北) 두 지방은 풍(風)을 맞게 된 사람이 있으나 매우 적고, 동남(東南) 지방의 사람에게는 많은데, 이것은 습기(濕氣)가 담(痰)을 생기게 하고, 담은 열(熱)을 생기게 하며, 열이 풍을 생기게 한 것이다."

라 했으니, 그 말은 또한 병증을 나누지 않는다는 것과 같습니다. 서북 두 지방에서 풍을 맞게 된다는 것은 『내경(內經)』에 이른바 진중풍(眞中風)이니, 유중풍(類中風)은 아닐 것입니다.

　또 습기가 담을 생기게 하고, 담은 열을 생기게 하며, 열이 풍을 생기게 한다는 것은 『난경(難經)』에 "자식[火]이 성(盛)하면, 어미[木]로 하여금 가득 차게 할 수 있다."고 말한 것이 맞습니다. 그런데 담은 화(火)의 성함을 따라 움직이니, 담이 열을 생기게 하는 것은 아닙니다. 대체로 세 분이 설명한 것은 모두 후세의 중풍이 밖으로부터 침입한 풍사(風邪)에 맞은 것이 아님을 알았는데, 그 치료법에 미치면 제일 먼저 본래 의술에서는 **속명탕(續命湯)**·방풍통성산(防風通聖散)·삼화탕(三化湯) 등을 먼저 늘어놓았으니, 무엇 때문입니까?

　만일 강활(羌活)이나 방풍(防風)이라면 그것을 조금 도와서 경맥(經脉)을 막힘없이 흐르고 통하게 하며, 간사(肝邪)를 흩어져 나가게 하는 것이 맞습니다만, 마황(麻黃)이나 대황(大黃)을 어찌 여러 내상

(內傷)·중풍에 쓸 수 있습니까? 대체로 내상·졸도(卒倒)·담천(痰喘)이 심하게 몰려 뭉친 사람은 **인삼(人蔘)**·죽력(竹瀝)·강즙(薑汁) 등으로 열어주는 것이 마땅합니다. 점점 되살아나기를 기다린 이후에 **인삼**·황기(黃耆)로 보기(補氣)하거나 당귀(當歸)·지황(地黃)으로 보음(補陰)하여 풍기(風氣)와 화기(火氣)를 물리치면 되니, 이것이 그 치료법입니다.

근세에 명문(命門)의 화(火)를 돕는다는 설명을 거듭 행하여 계지(桂枝)·부자(附子) 보기를 음식처럼 예사롭게 하고, 황금(黃芩)·황련(黃連) 보기를 뱀·전갈처럼 두려워하는데, 중풍(中風)·졸도에 반드시 **삼부탕(蔘附湯)**을 쓰되 **인삼**이 빠질 수 없는 것과 같고, 부자도 선택하지 않을 수 없는 것과 같지만, 신음(腎陰)이 부족하거나 쇠약하고 심화(心火)가 갑자기 심한 사람에게는 **인삼**이 맞지 않을 것입니다. 대체로 중풍의 병증을 논의하고 치료법을 설명한 것을 보면 뒤섞이고 복잡해 분명하지 않은데, 모두 병의 갈래로 나눌 수 없는 진중풍과 유중풍 때문입니다. 어찌 조심하지 않을 수 있겠습니까? 어리석은 제 의견은 이와 같은데, 그대 나라에도 또한 유중풍이란 것이 다수를 차지하고 진중풍이란 것이 적어서 치료할 수 없는 것이 대체로 이와 같습니까? 밝게 가르쳐 주시기기를 바랍니다.

問

敢問. 內經所謂中風, 與後世所謂中風, 不同矣. 后世中風係內傷, 而內經中風係外感焉. 仲景傷寒論, 所謂中風者, 亦難經傷寒, 有五之一症, 而外感之疾也. 要曓所謂中風, 雖似后世中風, 亦以外邪論之, 則非內傷也明矣. 迨至巢氏病源候論, 孫氏千金方, 正所云者, 乃后世中風也. 於是乎后人, 遂立眞中風·類中風之名, 而以尸厥·食厥·痰厥, 或中暑·中寒等, 凡至昏憒·卒倒者, 摠名曰類中風, 而以類中風別后世中風焉.

殊不知后世中風亦是類中風也. 凡昏憒·卒倒, 不省人事者, 不問其所
因, 皆經所云, 厥症也. 與風不相涉矣. 如后世中風者, 劉河澗曰, 將息失
宜, 而心火暴甚, 腎水虛衰, 不能制之, 則陰虛陽實, 而熱氣怫鬱, 心神昏
冒, 而卒例也, 其言實是也. 李東垣, 亦曰, 中風非外來風邪, 乃本氣自病
也. 凡人年逾四旬, 氣衰之際, 或憂喜忿怒傷其氣, 多有此疾. 壯歲之時,
無有焉, 若肥盛者, 則間有之, 亦是形盛氣衰, 而有此耳, 其言得之矣. 是
河澗所未言及者盡焉. 然而二氏論中腑·中臟·六經之見症者, 非也. 中
腑·中臟·六經見證者, 外邪, 而非后世中風矣. 朱丹溪曰, 西北二方, 有
眞爲風所中者, 但極少耳, 東南之人多, 是濕生痰, 痰生熱, 熱生風也, 其
言亦猶不分症焉. 西北二方, 爲風所中者, 經所謂眞中風, 而非類中風矣.
又濕生痰, 痰生熱, 熱生風者, 是經云 子能令母實之謂也. 然而痰之動因
火之熾也, 非痰生熱矣. 凡三氏所說, 皆知后世中風非外來中風邪, 而及
其治法, 則於本門首, 先列續命湯·防風通聖散·三化湯等, 何也? 如羌
活·防風, 少佐之, 而流通經脈, 疏散肝邪, 可也, 麻黃·大黃, 豈可施諸
內傷·中風乎? 凡內傷·卒倒·痰喘壅盛者, 宜以人參·竹瀝·姜汁等開
焉. 待稍甦而後, 或參·耆以補氣, 或歸·地以補陰, 退風火焉, 是其法也.
近世命門補火之說, 荐行, 而見桂·附, 猶茶飯, 見芩·連, 猶蛇蝎, 中風·
卒倒, 則必用參附湯, 人參猶不可闕焉, 如附子不可無取舍焉, 腎陰虛衰,
心火暴甚者, 非所宜矣. 凡中風論症設治法, 混雜不明, 皆是由眞風類風,
不別症門矣. 豈不可不慎哉? 愚見如是, 貴國亦類風者居多, 而眞中風者
爲少, 否治療, 大方如是乎? 冀聞明教.

조숭수 : 중풍을 진중풍과 유중풍으로 구별한 것은 우단(虞搏)의 논의가
자세합니다. 저는 우단의 설명이 옳다고 여기니, 다시 말하고 싶어도
더할 것이 없습니다.

동원(東垣)은 기허(氣虛)를 따라 풍(風)을 맞는다 했고, 하간(河澗)
은 화(火)가 왕성함에 따라 풍을 맞는다 했으며, 단계(丹溪)는 습기

가 몰려 뭉침에 따라 풍을 맞는다 했는데, 각각 그 원인을 말했을 뿐입니다. 어찌 세 분 선생이 기와 화와 습을 따름만 알고, 외중(外中)⁵을 모른 채 말할 수 있었겠습니까? 기허를 따른 중풍이란 것은 한갓 풍을 없앨 것만 알고 보기(補氣)를 모른 것이니, 풍은 스스로 물러나지 않습니다.

화의 왕성함을 따른 중풍은 풍을 몰아내는 것만 알고 사화(瀉火)⁶를 모른 것이니, 병이 무슨 이유로 안정되겠습니까? 이 때문에 병에는 표본(標本)⁷이 있고, 치료에는 먼저 할 것과 나중에 할 것이 있습니다. 화나 습을 따르는 내상(內傷) 등의 증세가 전혀 없고, 풍에 의한 외중이나, 육경(六經)에 병이 퍼져 중장(中臟)과 중부(中腑)의 구별이 있는 사람을 어찌 세 선생의 설명에 의지하겠습니까? 풍은 사람을 해치되 반드시 그 허(虛)를 틈타기 때문에 세 선생이 이론을 세워 글을 썼을 것입니다.

의원이 기허한 중풍을 만난다면 동원의 논의를 따를 수 있지만, 하간과 단계는 나도 모르겠습니다. 화가 왕성한 중풍이라면 하간의 논의를 따를 수 있지만, 단계와 동원은 내가 모르겠습니다. 내상 등의 증세가 없고 다만 풍에 의한 외중이라면 동원·단계·하간은 나도 모두 모르겠으나, 일단 외치(外治)를 따릅니다. 하필 얽매여서 활투법(活套法)을 받아들이지 않겠습니까?

---

5 외중(外中) : 외사(外邪)에 의해서 중풍(中風)이 된 것이다.

6 사화(瀉火) : 성질이 찬 약으로 열이 심해 생긴 화를 사(瀉)하는 방법이다.

7 표본(標本) : 말단과 근본인데, 한의학에서 질병의 외부 증세와 근본 성질을 이르는 말이다.

"식궐(食厥)·담궐(痰厥)·중서(中暑)·중한(中寒) 등의 증세도 유중풍이라 말할 수 없다."고 하신 말씀은 그대가 말씀하셨던 풍과 함께 서로 방해하지 않는 것이니 참으로 옳습니다. 근세 장경악(張景岳)[8]은 비풍(非風)[9]이란 설명을 했는데, 저는 이것이 세상을 속이는 논의라고 생각합니다. 내상을 따르는 중풍이란 것은 내상임이 틀림없고, 중풍에는 내상이 없으며, 중풍이란 다만 외사(外邪)를 맞는 것이 옳습니다. 식궐·담궐·중서·중한은 습과 화를 따르고, 풍사(風邪)는 전혀 없는 것이니, 각각 저마다 다른 병을 만드는 것인데, 어찌 중풍과 논의할 수 있겠습니까? 경악(景岳)이 그것을 내놓지 못했고, 이전 사람들 모두 비풍(非風)을 몰랐으니, 뒤섞여 구별하지 못했습니까? 이것은 모르겠습니다.

세 선생이 치료법을 논의하며 곧바로 **속명탕(續命湯)** 등을 늘어놓은 것은 어찌 의심할 게 있겠습니까? 화(火)와 기(氣)와 습(濕)을 따른다는 것은 그 원인이라는 말이고, **속명탕**을 소홀히 하지 않은 것은 그 풍(風)의 치료를 논의한 것이니, 각각 그 원인된 바만 밝혔으나 외중(外中)의 뜻도 소홀히 하지 않았음을 특히 볼 수 있습니다. 부자(附子)와 계지(桂枝)로 화를 돕는다는 설명은 경악 이후로 세상에 크게 행해졌는데, 심히 의심스런 사람은 그 허실(虛實)과 한연(寒熱)을 논의하지도 않고, 먼저 계지·부자를 주로 하여 처방전만 늘어놓으며, 봄·여름·가을·겨울과 무년(戊年)[10]·오년(午年)[11]에 받아

---

8 장경악(張景岳) : 중국 명(明)대 의원인 장개빈(張介賓)으로, '경악'은 그의 자이다.

9 비풍(非風) : 내상으로 오는 중풍인데, 외감중풍과 구별하기 위해 내상중풍을 '비풍'이라고 한다.

들이지 않는 약이 없고, 먹지 않는 날이 없으며, 뜻하지 않게 일찍 죽는 사람이 서로 이어져도 살피는 바가 없으니, 참으로 슬픈 일입니다.

제가 비록 어리석어 보고 들은 바는 적더라도 그대가 말씀하신 것을 시험해보겠습니다. 경악의 보양(補陽)에 대한 설명은 양(陽)은 살리고 음(陰)은 죽이며, 하늘의 운행은 굳건하고 땅은 쇠퇴하지 않는다는 뜻을 위주로 하는데, 양은 남고 음은 부족한 데 현혹되니, 음정(陰精)은 수명을 받드는 것이고, 양정(陽精)이 아래로 내려가는 것은 일찍 죽는 이치입니다. 『주역(周易)』에 "하늘은 가득차고, 땅은 비었다."고 했는데, 땅의 겉은 비록 단단한 것 같아도 하늘의 기(氣)가 땅 속에 널리 퍼져 쇠붙이와 돌이라도 뚫고 지나가니, 하늘이 가득 찼다는 괘상(卦象)을 알 수 있습니다. 음정이 받드는 곳은 높은 땅이고, 높은 땅은 서북 지방이며, 서북 지방은 응달입니다. 부족한 음을 가지고 응달에 살더라도 그것을 도움과 함께 양이 고르게 된다면 그 수명을 얻습니다. 물속에 있는 물고기에 비유하면, 매우 짧은 고요함도 없이 움직이는 것이 양의 기(氣)입니다. 그러나 물이 없다면 움직일 수 없으니, 하늘이 굳건하다는 작용에 의지해 가까이할 곳이 없기 때문입니다. 풀과 나무에 비유하면, 비가 내릴 때 뿌리와 씨는 습하고 질척합니다. 그런 뒤에 양기(陽氣)를 북돋우면 자라고 싹틉니다. 만약 겨울 새벽이라도 날씨가 덥다면 강이나 호

---

10 무년(戊年) : 60갑자 가운데 천간(天干)이 무(戊)로 된 해이다.
11 오년(午年) : 60갑자 가운데 지지(地支)가 오(午)로 된 해이다.

수의 물은 마르니, 비록 양이 올라가는 기가 있더라도 몹시 애태우지 않을 사람은 드물 것입니다.

양을 살린다는 설명을 혼자 행할 수 있겠습니까? 오직 사람의 삶이니, 풀과 나무와 벌레와 물고기에 견줄 수 있는 것이 아닙니다. 남녀간의 욕정은 정(精)을 줄어들게 하고, 깊은 생각은 마음을 태우게 하며, 선천지기(先天之氣)[12]는 줄어들지 않고 후천지기(後天之氣)[13]가 먼저 없어지는데, 이러한 때를 만나서 양만 도와 음을 더욱 없어지게 하는 것이 옳겠습니까? 아니면 음을 도와 한쪽으로 치우친 근심을 없게 하는 것이 옳겠습니까?

『내경(內經)』에 "하늘은 사람에게 5기(五氣)[14]를 먹여주고, 땅은 사람에게 5미(五味)[15]를 먹여준다."고 했습니다. 물은 음(陰)이니, 보음(補陰)하는 사물입니다. 만약 병이 없고 양(陽)이 가득한 사람이 며칠 물을 끊는다면, 양만 가득 찼다고 온전할 수 있겠습니까? 없겠습니까? 이 때문에 음기만 가득차도 양 또한 숨으니, 양만 홀로 살지 못하고, 음만 홀로 자라지 못하는데, 어찌 양만 거듭 돕고, 음을 거듭 모자라게 할 수 있겠습니까? 제가 풀지 못한 문제가 이것입니다.

졸도에 **인삼(人蔘)** · 부자(附子)를 쓴다는 것은 기허(氣虛)한 사람을 위해 쓰는 것이고, 신병(腎病)에 부자를 쓴다는 것은 하한(下寒)[16]

---

12 선천지기(先天之氣) : 선천지정(先天之精)으로 신(腎)에 있는 생식의 정인데, 생식기능·성장·발육·노쇠와 관계가 있다.

13 후천지기(後天之氣) : 후천지정(後天之精)으로, 음식물을 소화해 흡수한 정미로운 영양물질이다.

14 5기(五氣) : 온(溫)·양(涼)·한(寒)·조(燥)·습(濕)의 5가지 기운이다.

15 5미(五味) : 신(辛)·산(酸)·함(鹹)·고(苦)·감(甘)의 5가지 맛이다.

한 사람을 위해 쓰는 것이지만, 풍(風)과 화(火)에 대해서는 참으로 논의가 부족합니다. 아마도 중풍은 병으로 여겼지만, 외중(外中)이란 것은 매우 적어서 모두 내상(內傷)을 따라 그것을 이어받았으니, 『내경(內經)』에 이른바 "바르지 않음은 빈 기회를 탄다."는 것이 이것입니다. 그대 나라와 우리나라에 무슨 차이가 있겠습니까?

答

中風, 所謂眞中·類中之辯, 虞搏之論詳矣. 僕以虞說爲是, 雖欲更陳無以加矣. 東垣之因氣虛中風, 河澗之因火盛中風, 丹溪之因濕壅中風, 皆各言其所因而已. 豈可曰, 三子者, 止知因氣因火因濕, 而不知外中也哉? 因氣虛中風者, 徒知祛風, 而不知補氣, 則風不自退. 因火盛中風者, 徒知驅風, 而不知瀉火, 則病何由安? 是以病有標本, 治有先後. 若絶無因火因濕內傷等症, 而外中於風, 而有六經傳變中臟中腑之別者, 又何待於三子之說哉? 但風傷人, 必乘其虛, 故彼三子之論著矣. 醫者但當氣虛, 而中風也, 則可從東垣之論, 而河澗·丹溪, 吾不知矣. 火盛而中風也, 則可從河澗之論, 而丹溪·東垣, 吾不知矣. 無內傷等症, 而但外中於風也, 則東垣·丹溪·河澗, 吾皆不知, 而一從乎外治. 又何必拘泥, 而不容活法也哉? 其曰, 食厥·痰厥·中暑·中寒等症, 又非類中之可論, 足下言與風, 不相干者, 誠是也. 近世張景岳, 非風之說, 僕以爲是誑世之論也. 因內傷而中風者, 是內傷, 中風無內傷, 而中風者是但中外邪. 彼食厥·痰厥·中暑·中寒, 因濕因火, 而絶無風邪者, 便是各自爲他病, 亦何論於中風耶? 景岳未出之, 前人皆不知非風, 而混而無別耶? 是未可知也. 三子之論治法, 首先列續命湯等者, 有何疑乎? 因火因氣因濕者, 言其因也, 不廢續命者, 論其風治也, 雖各明其所因, 而不廢外中之意, 尤可見矣. 附·桂補火之說, 自景岳以後, 大行于世, 惑之甚者, 不論其虛實寒熱, 先主桂·附, 排成藥方, 春夏秋冬戊年午年, 無藥不入, 無日不服, 橫夭者相續, 而莫之攸省, 良可悲. 夫僕雖愚昧, 無所見聞, 試爲足下言之. 彼景岳補陽之說, 主於陽生陰殺, 天行健, 地不墜之義,

---

16 하한(下寒) : 몸 아랫도리가 찬 체질이다.

而獨昧於陽有餘, 陰不足, 陰精所奉壽, 陽精下降, 天之理也. 易曰, 乾實坤虛, 地之外面, 雖似堅實, 而天之氣, 流行於地之中, 雖金石, 亦能透過, 其乾實之象, 可知也. 陰精所奉, 卽高之地也, 高之地, 卽西北方也, 西北方, 卽陰也. 以不足之陰, 處於陰, 而補之與陽平, 得其壽焉. 譬於魚在水中, 無一息之靜, 其動卽陽之氣也. 然無水, 則不能動者, 乾健之用, 無所依附故也. 譬於艸木, 雨水時, 降濕潤根核, 然後鼓陽氣, 而生發. 若冬早天熱, 水液乾涸, 雖有陽升之氣, 而其不焦燥者, 鮮矣. 陽生之說, 其可獨行乎? 惟人之生也, 非艸木蟲魚之可比. 色慾耗其精, 思慮燋其心, 先天之氣未虧, 而後天之氣先竭, 當此之時, 補其陽, 而愈竭其陰可乎? 抑將補其陰, 而使無偏傾之患可乎? 經曰, 天食人以五氣, 地食人以五味. 水卽陰也, 補陰之物也. 假使無病陽實之人, 絶水數日, 則其可以陽實, 而能全乎否乎? 是故陰氣實, 陽亦藏, 獨陽不生, 孤陰不長, 豈可重補其陽, 而重虛其陰乎? 僕之所以未解者此也. 卒倒用參·附者, 爲氣虛者設, 腎病用附子者, 爲下寒者設, 於風於火, 固不足論也. 蓋中風爲病, 外中者甚小, 皆因內傷, 而襲之, 經所謂, 邪乘其虛者, 是也. 貴國與弊邦, 何有間焉?

전염병과 인삼

가와무라 슌코 : 의술 서적에서 논의한 시역(時疫)과 후세 시역은 다릅니다. 지금 시역이라 일컫는 것은 역(疫)이 아닐 것입니다. 역이란 것은 산람장기(山嵐瘴氣)[17], 물과 흙의 더러운 기(氣)에 사람이 감염된 병인데, 그 기는 반드시 봄과 여름 사이에 돌아다닐 것이고, 서로 전염되어 옮겨 가면 집안이 망하게까지 됩니다.

그런데 지금 시역이라 일컫는 것은 그렇지 않습니다. 서로 전염되는 사람이 없고, 그 병이 반드시 봄과 여름의 사이에 돌아다니지 않으며, 가을이나 겨울에도 병에 걸립니다. 이런 점에서 살펴본다면 역(疫)이 아님은 분명합니다. 비록 그렇지만 저는 학식이 얕고 견문이 좁아 그 이름을 감히 고칠 수 없기 때문에 풍속에 따라서 시역(時疫)이라 일컫는데, 시역과 상한(傷寒)은 서로 비슷할 것입니다. 그런데 어떤 사람은 비슷하다 하고 어떤 사람은 비슷하지 않다고 합니다.

---

17 산람장기(山嵐瘴氣) : 장독(瘴毒)이라고도 한다. 더운 지방의 산림지대에서 습열(濕熱)이 증울(蒸鬱)해 생기는 일종의 병사(病邪)로 전염병에 속하는데, 학질(瘧疾)이 많다.

상한이란 것은 풍한(風寒)이 가는 털을 따라 영위(營衛)[18]에 들어
오면, 영위가 사기(邪氣)를 받기 때문에 오한(惡寒)하고, 영위에 풍한
이 겹쳐서 막혀 통하지 않으면 몸 겉 부위의 양(陽)도 막혀 통하지
않고 열을 일으키기 때문에 열이 나는 것입니다. 마황탕(麻黃湯)·
계지탕(桂枝湯)의 두 탕약으로 몸 겉 부위를 통하게 하고 고르게 하
면, 사기와 땀이 함께 나와서 병이 나을 것입니다.

시역에는 땀 내는 것을 크게 금하고 꺼립니다. 오한의 경우에는
진액(津液)을 없애고, 병열(病熱)이 더욱 성해지는데, 이 증세는 대부
분 오한이 없으니, 영위에 관련되지 않을 것입니다. 또 온병(溫病)[19]
과 서로 비슷할 것입니다. 그런데 어떤 사람은 비슷하다 하고 어떤
사람은 비슷하지 않다고 하는데, 온병은 「금궤진언론(金匱眞言論)」[20]
에서 이른바 "겨울에 정기(精氣)를 간직하지 못하면, 온병을 앓는
다."는 병입니다. 겨울에 정기를 간직하지 못한다는 것은 진음(眞陰)
이 먼저 줄어들고 양만 홀로 일을 처리하면 결국 음허화왕(陰虛火
旺)[21]의 몸이 되기 때문입니다.

---

18 영위(營衛) : '영'과 '위'를 합해 이른 말. 모두 음식물의 정미(精微)한 물질에서 생겨 '영'
   은 혈맥 속으로 온몸을 순환하면시 영양작용을 하고, '위'는 혈맥 밖에서 분육(分肉) 사이
   를 순환하면서 외사(外邪)의 침입을 막는 기능을 한다. 영은 위의 보호를 받고, 위는 영의
   영향을 받는 관계에 있다.
19 온병(溫病) : 4계절의 각기 다른 온사(溫邪)를 받아서 일어나는 여러 가지 급성 열병의
   총칭이다.
20 「금궤진언론(金匱眞言論)」: 『황제내경(黃帝內經)』「소문(素問)」 제4편의 편 이름이다.
21 음허화왕(陰虛火旺) : 음정(陰精)이 손상되어 허화(虛火)가 왕성해지는 병리변화. 성욕
   이 항진되고 가슴이 답답하며, 쉽게 화를 내고 얼굴이 붉어지며, 입안이 마르고 해혈(咳
   血) 등의 증상이 나타난다.

「음양응상론(陰陽應象論)」[22]·「생기통천론(生氣通天論)」[23]에 또한 "겨울에 한사(寒邪)[24]에 상하면 봄에 반드시 온병에 걸린다."고 했으니, 이는 겨울에 춥고 차가움이 사람 몸 겉의 양기(陽氣)를 상하면 삼초(三焦)에 울화가 생겨 퍼져 나갈 수 없고, 울화가 열을 만들어내기 때문입니다. 열이 왕성하면 음이 약해지니, 이 또한 음허화왕(陰虛火旺)의 몸이 되는 것입니다. 그러나 병이 아직 발생하지 않은 사람은 겨울에 찬물의 차가움으로 그것을 도울 수 있습니다. 차가운 봄날 양기가 일어나는 때가 되면, 양기의 열이 몸속에서 몸 겉으로 나와 마침내 춘온(春溫)[25]의 병을 만듭니다. 중경(仲景)이 "태양병(太陽病)[26]에 발열하고 갈증이 있지만 오한(惡寒)이 없는 것은 온병이 된다."고 했습니다. 열이 왕성해 전경(傳經)[27]된다는 것도 그 뜻입니다.

열병에 대해서는 「소문(素問)」 열병론에 "사람이 한사(寒邪)에 상하면 열이 나고 병이 되는데, 열이 비록 심하더라도 죽지는 않을 것

---

22 「음양응상론(陰陽應象論)」: 『황제내경(黃帝內經)』「소문(素問)」 제5편의 「음양응상대론(陰陽應象大論)」을 말한다.
23 「생기통천론(生氣通天論)」: 『황제내경(黃帝內經)』「소문(素問)」 제3편의 편 이름이다.
24 한사(寒邪): 6음의 하나로, 추위나 찬 기운이 병을 일으키는 사기(邪氣)이다. 음사(陰邪)에 속하는데, 양기를 쉽게 상하게 하고 기혈순환을 가로막는다.
25 춘온(春溫): 봄철에 발생하는 온병(溫病)인데, 처음부터 이열(裏熱) 증상이 일어나 열이 높고 갈증이 나며, 가슴이 답답하고 초조하며, 소변이 붉은 증상 등이 나타나는 것이 특징이다.
26 태양병(太陽病): 6경(六經)병의 하나인데, 목이 뻣뻣하고 두통이 나며, 한기(寒氣)를 느끼고 맥이 뜨는 증세가 나타난다. 풍한(風寒)을 감수하여 영위(營衛)가 실조되면 나타난다.
27 전경(傳經): 상한병(傷寒病)이 어느 경(經)에서 다른 경으로 옮겨지는 것, 즉 어느 한 경의 증후에서 다른 한 경의 증후로 바뀌는 것이다.

이다."라 했습니다. 시역(時疫)과 같다면 열이 심한데 죽지 않는 사람이 있겠습니까? 시역은 전경도 없을 것입니다. 대체로 열병의 치료법은 『내경(內經)』에 자법(刺法)이 있어서 더욱 자세하니, 「자열편(刺熱篇)」[28]이 바로 이것입니다. 그 가운데 치료법의 한 조목이 있는데, "여러 열병의 치료는 찬물을 마시게 하고, 침을 놓는다. 반드시 옷을 얇게 입혀서 서늘한 곳에 있게 하면 몸이 식고 열이 그칠 것이다."라 했습니다.

시역에 이 방법을 쓰면 병이 나을 수 있겠습니까? 없겠습니까? 대체로 시역과 열병이 서로 비슷한 까닭은 열이 생기는 원인이 같기 때문인데, 병이 일어나는 원인은 다릅니다. 시역과 온병의 열은 모두 삼초(三焦)에 울화(鬱火)해 일어납니다. 그런데 시역은 외사(外邪)의 습격에 따라 병이 일어나지만, 온병은 따뜻한 봄날에 발동해 병이 저절로 일어납니다. 그러므로 온병은 외사를 갖지 않지만, 시역은 외사를 가지니, 이것이 바로 그 차이라고 여겨집니다.

시역과 감모(感冒)[29]는 근원이 똑같은데, 오직 가볍거나 무거운 구분만 있을 뿐입니다. 가벼우면 감모가 되고, 무거우면 시역이 됩니다. 시역의 사기(邪氣)가 상초(上焦)에 침입하고, 중초(中焦)·하초(下焦)까지 미치면 큰 열이 나서 온몸이 불지옥처럼 됩니다. 의원이 맛이 쓰고 성질이 찬 약을 잘못 쓴다면, 죽는 사람이 많을 것입니다.

---

28 「자열편(刺熱篇)」: 『황제내경(黃帝內經)』「소문(素問)」 제32편의 편 이름이다.
29 감모(感冒): 외감(外感)병의 일종으로, 풍한사(風寒邪)나 풍열사(風熱邪)를 받아서 생긴다. 풍사가 겨울에는 한사, 여름에는 열사와 함께 몸에 침입해 머리가 아프고 재채기가 나며, 코가 막히고 콧물을 흘리며, 춥고 열이 난다.

맛이 쓰고 성질이 찬 약으로 치료할 수 있는 것이 아니라, 도리어 뜨거운 불같은 기세를 억누르려면 맛이 쓰고 시며 땀을 내는 약으로 그 열과 건조한 기운을 도와야 하니, 치료하기 어려운 것입니다. 저는 옛 사람들처럼 육미지황탕(六味地黃湯)에 동변(童便)을 더해 치료하는 경우가 매우 많습니다.

　이 병은 여름철과 겨울철에 서로 차이가 있는데, 여름철에 잠복한 음(陰)이 안으로 상초에 있다가 밖에서 들어온 음사(陰邪)[30]가 아래로 내달리면, 삼초의 화(火)가 사기(邪氣)를 이루고, 드디어 상한하열(上寒下熱)[31]의 증세를 만듭니다. 중경(仲景)의 「변맥법(辯脈法)」[32]에 이른바 "청사(淸邪)[33]가 상초에 침입하면 깨끗한 증세라 이름한다."고 했는데, 잠복한 음(陰)이 안에 있기 때문입니다. 겨울철에는 잠복한 양(陽)이 안으로 상초에 있다가 밖에서 들어온 음사가 아래로 내달리면, 또한 삼초의 화(火)가 중초(中焦)로 거슬러 올라 흉격(胸膈)에 조열(燥熱)·훈증(薰蒸)[34]하고, 밖에서 들어온 음사는 울화(鬱火)가 되는데, 변한 것이 어찌 이런 일을 일으키겠습니까? 잠복한 양이 안에 있기 때문입니다. 그러므로 입안이 마르고 혀가 타며, 진액이 메말라 모두 심한 열증(熱症)을 이루니, 치료법은 맛이 쓰고 성질이 찬

30　음사(陰邪) : 6음(六淫)의 병사(病邪) 가운데 한(寒)·습(濕)의 사기(邪氣)이다. 이들이 병을 일으켜 양기(陽氣)를 손상하고, 기화(氣化) 활동을 지체시키므로 음사라 한다.

31　상한하열(上寒下熱) : 몸 윗 부분은 춥고 아랫 부분은 더운 증상이다.

32　「변맥법(辯脈法)」 : 『상한론(傷寒論)』 제1편의 편 이름이다.

33　청사(淸邪) : 공중에 있는 안개·이슬 등이 병을 일으키는 사기(邪氣)이다.

34　훈증(薰蒸) : 이열증(裏熱証) 때 땀이 많이 나는 등, 사열(邪熱)이 진액을 덥혀서 발산하는 증세이다.

약으로 화해시키는 것이 마땅합니다. 의원이 성질이 더운 약으로 땀을 내거나 허한증(虛寒症)을 돕는데 잘못 쓰면, 해가 많을 것입니다.

　여름철과 겨울철 가릴 것 없이 병을 얻어 하루 이틀 하리(下痢)가 있는 사람은 음사가 아래로 내달려 하규(下竅)로 나오는데, 음증(陰症)으로 잘못 여겨 죽는 사람이 매우 많을 것입니다. 겨울철에 어떤 사람은 상한삼음(傷寒三陰)[35]의 한증(寒証)[36]이 나타나는 경우가 있는데, 겨울철 찬 기운의 차가움이 지나치게 왕성해 하초(下焦)의 양(陽)이 패하는 것이니, 『상한론(傷寒論)』 중 "양을 도와 소음(少陰)을 패하게 한다."는 따위와 같습니다. 찬 기운의 차가움이 지나치게 왕성해 곧바로 창자와 위(胃)에 들어가면, 양쪽 콩팥 사이의 양이 막을 수 없기 때문에 설사합니다. 어떤 사람은 손발 끝이 조금 차가운 증세 등이 나타나는데, 생강·육계(肉桂)·부자(附子)를 써서 그것을 치료하는 경우가 많습니다.

　외한(外寒)[37]이 속에 들어가 양쪽 콩팥 사이의 양이 받아들이지 못하면, 위로 심포락(心包絡)[38]에 올라가 입안과 혀가 메마르고 마음이 어두워져 헛소리를 하는데, 양증(陽証)과 비슷하긴 하지만 양명

35　상한삼음(傷寒三陰) : 태음병(太陰病)·소음병(少陰病)·궐음병(厥陰病) 등 세 가지 음병(陰病)인데, 이허한증(痢虛寒証)에 속한다.

36　한증(寒証) : 한사(寒邪)로 인해 일어나거나, 양기(陽氣)의 쇠약, 음기(陰氣)의 지나친 왕성으로 인해 신체의 기능과 대사활동이 쇠퇴하고 저항력이 감소됨으로써 나타나는 증후이다.

37　외한(外寒) : 외감(外感)의 한사(寒邪)이다.

38　심포락(心包絡) : 심장의 외막(外膜)으로, 기혈(氣血)이 지나는 통로인 낙맥(絡脈)이 연결되어 있다. 외사(外邪)가 심장을 침범하면 심포가 먼저 영향을 받는다.

(陽明)[39]·위실(胃實)[40]하여 헛소리 하는 것과는 다르니, 저는 옛 사람들처럼 그 증세를 치료합니다. 모든 마을 집집마다 앓는 병은 모두 같습니다. 제가 그 치료하는 방법을 살펴보니, 의원들이 양증이라 여기고 치료를 베풀어 다 죽었습니다. 저는 옛 사람들처럼 삼음(三陰)·당설(溏泄)의 증세라 여기고, 사역탕(四逆湯)·**부자이중탕(附子理中湯)**으로 모두 병이 낫게 할 수 있었습니다. 입안과 혀가 메마르는 것 등은 음성격양(陰盛隔陽)[41]의 증세입니다. 이 증세는 드문데, 겨울철 한열(寒熱)과 매우 비슷하니, 맥(脉)으로 음양을 구별해야 합니다. 양증은 병을 얻은 초기에 우척맥(右尺脉)에 힘이 있으나, 음증(陰症)은 맥이 비록 빠르고 잦지만 우척맥에 힘이 없으니, 뚜렷하게 증명할 수 있을 것입니다.

問

方書所論之時疫, 與後世之時疫異也. 今稱時疫者, 非疫矣. 疫者, 山嵐之瘴氣, 水土之穢氣, 人感之病, 其氣必行春夏之間矣, 相傳染, 而動至亡門焉. 今稱時疫者, 不然也. 無相傳染者, 其病不必春夏之間, 雖秋冬, 亦病焉. 由是觀之, 非疫也明矣. 雖然僕寡陋, 不能敢更正其名, 故依俗仍, 稱時疫時, 疫與傷寒, 相類矣. 然而有或類, 或不類者, 傷寒者, 風寒循毫毛, 而入於營衛, 營衛受邪, 故惡寒, 營衛爲風寒, 所閉塞, 而表陽鬱, 而作熱, 故發熱也. 麻黃·桂枝之二湯, 疏表和表, 而邪與汗俱出, 而愈矣. 若時疫者, 發

---

39 양명(陽明) : 태양과 소양이 합쳐져서 양기가 가장 왕성해진 상태이다.

40 위실(胃實) : 위장에 열이 쌓여 성하므로 진액이 손상되고, 위기(胃氣)가 막혀 통하지 않는 증후이다. 배가 더부룩하고 아프며, 트림이 나고 대변이 배설되지 않거나, 가슴이 답답하고 불안하며 열이 난다.

41 음성격양(陰盛隔陽) : 체내에 음한(陰寒)이 지나치게 강성해 양기(陽氣)를 외부에서 거절하므로, 내부는 진한(眞寒)이고 외부는 열이 나는 거짓 증상이다.

汗所大禁也. 若誤汗, 則亡津液, 病熱盆盛, 此症多無惡寒也. 所以不關于
營衛也矣. 又與溫病相類矣. 然而有或類, 或不類者, 夫溫病者, 金匱眞言
論, 所謂冬不藏精, 春病溫, 是也. 冬不藏精者, 眞陰先虧, 陽獨用事, 遂成
陰虛火旺之軀, 陰陽應象論・生氣通天論, 亦云 冬傷于寒, 春必溫病, 是則
冬時寒冷, 傷人之表氣, 則三焦鬱火, 不能發越, 而鬱火生熱. 熱旺則陰衰,
此亦成陰虛火旺之軀. 雖然未發病者, 冬時寒水之冷助之也. 至于春冷陽發
之時, 則陽熱從裡出表, 遂作春溫之病. 仲景曰, 大陽病, 發熱而渴, 不惡寒
者爲溫病是也. 熱盛而爲傳經, 乃言之. 熱病, 素問熱病論曰, 人之傷於寒
也, 則爲病熱, 熱雖甚不死矣. 若時疫有熱甚, 而不死者乎哉? 時疫無有傳
經矣. 凡熱病之治法, 內經有刺法尤詳也, 如刺熱篇是也. 其中有一條治法
云, 治諸熱, 以飮之寒水, 乃刺. 必寒衣之, 居止寒處, 身寒而止矣. 時疫用
此法, 可愈否哉? 抑所以時疫・熱病相似者, 熱之所由生同, 而病之所由發
不同也. 時疫・溫病之熱, 同生於三焦鬱火也. 然而時疫因外邪之襲, 而病
發, 溫病因春陽發動, 而病自發. 故溫病不挾外邪, 時疫挾外邪, 是所以爲其
異也.

　時疫與感胃, 同一源, 唯有輕重之分耳. 輕則爲感胃, 重則爲時疫也. 時
疫之邪, 中于上焦, 又及中下二焦, 大熱一身爲火獄也. 醫誤用苦寒之藥, 斃
者多矣. 苦寒之藥, 非所能治焉, 返遏炎火之勢, 苦辛散之藥, 助其熱燥, 所
以難治也. 僕先人用六味地黃湯加童便, 而治者甚多.

　此病, 夏月與冬月, 有相異者, 夏月伏陰, 在內上焦, 外入之陰邪下奔, 則
三焦之火成邪, 遂作上寒下熱之症也. 仲景辯脈法, 所謂清邪中於上焦, 名
曰潔之証也, 乃所以伏陰在內也. 冬月伏陽, 在內上焦, 外入之陰邪下奔, 則
三焦之火, 逆於中焦, 燥熱・薰蒸於胸膈, 而外入之陰邪爲鬱火, 所化遂作
烏有? 所以伏陽在內也. 故口乾舌焦, 津液枯涸, 全成大熱症, 治法宜苦寒
和解. 醫誤用溫散溫補, 爲害多矣. 不論夏月冬月得病, 一二日有下痢者,
陰邪下奔, 而出於下竅也, 誤爲陰症, 斃者甚多矣. 冬月或有見傷寒三陰之
寒証者, 冬月冷氣之寒勝, 而下焦之陽負, 是猶傷寒論中, 扶陽負於少陰之
類也. 冷氣之寒盛, 而直入腸胃, 腎間之陽, 不能拒之, 故見溏泄, 或手足指
頭微冷等証, 治法用姜・桂・附子治之者多. 或外寒入裏, 而腎間之陽, 無所
容, 而上乘于心包絡, 口舌乾燥, 心昏妄語, 雖似陽証, 非如陽明・胃實譫語

者, ^僕先人治其証. 一鄕戶戶, 皆同病焉. ^僕亦相共診治之, 醫以爲陽症, 施
治盡死. ^僕先人爲三陰·溏泄之証, 以四逆湯·附子理中湯, 得悉愈矣. 其口
舌乾燥等, 陰盛隔陽之証也, 此証所希有, 冬月寒熱, 疑似之間, 須以脈別陰
陽. 陽症得病之初, 右尺脈有力, 陰症脈雖數, 右尺無力, 可以明徵矣.

시역(時疫)의 여러 증세에 대한 요점

처음 증세에 반드시 발열·두통이 있어 태양병(太陽病)과 비슷하지만, 오한은 없습니다. 도리어 소변이 붉고 갈증 등의 이증(裏証)[42]이 있으며, 오한이 조금 있더라도 허파가 밖에서 들어온 한사(寒邪)를 두려워하기 때문에 그런 것이니, 그러한 오한은 한두 시간이 지나지 않아 곧 그칠 것입니다. 사기(邪氣)가 영위(營衛)에 있지 않고, 흉격(胸膈)에 있는 것입니다.

처음 병을 얻었을 때 맥을 짚어보면 손에 경련이 있으니, 삼초(三焦)의 화(火)가 왕성해 간풍(肝風)[43]을 부채질한 것입니다. 병을 얻은 지 2,3일이면 혀 위에 미끈미끈한 백태(白胎)가 끼는 것은 위열(胃熱)이 아니니, 중경(仲景)의 「변맥법(辯脉法)」에 "혀 위에 미끈미끈한 백태가 끼는 사람은 가슴 속에 한사(寒邪)가 있고, 단전에 열사(熱邪)가 있다."

---

42 이증(裏証) : 6음(六淫)·7정(七情) 등의 병인(病因)이 장부(臟腑)·혈맥 ·골수 등에 영향을 미쳐 일어나는 증후이다.

43 간풍(肝風) : 현기증·경련·무의식적 요동 등의 증상이 나타나는 것인데, 이는 병리변화의 표현에 속하므로 외감풍사(外感風邪)와 구별하기 위해 간풍내동(肝風內動)이라고도 한다.

고 했습니다. 입안이 마르고 열이 나며 대변이 통하지 않는 것은 양명병(陽明病)과 비슷하지만 양명(陽明)은 아니기 때문에, 사기가 장부(臟腑)에 들어간 증세가 없으면 그 갈증 또한 끓어 뒤섞인 물은 좋아하지만 냉음(冷飮)[44]은 싫어하니, 격상(膈上)에 한사가 있는 것입니다. 대변을 못 보고[45] 헛소리를 하는 것은 진액이 바짝 말라 태양(太陽)[46]이 마르기 때문입니다. 그러므로 비록 며칠 대변을 못 봐도 괴로울 것은 없습니다.

이롱(耳聾)의 어떤 증세는 소양병(少陽病)과 비슷하지만, 한열왕래(寒熱往來)[47]는 없으니, 겉에서 들어온 한사(寒邪)가 아니기 때문입니다. 「경맥편(經脉篇)」에 "삼초(三焦)가 움직이면, 이롱으로 혼혼돈돈(渾渾焞焞)[48]하고 목구멍이 붓거나 후비(喉痺)[49]한다."고 했으니, 더욱이 삼초·콩팥·간의 화(火)가 거슬러 올라 왕성해짐에 있어서겠습니까? 권와(踡臥)[50]의 어떤 증세는 상한가(傷寒家)들이 소음(少陰)·장한(臟寒)[51]

---

44 냉음(冷飮) : 양(陽)이 왕성하면 겉에 열이 있고, 음(陰)이 허하면 속에 열이 있는데, 겉과 속에 다 열이 있으면 숨이 차면서 갈증이 생겨 찬물을 마시려고 한다.

45 대변을 못 보고 : 고대 상류층들은 옷을 갈아입은 뒤에 변소에 갔으므로, 장중경의 『상한론(傷寒論)』에서 '불경의(不更衣)'라 한 것은 대변을 못 본다는 뜻이다.

46 태양(太陽) : 경맥(經脈)의 이름인데, 양기가 왕성하다는 뜻이다. 신체의 가장 겉에 있고, 외사(外邪)의 영향을 받으면 가장 먼저 병이 일어나는 경맥이므로 '태양위개(太陽爲開)'라고 하였다.

47 한열왕래(寒熱往來) : 오한을 느낄 때에는 열이 나지 않고, 열이 날 때에는 오한을 느끼지 않으며, 오한과 발열이 교대로 나타나는 상태이다.

48 혼혼돈돈(渾渾焞焞) : 귀가 잘 들리지 않아 반응이 둔해진 상태인데, 습담(濕痰)이나 간담(肝膽)의 열이 성하거나 신(腎)이 허해 정기가 위로 올라가지 못해 이렇게 된다.

49 후비(喉痺) : '비(痺)'는 막혀서 통하지 않는 증세인데, 인후(咽喉)부에 기혈이 정체되어 막히는 병리변화이다.

50 권와(踡臥) : 몸을 구부리고 눕는 자세이다.

의 증세로 여겼습니다. 시역(時疫)이 코로 들어간 사기(邪氣)는 뇌 아래로 흘러 콩팥에 재빨리 도달하니, 뇌는 콩팥과 통하기 때문입니다. 대체로 권와는 상한가들에게 있어서 흉한 증후로 여겨졌는데, 시역 또한 그러할 것입니다.

치은(齒齦)에 진액과 피가 엉겨 마치 옻칠 같은 사람은 양명경(陽明經)[52]의 피가 조열(燥熱)해 바짝 졸아든 곳에 어혈(瘀血)이 생긴 것이니, 양혈(凉血)[53] · 생진(生津)[54]하는 약이 마땅합니다.

시일이 오래되어 어혈이 내려가 마치 돼지 간 같이 되면 치료할 수 없습니다.

소변이 막힌 사람은 신음(腎陰)이 이미 없어졌기 때문이니, 대부분 치료할 수 없습니다.

위에 나누어본 어떤 증세들은 우리나라에 매우 많지만, 치료할 수 있는 것들은 매우 적습니다. 제가 재주 없음을 돌아보지도 않고 어리석은 의견을 올리니, 엎드려 높은 가르침을 바랍니다. 여러 의원 가운데 훌륭한 분을 돌아보지 못했는데, 정말 좋은 인연은 늘 있기가 어렵

---

51 장한(臟寒) : 뱃속이 차거나 비위가 허한(虛寒)한 증세이다.

52 양명경(陽明經) : 족양명위경(足陽明胃經)과 수양명대장경(手陽明大腸經)으로 나뉘어지는데, 일반적으로 위경(胃經)을 말한다.

53 양혈(凉血) : 양혈산혈(凉血散血)로, 혈분(血分)의 열사(熱邪)를 제거하는 방법이다. 열사가 혈분에 침입해 피를 토하거나 코피를 쏟고 대변에 피가 섞이며, 혀 색깔이 암자색을 띠는 증상이 나타나는 경우에 적용한다.

54 생진(生津) : 여러 날이 되어도 열이 내리지 않아서 진액이 손상되는 것. 환자에게 열이 나고 입이 마르며, 갈증이 나고 혀가 진한 적색을 띠고 입술이 바짝 마르는 등의 증상이 있으면, 현삼(玄蔘) · 맥문동(麥門冬) · 생지황(生地黃) · 석곡(石斛) 등 진액을 자양시키는 약물을 써서 열을 제거하고 진액을 자양시킨다.

기 때문입니다.

時疫諸証大概

初症必發熱·頭痛, 似大陽病, 而無惡寒也. 反有便赤口渴等裏証, 假今
有微惡寒, 亦肺畏外入之寒, 故然矣. 其惡寒, 不過一二時, 乃止矣. 所以邪
不在于營衛, 在于胸膈也.

初得病時, 診脈有手摘者, 所以三焦之火盛, 扇肝風也. 得病二三日, 舌
上有白胎滑者, 非胃熱, 仲景 辯脈法曰, 舌上白胎滑者, 胸中有寒, 丹田有
熱, 是也. 口燥·身熱, 大便不通, 似陽明病, 非陽明, 故無邪入腑之証, 其渴
亦喜混湯, 不喜冷飮, 所以膈上有寒也. 其不更衣, 爲譫語, 所以津液枯竭,
大腸之燥也. 故雖十數日不便, 亦無所若也.

耳聾一証, 似少陽病, 而無寒熱往來, 所以非表入之寒也, 經脈篇曰, 三焦
之動耳聾, 渾渾焞焞, 嗌腫喉痺, 是也. 況三焦·腎·肝之火, 逆上盛乎? 蹉
臥之一証, 傷寒家爲少陰·臟寒之証也. 時疫入於鼻之邪, 注于腦下, 奔襲
腎, 以腦通腎也. 凡蹉臥, 在於傷寒家爲凶候, 時疫亦然矣.

齒齦津血, 凝結如漆者, 陽明經血, 爲燥熱, 所煎熬成瘀也, 宜涼血·生津
之藥.

日久而下瘀血, 如豚肝者, 不治.

小便閉者, 因腎陰已亡也, 多不治.

右伴之一証, 我 國甚多, 而能治者, 亦甚少矣. 僕不顧不才, 呈愚見, 伏冀
高敎. 唯亦雖似不顧萬緖之賢勞, 實以良綠難常也.

조승수 : 옛날의 병과 지금의 병이 어찌 다르겠습니까? 시역(時疫)이란
것은 4계절 운기(運氣)가 변해 바뀌게 되어 걸리는 병, 즉, 바르지
않은 기(氣)로 병에 걸린 것입니다. 장기(瘴氣)란 것은 어떤 지방의
기에 닿은 것이지, 전염되는 것은 아닙니다. 기후나 풍토의 병은 오
로지 비위(脾胃)를 주관하니, 시역 등의 병과 함께 논의할 수 없습니
다. 운기가 거듭 이르고 바뀌어 시역이 되니 4계절이 똑같은 듯하
고, 그 전염되지 않는 것은 시기(時氣)[55]가 아닌데, 감모(感冒)의 무

거운 것에 지나지 않습니다.

열병에 침을 놓는 방법으로 말하자면, 침을 잘 놓는 사람도 있지만, 잘못 놓는 사람은 쓸데없이 진기(眞氣)를 잃어버리게 하니, 열병이 변해 역려(疫癘)가 되면 더욱 살피기 어렵습니다.

시역과 감모는 같지 않으니, 시역은 틀림없이 운기가 변해 바뀐 바르지 않은 기에 닿은 것이고, 감모는 틀림없이 4계절 풍한(風寒)·서습(暑濕)에 정기(正氣)가 상한 것입니다. 섞어서 논의할 수 없습니다.

큰 열이 나는 증세에 맛이 쓰고 성질이 찬 약을 쓰는 방법은 확실히 대립된 치료인데, 왜 할 수 없겠습니까? 그러나 열이 왕성해 진기가 약한 사람은 맛이 쓰고 성질이 찬 약과 열사(熱邪)가 서로 다투는데, 승부가 판가름 나지 않은 즈음에 원기를 막을 수 없습니다. 따라서 스스로 힘이 다한 것이지, 실제로 맛이 쓰고 성질이 찬 약이 열병에 마땅하지 않아서 그런 것은 아닙니다. 이로써 큰 열이 나는 병에 오히려 서늘한 약을 의지할 수 있다는 뜻을 알 수 있습니다. 『내경(內經)』에 '진기로 가득 찬 사람에게는 약을 쓰기 쉽다.'고 했으니, 참으로 도리에 합당한 말입니다.

육미탕(六味湯)에 동변(童便)을 더해 치료하는 것은 매우 좋습니다. 그러나 청열(淸熱)·양혈(凉血)의 약은 어떤 경우에만 쓸 수 있고, 숙호(熟芐)·산약(山藥) 따위에 이르면 격(膈)·위(胃)에만 얽매어 마침내 익수(益水)[56]해 열을 억누르기 어렵습니다. 비록 동변에 열을 내리고

---

55 시기(時氣) : 시행여기(時行戾氣)인데, 유행하고 있는 전염성이 강한 병사(病邪)이다.
56 익수(益水) : 치료법의 하나로, 신수(腎水)를 보하는 방법이다.

없애는 성질이 있더라도 끝내 열병에 시험하기는 어렵습니다. (줄임)

　시역의 치료가 대부분 잘못된 것은 그 운기(運氣)가 변화 성쇠를 깊이 연구하지 않기 때문입니다. 만약 운기에 근거하기 어렵다면, 우단(虞搏)의 『의학정전(醫學正傳)』[57]을 근거할 수 있을 것입니다. 7,8일 열이 심하고, 설황(舌黃)[58]인 사람은 우황(牛黃) 1,2푼을 월경수(月經水)에 갈아 한두 번 먹으면, 땀을 내고 풀기 쉽습니다.

　8,9일 열이 몹시 심하고 혀가 검은 사람은 매우 위태롭습니다. 인분에 진황토(眞黃土)[59]를 합해 진흙을 만들어 불 위에 굽고, 건갈(乾葛)·소엽(蘇葉)을 달인 탕약에 그것을 담그면 맑은 액체가 생기는데, 튼튼한 사람에게는 한 번에 1,2잔, 어떤 사람에게는 3,4잔이면 자연히 땀을 내고 풀립니다. 허약한 사람에게는 갑자기 인분을 쓰기 어려우니, 양격산(涼膈散)에 익원산(益元散)을 합하고, 우황고(牛黃膏) 2,3알을 갈아 2,3첩 먹으면 가장 좋습니다.

　또한 노인에게는 양격산 따위를 쓰기 어려운데, 단계(丹溪)의 처방 중에 **인중황환(人中黃丸)**을 동변(童便)에 갈아 30~50알을 15번 먹으면 좋아집니다.

　옛 처방 가운데 이러한 몇 가지 처방은 소홀히 할 수 없는 것이고, 그 나머지는 증세에 따라 허실(虛實)의 보사(補瀉)를 형편대로

---

57 『의학정전(醫學正傳)』: 1515년 우단(虞搏)이 지은 의서인데, 문(門)으로 나누어 증(證)을 논증하였다. 주진형(朱震亨)의 학설을 위주로 하고, 장중경(張仲景)·손사막(孫思邈)·이고(李杲)의 학설을 참고하는 동시에 자신의 견해를 보완하였다. 8권.

58 설황(舌黃): 혀에 생긴 옹으로, 누런색을 띠었다.

59 진황토(眞黃土): 땅바닥에서 약 1m 밑에 있는 깨끗한 진흙이다.

처리하는데, 말로 전하기 어려우니 아쉽습니다.

答

古之病與今之病, 何異也? 時疫者, 四時運氣變遷, 不正之氣所感也. 瘴氣者, 一方之氣所觸, 無所傳染. 水土之疾, 專主脾胃, 不可論於時疫等病也. 運氣加臨變遷, 而爲時疫, 則四時同然, 其不傳染者, 非時氣也, 不過感胃之重者.

刺熱之法, 在善鍼者, 論不善者, 徒損眞氣, 熱病轉, 加至於疫癘, 尤難試之也.

時疫與感胃不同, 時疫, 是運氣變遷, 不正之氣所觸也, 感胃, 是四時風寒·暑濕, 正氣之所傷也. 不可混而論之也.

大熱之症, 用苦寒藥, 正是對待之治, 何爲不可? 然熱盛, 而眞氣弱者, 苦寒與熱邪相爭, 勝負未判之際, 元氣不能抵當, 因而自盡, 實非苦寒之藥, 不宜於熱病而然也. 是以大熱之病, 反取以凉藥者, 其意可知. 經曰 眞氣實者, 易於用藥, 誠哉是言也!

六味湯加童便治者甚善. 然淸熱·凉血之藥, 惟或可矣, 而至於熟苄·山藥之屬, 泥滯膈·胃, 卒難益水, 而制熱, 雖有童便之淸降, 終難試之於熱病也.

時疫之治, 多誤者, 以其不究運氣之變遷加臨盛裏故也. 若難憑於運氣, 則虞博正傳之論, 斯可矣. 七八日熱重, 舌黃者, 牛黃一二分, 月經水磨, 服一二次, 最易得汚而解.

八九日熱甚重, 舌黑者, 甚危, 人糞和眞黃土作泥, 灸於火上, 乾葛·蘇葉煎湯浸之, 取其淸汁, 頓一二盞壯實者, 或三四盞, 自然得汚而解. 虛弱人, 卒難用人糞, 凉膈散合益元散, 磨牛黃膏二三丸, 服二三貼, 最好. 老人, 亦難用凉膈之屬, 丹溪方中, 人中黃丸童便磨, 服三十丸五十丸, 三五次, 爲好.

此數方於古方, 所無不可忽也, 而其餘隨症, 變通虛實補瀉, 難以言傳可歎.

누치(漏痔)를 치료하는 처방: 운모산(雲母散) 꿀에 담갔다 구운 노봉방(露蜂房) 5돈, 초초(炒焦)한 천산갑(穿山甲) 3돈, 용골(龍骨) 1돈, 인아

(人牙) 1돈 또는 5푼, 운모 1돈, 경분(輕粉) 5푼, 사향(麝香) 3푼, 유향
(乳香) 5푼, 섬소(蟾酥) 2푼, 고백반(枯白礬) 5푼, 구워 말린 충저(虫蛆)
3푼. 함께 고운 가루로 만들어 조금씩 보살필 때마다 창구(瘡口)에
넣고, 하루가 지나면 다시 바꿔 넣으며, 오지탕(五枝湯)으로 씻는다.
먹는 약은 익원탕(益元湯)을 쓴다. 소금물에 불려 볶은 황기(黃耆) 1
돈, 술로 씻은 당귀(當歸) 1돈, 백작약(白芍藥) 1돈, **인삼(人蔘)** 1돈
또는 사삼(沙蔘)으로 대신한다. 그러나 될 수 있다면 **인삼**을 쓴다.
괴각(槐角) 1돈, 볶아서 기름을 짜낸 천궁(川芎) 1돈, 속을 파낸 지각
(枳殼) 7푼, 감초 대 5푼. 1첩을 만들어 2 큰 잔의 물이 반으로 졸게
달여 빈속에 30~50첩을 먹는다.

治漏痔方

雲母散 露蜂房灸蜜 五錢, 穿山甲炒焦 三錢, 龍骨 一錢, 人牙 一錢 或五分,
雲母 一錢, 輕粉 五分, **麝香 三分**, 乳香 五分, 蟾酥 二分, 枯白礬 五分,
虫蛆灸乾 三分. 同爲細末, 每將少許, 納于瘡口, 一日一夜再換, 洗以五
枝湯. 內服藥, 則用益元湯, 黃耆鹽水炒 一錢, 當歸酒洗 一錢, 白芍藥 一
錢, 人參 一錢, 或代沙參, 然用人參爲可. 槐角 一錢, 川芎炒去油 一錢,
枳殼去瓤 七分, 甘艸節 五分. 作一貼, 水二大盞煎半, 空心服三五十貼.

【영인본】

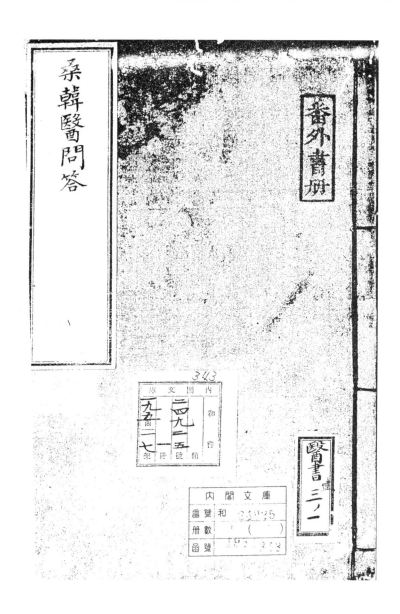

桑韓醫問答

說也足下無爲所感也

問

敢問內經所謂中風與後世所謂中風不同
矣后世中風係內傷而內經中風係外感
焉仲景傷寒論所謂中風者亦難經傷寒
有五之一症而外感之疾也要畧所謂中
風雖似后世中風亦以外邪論之則非內
傷世明矣迨至巢氏病源候論孫氏千金

方正所云者乃后世中風也於是乎后人
遂立真中風類中風之名而以尸厥食厥
痰厥或中暑中寒等凡至昏憒卒倒者惣
名曰類中風而以類中風別后世中風焉
殊不知后世中風亦是類中風也凡昏憒
卒倒不省人攴者不問其所曰皆經所云
厥痓也與風不相涉矣如后世中風者劉
河澗曰將息失宜而心火暴甚腎水虚衰
不能制之則陰虛陽實而熱氣怫欝心神

昏冒而卒倒也其言實是也李東垣亦曰

中風非外来風邪乃本氣自病也凡人年

逾四旬氣衰之際或憂喜忿怒傷其氣多

有此疾壯歲之時無有焉若肥盛者則間

有之亦是形盛氣衰而有此耳其言得之

矣是河澗所未言及者盡焉然而二氏論

中腑中臟六經之見症者非也中腑中臟

六經見證者外邪而非后世中風矣朱丹

溪曰西北二方有真為風所中者但極少

耳東南之人多是湿生痰痰生熱熱生風

也其言亦猶不分症焉卤北二方為風所

甲者經所謂真中風而非類中風矣又湿

生痰々生熱々生風者是經云子能令母

實之謂也然而痰之動曰火之熾也非痰

生熱矣凡三氏所説皆知后世中風非外

来中風邪而及其治法則於本門首先列

續命湯防風通聖散三化湯等何也如羌

活防風少佐之而流通經脉疎散肝邪可

也麻黃大黃豈可施諸內傷中風乎凡內
傷卒倒痰喘壅盛者宜以人參竹瀝姜汁
等開焉待稍甦而後或參耆以補氣或歸
地以補陰退風火焉是其法也近世命門
補火之說荐行而見桂附猶茶飯見芩連
猶蛇蝎中風卒倒則必用參附湯人參猶
不可闕焉如附子不可無取舍焉瞖陰窒
裏心火暴甚者非所宜矣凡中風論症設
治法混雜不明皆是由真風類風不別病

門矣豈不可不慎哉愚見如是貴國亦

類風者居多而真中風者爲以否治療大

方如是乎冀聞明教

答

中風所謂真中類中之辯虞摶之論詳矣僕

以虞說爲是雖欲更陳無以加矣東垣之

曰氣虛中風河澗之曰火盛中風丹溪之

曰濕壅中風皆各言其所曰而已豈可曰

三子者止知曰氣曰火曰湿而不知外中

也哉曰氣虚中風者徒知祛風而不知補

氣剔風不自退曰火盛中風者徒知驅風

而不知瀉火則病何由安是以病有標本

治有先後君絕無曰火曰湿内傷等症而

外中於風而有六經傳變中臓中腑之別

者又何待於三子之説哉但風傷人必兼

其虚故彼三子之論著矣醫者但當氣虚

而中風也則可徑東垣之論而河澗丹溪

吾不知矣火盛而中風也則可從河澗之

論而丹溪東垣吾不知矣無內傷等症而

但外中於風也則東垣丹溪河澗吾皆不

知而一從乎外治又何必拘泥而不容活

法也哉其曰食厥痰厥中暑中寒等症又

非類中之可論足下言與風不相干者誠

是也近世張景岳非風之說僕以爲是誑

世之論也曰內傷而中風者是內傷中風

無內傷而中風者是但中外邪彼食厥痰

欬中暑中寒因濕因火而絕無風邪者便
是各自為他病亦何論於中風耶景岳未
出之前人皆不知非風而混而無別耶是
未可知也三子之論治法首先列續命湯
等者有何疑乎曰火曰氣曰濕者言其曰
也不廢續命者論其風治也雖各明其所
曰而不廢外中之意尤可見矣附桂補以
之說自景岳以後大行于世惑之甚者不
論其虛實寒熱先主桂附排成藥方春夏

趨冬戌年午年無藥不入無日不服橫天

者相續而莫之攸省良可悲夫僕雖愚昧

無所見聞試為足下言之彼景岳補陜之

說主於阳生阴殺天行健地不墜之義而

獨昧於阳有餘阴不足阴精所奉壽阳精

下降天也理也易曰乾實坤虛地之外面

雖似堅實而天之氣流行於地之中雖金

石亦能透過其乾實之象可知也阴精所

奉即高之地也高之地即西北方也西北

方即陰也以不足之咏處於陰而補之與

陽平得其壽焉譬於魚在水中無一息之

静其動即陽之氣也肤無水則不能動者

乾健之用無所依附故也譬於艸木雨水

時降湿潤根核然後皷陽氣而生發若冬

早天熱水涿乾涸雖有阳升之氣而其不

焦燥者鮮矣陽生之說其可獨行乎惟人

之生也非艸木虫魚之可比色慾耗其精

思慮燋其心先天之氣未虧而後天之氣

先竭當此之時補其阳而愈竭其阴可乎

抑將補其陰而使無偏傾之患可乎經曰

天食人以五氣地食人以五味水即陰也

補阤之物也假使無病陽實之人絕水數

日則其可下以阤實而能全乎否乎是故阴

氣實阳亦宗獨陽不生孤陰不長豈可重

補其陽而重壘其陰乎僕之所以未解者

此也卒倒用參附者為氣壘者設腎病用

附子者為下寒者設於風於火固不足論

也蓋中風爲病外中者甚小皆曰內傷而

襲之經所謂邪乘其虛者是也

貴國與弊邦何有間焉

問

我國大人小兒老弱相通而平生無病之日

春分秋節寒暑之交必灸焉膏肓學俞膠

俞膽俞小兒則身柱天樞二七壯以是爲

養生之一大法矣小兒最虛弱則恐疳疾

足下無為習俗所染快祛無稽之謬方豈

惟足下之一身而已哉　貴國生靈遍受

其賜惟足下念之也

問

方書所論之時疫與後世之時疫異也今称

時疫者非疫矣疫者山嵐之瘴氣水土之

穢氣人感之病其氣必行春夏之間矣相

傳染而動至亡門焉今称時疫者不朕也

無相傳染者其病不必春夏之間雖秋冬
亦病焉由是觀之非疫也明矣雖然僕寡
陋不能敢更正其名故依俗仍稱時疫時
疫與傷寒相類矣然而有或類或不類者
傷寒者風寒循毫毛而入於營衛營衛受
邪故惡寒營衛為風寒所閉塞而表陽欎
而作熱故發熱也麻黃桂枝之二湯踈表
和表而邪與汗俱出而愈矣若時疫者發
汗所大禁也若誤汗則亡津液病熱益盛

此症象無惡寒也所以不關于營衛也矣

又與溫病相類矣然而有或類或不類者

夫溫病者金匱眞言論所謂冬不藏精春

病溫是也冬不藏精者眞陰先虧陽獨用

事遂成陝塵火旺之軀陰陽應象論生氣

通天論亦云冬傷于寒春必溫病是則冬

時寒令傷人之表氣則三焦欝火不能發

越而欝火生热热旺則陰衰此亦成陰霾

火旺之軀雖然未發病者冬時寒水之令

助之也至于春令陽發之時則陽热従裡
出表遂作春温之病仲景曰犬呎病發热
而渴不惡寒者為温病是也热盛而為傳
經乃言之热病素問热病論曰人之傷於
寒也則為病热々雖甚不死笑若時疫有
热甚而不死者乎哉時疫無有傳經笑凡
热病之治法内經有刺法尤詳也如刺热
篇是也其中有一條治法云治諸热以飲
之寒水乃刺必寒衣之居止寒處身寒而

止笑時疫用此法可愈否哉抑所以時疫
熱病相似者熱之所由生同而病之所由
發不同也時疫溫病之熱同生於三焦鬱
火也然而時疫曰外邪之襲而病鬱溫病
曰春陽發動而病自發故溫病不挾外邪
時疫挾外邪是所以為其異也
時疫與感冒同一源唯有輕重之分耳輕
則為感冒重則為時疫也時疫之邪中干
上焦又及中下二焦太熱于身為火獄也

醫誤用苦寒之藥斃者多矣苦寒之藥非
所能治焉返過炎火之勢苦辛散之藥助
其熱燥所以難治也僕先人用六味地黃
湯加童便而治者甚多
此病夏月與冬月有相異者夏月伏陰在
內上焦外入之陰邪下奔則三焦之火成
邪逐作上寒下熱之症也仲景辯脈法所
謂清邪中於上焦名曰潔之証也乃所以
伏陰在內也冬月伏陽在內上焦外入之

阴邪下奔則亦三焦之火逆於中焦燥热

薰蒸於胸膈而外入之阴邪為嘗火所化

遂作烏有所以伏陽在内也故口乾舌焦

津液枯涸全成大热症治法宜苦寒和解

也醫誤用温散温補為害多矣不論夏月

冬月得病一二日有下痢者阴邪下奔而

出於下竅也誤為阴症斃者甚多矣冬月

或有見傷寒三阴之寒証者冬月令氣之

寒勝而下焦之陽負是猶傷寒論中扶陽

負於少陰之類也令氣之寒盛而直入腸

胃腎間之陽不能拒之故見溏泄或手足

指頭微冷等証治法用姜桂附子治之者

多或外寒入裏而腎間之陽無所容而上

乗于心包絡口舌乾燥心昏妄語雖似陽

証非如狄明胃實譫語者僕先人治其証

証々戸々皆同病焉僕亦相共診治之醫

以爲陽症施治盡死僕先人爲三陰溏泄

之証以四逆湯附子理中湯得悉愈矣其

時乃止矣所以邪不在于營衛在于胸膈

肺畏外入之寒故然矣其惡寒不過二二

反有便赤口渴等裏証假令有微惡寒亦

初症必發熱頭痛似夫陽病而無惡寒也

時疫諸証大概

尺無力可以明徵矣

症得病之初右尺脉有力陰症脉雖數右

有冬月寒熱疑似之間須以脉別陰伏陽

口舌乾燥等陰盛隔陽之証也此証所希

也

初得病時診脉有手撝者所以三焦之火
盛扇肝風也得病二三日舌上有白胎滑
者非胃热仲景辯脉法曰舌上白胎滑者
胸中有寒丹田有熱是也口燥身熱大便
不通似陽明病非陽明故無邪入腑之証
其渴亦喜混湯不喜冷飲所以膈上有寒
也其不更衣為譫語所以津液柏竭大腸
之燥也故雖十數日不便亦無所苦也

耳聾一証似火陽病而無寒熱往来所以

非表入之寒也經脉篇曰三焦之動耳聾

渾々淳々嗌腫喉痺是也況三焦腎肝之

火逆上盛乎踡臥之一証傷寒家為火陰

藏寒之証也時疫入於鼻之邪注于腦下

奔襲腎以腦通腎也凡踡臥在於傷寒家

為凶候時疫亦然矣

齒齦津血凝結如女漆者陽明經血為燥熱

所煎熬成瘀也宜涼血生津之藥

曰久而下瘀血婥豚肝者不治也

小便閉者曰腎陰巳亡也多不治

若件之一一証我 國甚多而能治者亦甚

火矣僕不顧不才呈愚見伏冀高敎唯亦

雖然不顧萬緖之賢勞實以良綠難常也

答

古之病與今之病何異也時疫者四時運氣

變遷不正之氣所感也瘴氣者一方之氣

所觸無所傳染水土之疾專主脾胃不可

論於時疫等病也運氣加臨變遷而為時

疫則四時同然其不傳染者非時氣也不

過感冒之重者

刺熱之法在善鍼者論不善者徒損真氣

热病轉加至於疫癘尤難試之也

時疫與感冒不同時疫是運氣變遷不正

之氣所觸也感冒是四時風寒暑湿正氣

之所傷也不可混而論之也

大熱之症用苦寒藥正是對待之治何為

不可厌熱盛而真氣弱者苦寒與熱邪相

爭勝頁未判之際元氣不能抵當曰而自

盡實非苦寒之藥不宜於熱病而厌也是

以太熱之病反取以凉藥者其意可知經

曰真氣實者易於用藥誠我是言也

六味湯加童便治者甚善厌清熱凉血之

藥惟或可矣而至於熱芊山藥之屬泥滯

膈胃辛難盂水而制熱雖有童便之清降

終難試之於熱病也

冬月夏月之論大ニ不狀矣霧露之中ニ上焦ニ

者其病也淺人靈而中下焦者其病也深

只以人之靈實病之輕重而有上下之別

又不可同論於時疫中也伏陰伏陽之說

尤不可論也其症有嚇而成熱者有靈而

直中者與傷寒直中相似溫熱之劑何可

闕乎熱極而成下痢者固不可用熱藥若

中寒脾腎靈而下痢白小便清臍下冷脉

時疫及热病热入臍者亦多有之又何必

傷寒之热獨入於阳明而時热夏热之热

不犯陽明乎

蹺臥固爲凶症而伸臥亦忌之

小便閉有易難之別热爍水竭者難也热

蓋於下而腎未傷者易耳

時疫之治多誤者以其不究運氣之變遷

加皕盛裏故也若難憑於運氣則贗愽正

傳之論斯可矣七八日热重舌黃者牛黃

一二分月經水磨服一二次最易モ得汗ヲ而

解シ

八九日熱甚重舌黑キ者甚危人糞和真黃

土作泥灸於火上乾爲蘇葉煎湯浸之取

其清汁頓二一二盞壯實者或三一四盞自然

淂汗而解虛弱人卒難用人糞凉膈散合

益元散磨牛黃膏二三丸服二三貼最好

老人亦難用凉膈之屬丹溪方宁人中

黃丸童便磨服三十九五十九三五次爲

好

此數方於古方所無不可忽也而其餘隨

症變通虛實補瀉難以言傳可歎

治漏痔方

雲母散露蜂房灸蜜五錢穿

山甲炒焦三錢龍骨一錢人牙一錢或五

分雲母一錢輕粉五分麝香三分乳香五

分蟾酥二分枯白礬五分虫蚵灸乾三分

同為細末每將以計納于瘡口一日一夜

再摸洗以五枝湯內服藥則用益元湯黄

者鹽水炒一錢當歸酒洗一錢白芍藥一

錢人參一錢或代沙參然用人參為可槐

角一錢川芎炒去油一錢枳殼去穰七分

甘艸即五分作一貼水二大盞煎半空心

服三五十貼

再問筆語

承高教昔日之惑一旦冰解敢再問其難

會得公疑僕舉毫鍼而已此是我

상한장갱록

桑韓鏘鏗錄

상한장갱록

桑韓鏘鏗錄

『상한장갱록(桑韓鏘鏗錄)』은 상·중·하 3권으로 간행된 목판본 필담창화집인데, 이 가운데 하권의 표제가 『상한장갱록(桑韓鏘鏗錄) 의담(醫譚)』이다. 1748년에 제10차 통신사가 파견되어 양의 조숭수(趙崇壽, 1715-?)가 수행하였는데, 나니와(浪華, 오사카) 의원 모모타 아타카(百田安宅)가 4월과 7월 두 차례에 걸쳐 나니와의 숙소로 찾아와 주고받은 필담을 정리한 것이다.

조숭수는 양주 사람으로 자는 경로(敬老)이고, 호는 활암(活庵)으로, 이때 나이 34세였다.

모모타 아타카의 자는 평격(平格)이고, 호는 금봉(金峯)이다.

의약·인삼·약초에 관한 질문과 대답이 많으며, 『예기(禮記)』·『악기(樂記)』·주자학에 대한 질문 편지들도 실려 있고, 우호적으로 주고받은 한시도 실려 있다.

밀제(蜜製) 인삼과 생삼·탕삼(湯蔘)

모모타 아타카(百田安宅) : 일찍이 이선생[1]의 『본초강목(本草綱目)』 **인삼조(人蔘條)** 하(下)를 읽었는데, 이언문(李言聞)[2]의 『**인삼전(人蔘傳)**』 2권(卷)이 실려 있었습니다. 저는 이 책을 보지 못했는데, 그 대략이라도 알려주시면 매우 다행이겠습니다.

(金問) 嘗讀李氏本草綱目人蔘條下, 載李言聞, 人蔘傳二卷. 僕未見此書, 示其大畧幸甚.

조숭수 : **인삼**에 대해 말한 것은 몇 마디 말에 지나지 않습니다. 어찌 2권이 많다고 하겠습니까? 이러한 책이 비록 있다고 하더라도 보고 싶지 않습니다.

(活答) 若論人蔘, 無過數言而止. 又何二卷之多耶? 此所書雖有之, 不欲視也.

모모타 아타카 : 이시진(李時珍)은 일찍이 "**인삼**은 그 책에 자세하다."고

---

1 이선생 : 명나라 의학자 이시진(李時珍, 1518-1593)을 가리킨다.

2 이언문(李言聞) : 이시진(李時珍)의 부친으로 자는 자욱(子郁), 호는 월지옹(月池翁)이다. 태의이목(太醫吏目)을 지냈다.

말했습니다. 따라서 자세히 물어본 것입니다.

(金問) 李時珍嘗云, 人蔘精其書, 故審問焉.

조승수 : 이선생은 비슷하게 공부했을 뿐 전문가는 아닙니다.

(活答) 李氏者, 類脩非大家也.

모모타 아타카 : 이언문(李言聞)은 이시진의 부친으로 『**인삼전**』 2권을 지었는데, 이선생 집안에 깊이 간직되어 있기 때문에 그대도 보지 못했을 것입니다. **인삼**으로 약을 만드는 방법은 어떠합니까?

(金問) 李言聞者, 李時珍之先考, 著人蔘傳二卷, 李氏家深藏焉, 故公未見也. 人蔘製法如何?

조승수 : **인삼**은 가끔 밀제(蜜製)[3]하지만, 결국 날로 쓰는 것만 못합니다.

(活答) 人蔘或蜜製, 而終不如生用也.

모모타 아타카 : 이제 그대 나라로부터 장차 올 **인삼**은 밀제(蜜製)입니까? 날것입니까?"

(金問) 今自貴邦, 所將來之蔘, 蜜製乎? 生蔘乎?

조승수 : 날것 뿐입니다.

(活答) 生耳.

모모타 아타카 : **탕삼(湯蔘)**이라는 것은 어떠합니까?

(金問) 湯蔘云者, 如何?

---

3 밀제(蜜製) : 꿀을 보조재료로 해서 약을 법제(法製)하는 방법이다. 밀제 방법에는 꿀물에 담그는 밀수침(蜜水浸), 꿀물에 재워서 닦는 밀초(蜜炒) 등의 여러 가지가 있다.

조승수 : **탕삼(湯蔘)**이라고 하는 것은 캐낸 때에 맞춰 끓는 물에 담가 씻은 것일 뿐입니다.

(活答) 湯蔘云者, 採取時, 以熱湯浸洗耳.

모모타 아타카 : 그 빛깔은 어떻습니까?

(金問) 其色如何?

조승수 : 만약 끓는 물로 씻지 않는다면, 빛깔은 검습니다.

(活答) 若不以熱湯洗之, 則色黑也.

탕삼·숙삼(熟蔘)·생삼(生蔘)의 구분

모모타 아타카 : 이제 그대 나라로부터 장차 올 **인삼**은 끓는 물에 담가 씻는 것 외에 다르게 만든 것은 없습니까? 거의 수제(修製)[4]한 것에 비슷합니다.

(金問) 今自貴邦, 所將來之蔘, 熱湯浸洗之外, 別無製耶? 殆似于修製者.

조숭수 : **인삼**의 맛은 달면서 조금 쓰고, 추문(皺紋)[5]과 노두(蘆頭)[6]가 있어 모양이 분명하니, 다른 풀이나 나무와 다른 점이 있습니다. 봉황이 하늘을 날아다니는 새라면, 비록 종들이라도 한번 보면 문득 이해할 것입니다. 어찌 달리 약을 만드는 방법이 있겠습니까?

(活答) 人蔘味甘小苦, 有皺紋頭蘆, 分明形狀, 與凡艸木有異. 若鳳凰之飛鳥, 雖奴隷一見, 輒解之也. 何有他製矣.

모모타 아타카 : 지금 그대가 알려주신 것처럼 그대 나라에서 장차 올

---

4 수제(修製) : 질과 효능을 높이고 보관, 조제하는 데 편하게 할 목적으로 1차 가공을 한 약재를 다시 가공 처리하는 방법이니, 법제(法製)와 같은 말이다.

5 추문(皺紋) : 쭈글쭈글한 무늬. 주름살 같은 무늬이다.

6 노두(蘆頭) : 인삼이나 도라지 등의 뿌리 대가리에서 싹이 나는 부분이다.

것들은 모두 **탕삼(湯蔘)**입니까?

(金問) 今如公之所示, 則貴邦所將來者, 皆湯蔘耶?

조숭수 : **탕삼, 숙삼(熟蔘)[7], 생삼(生蔘)**의 구분이 따로 있는 것은 아니고, 처음 캐낼 때에 맞춰 끓는 물에 그것을 씻을 뿐입니다. **생삼**이란 이름이 일찍이 없었던 것은 아니지만, 별도로 달리 좋은 방법이 없을 뿐입니다. 오직 본래 성질을 따라 쓰고, 처음 캐낼 때의 법식에 맞춰 끓는 물로 씻을 뿐입니다.

(活答) 非別有湯蔘·熟蔘·生蔘之分. 初採時, 以熱湯洗之而已, 生蔘之名, 未嘗不在也. 別無他巧法耳. 惟因本性而用之, 初採時例, 以熱湯洗之耳.

모모타 아타카 :『**본초강목(本草綱目)**』에 "얄팍한 사람들은 **인삼**을 가지고 먼저 물에 담가 즙을 얻고, 볕을 쪼여 말려서 다시 팔며, **탕삼**이라 말한다."고 했는데, 어떻게 생각하십니까?

(金問) 本草曰, 有薄夫, 以人蔘, 先浸取汁, 乃曬乾復售, 謂之湯蔘, 如何?

조숭수 : 사람마다 병에 쓰는 물건인데, 어떻게 이와 같이 거짓되겠습니까? 건장하고 왕성한 사람이 **인삼** 즙을 마신다면, 어찌 병들지 않겠습니까? 이는 모두 망령된 말입니다.

(活答) 人人用病之品物, 豈如此爲虛乎? 且壯實之人, 飮人蔘汁, 豈不病乎? 此言皆忘也.

모모타 아타카 : **인삼**은 흙을 구워 만든 그릇에 마유(麻油, 참기름)를 가

---

7 숙삼(熟蔘) : 생삼(生蔘)을 쪄서 익혀 말린 것이니, 오늘날의 홍삼이다.

득 담아 포정(泡淨)[8]하고 배건(焙乾)[9]해 쓴다고 했는데, 포정의 뜻은
무엇입니까?

(金問) 人蔘用盛過麻油瓦鑵, 泡淨焙乾, 泡淨之義如何?

조승수 : **인삼**을 탕포(湯泡)하는[10] 방법은 없고, 다만 날 것으로 씁니다.

(活答) 人蔘無湯泡之法, 只生用.

---

8 포정(泡淨) : 약재를 어떤 용매에 담가 깨끗이 씻는 방법이다.

9 배건(焙乾) : 약재를 약한 불기운에 타지 않게 말리는 방법이다.

10 탕포(湯泡) : 약재를 끓는 물에 잠깐 담갔다가 건져내는 방법인데, 약재의 속껍질을 없애
   기 위해 탕포한다.

백제 인삼, 고려 인삼,
일본 요시노 인삼의 비교

모모타 아라카 : **백제(百濟) 인삼**은 모양이 가늘며, 성질과 맛은 상당(上黨)[11] 것보다 옅고 적다고 했는데, 어떻습니까?

(金問) 百濟人蔘者, 形細而氣味薄於上黨, 如何?

조승수 : 상당 것보다 못하지 않습니다.

(活答) 不下於上黨.

모모타 아라카 : 고려(高麗)는 요동(遼東)이 틀림없는데, '모양은 크고 푸석푸석하며 부드러워 **백제 인삼**에 미치지 못한다.'고 했는데, 실제로 그러합니까?

(金問) 高麗, 卽是遼東, 形大而虛軟, 不及百濟, 實然乎?

조승수 : 땅이 다르기 때문에 그렇습니다.

(活答) 地不同故然.

---

11 상당(上黨) : 중국의 기주(冀州) 서남(西南) 지역이다.

모모타 아타카 : 신라(新羅) 인삼은 어떻습니까?

(金問) 新羅者, 如何?

조숭수 : 신라 인삼은 **고려 인삼**과 아주 가깝습니다.

(活答) 新羅者, 卽高麗無間.

모모타 아타카 : 그대는 이 풀뿌리를 무엇이라고 보십니까? (**요시노(吉野) 인삼**[12]을 보여주었다.)

(金問) 公此草根, 爲何耶? 示吉野人蔘.

조숭수 : 인삼과 매우 비슷하다고 하겠으나, 자세히 살펴볼 수는 없습니다.

(活答) 甚能似人蔘, 不能審.

모모타 아타카 : 우리나라에서 나는 **인삼**입니다. 그대 나라의 **인삼**도 캐내면 이 빛깔과 같습니까? (활암이 빙그레 웃기만 하고, 대답하지 않았다.)

(金問) 所産于弊邦之人蔘也. 貴壤之人蔘, 探取, 則如此色乎? 微笑而不答.

모모타 아타카 : 그대는 이 풀의 이름을 뭐라고 부르십니까? 그대 나라에도 있습니까? (출(朮)을 보여주었다.)

(金問) 公此艸何名? 貴壤有之耶? 示朮.

조숭수 : 이 풀은 곽향(藿香)인가요?

---

12 요시노(吉野) 인삼 : 일본 혼슈(本州) 기이반도(紀伊半島) 중앙에 있는 나라현(奈良縣)에서 재배했던 인삼이다.

(活答) 此艸藿香乎?

모모타 아타카 : 이 풀은 뭐라고 부르십니까? (백부근(百部根)을 보여주었다.)

(金問) 此艸爲何耶? 示百部根.

조숭수 : 이것은 봉미초(鳳尾草)인가요? 자세히 살펴 알 수는 없습니다.

(活答) 此是鳳尾草乎? 不能審也.

桑韓鏘鏗錄 醫譚

下

活菴筆語

問金 嘗讀李氏本草綱目人參條下、載李言聞人參傳
二卷、僅未見此書、示其大畧幸甚 答活 若論人參毎過
數言而止、又何二卷之多耶此所書雖有之、不欲視
也 問金 李時珍葦云、人參精其書、故審問爲 答活 李氏者、
類循非大家也 問金 李言聞者、李時珍之先考著人參
傳二卷、李氏家深藏爲故、公未見也、人參製法如何
答活 人參或蜜製而終不如生用也 問金 今自 貴邦所將
来之參、蜜製乎生參乎 答活 生耳 問金 湯參云者如何
答活 湯參云者、採取時以熱湯浸洗耳 問金 其色如何

萊軒金鑑

答活 若不以热湯洗之則色黑也 問金

之參热湯浸洗之外别垂製耶殆似干修製者 答活 人

參味甘小苦有皺紋頭蘆分明形狀與凡艸木有異

若鳳凰之屁鳥雖奴隷一見輒解之也何有他製矣

答活 今如　公之所示則貴邦所將来者皆湯參耶 問金 今自貴邦所將来

問金 非别有湯參熟參生參之分初採時以热湯洗之

而已生參之名未嘗不在也别垂他巧法耳惟因本

性而用之初採時例以热湯洗之耳 問金 本草曰有薄

夫以人參先浸取汁乃晒乾復售謂之湯參如何

答活 人二用病之品物豈如此爲虛乎旦壯实之人飲

人参汁、豈不病乎、此言皆忘也、

[答金] 人参用盛過麻油

瓦罐泡淨焙乾、泡淨之義如何

[答活] 人参豈豆湯泡之法、

只生用　[問金] 百済人参者、形細而氣味薄於上黨如何

不下於上黨　[答活] 高麗即是遼東、形大而虚軟不及

百済実然乎　[答活] 地不同故然、

者、即高麗豈間　[問金] 新羅者如何

甚能似人参不能審　[問金] 公此草根為何耶　示吉野人参

[答活] 所産于韓邦之人参也、貴

壊之人参採取、則如此色乎不　[答活] 新羅

貴壊有之耶　示术　[答活] 此艸薑香乎

根部　[答活] 此是鳳尾草乎不能審也　[問金] 公此艸何名、

[問金] 此艸為何耶　示百

不顧疲労侍高遠

양동필어

兩東筆語

양동필어
兩東筆語

1748년에 제10차 통신사를 파견할 때에 의원 조숭수(趙崇壽, 1715-?)가 양의(良醫)로 수행하자, 일본 의원 니와 테이키(丹羽貞機, 1691-1756)가 숙소로 찾아와 의학 관련 필담을 주고 받았다.

조숭수는 양주 사람으로 자는 경로(敬老)이고, 호는 활암(活庵)으로, 이때 나이 34세였다.

니와 테이키의 자는 정백(正伯), 호는 양봉(良峯)으로 의관이자 에도시대 중기의 대표적인 본초학자(本草學者)이다.

조선측에서는 조숭수 외에도 의원 조덕조(趙德祚, 1709-?). 김덕륜(金德崙, 1703-?) 등이 참여했다.

책 앞부분에는 당시 조선의 특산물을 알 수 있는 '조선국물산목차'를 수록했으며, 약물과 인삼의 산지 등에 대한 문답, 니와 테이키와 조선 제술관과의 시문이 실려 있다. 니와 테이키의 저서 『서물류찬(庶物類纂)』의 서문을 조선 의원들에게 부탁하였다.

의원과 약재 채취의 분리

조숭수 : 받은 목차(目次) 속에는 늘 먹는 생물도 있는데, 그것들이 어느 곳에서 나는 것인지 모르겠습니다. 이름은 들었지만 볼 수 없었던 것도 있으며, 들어보지도 못했고 알지도 못하는 것이 있으니, 갑자기 이해하기는 어렵습니다.

活菴曰, 承諭目次中, 常食之物, 而不知其所産處者有之. 或聞其名, 而不得見之者有之, 或不聞不知者有之, 卒難曉解也.

니와 테이키(丹羽貞機) : 알겠습니다. 그대 나라 각 고을의 토산물이 나오는 곳과 이름과 모양을 갑자기 다 이해하기는 당연히 어렵겠지요. 목차 가운데 한두 가지의 가르침과 깨우침만 얻어도 괜찮습니다.

良峯曰, 承敎. 貴邦各州之方物, 出所·名稱·形狀, 倉卒悉曉解, 是當爲難. 目次中, 得一二之敎諭, 亦可.

조숭수 : 한가한 때 곰곰이 생각하고 깊이 연구한 뒤에 깨달을 수 있을 겁니다.

活菴曰, 暇時尋思窮究, 然後可以領略耳.

니와 테이키 : 수고스러운 물음에 답해 주셨으니 참으로 감사합니다. 알려주신 약재(藥材)의 성질과 효능은 제가 평소에 몹시 어두웠던 것이니, 보답하지 못해 아쉽습니다.

우리나라는 의원과 약재를 채취하는 사람이 각각 다릅니다. 의원은 스스로 약재 채취하는 일이 없기 때문에 대부분 약재를 알 수 없으니, 참으로 안타깝습니다.[1]

又曰, 勞問至此, 良可感戢. 敎來藥性, 僕之平素昧昧者, 恐無以仰答也. 弊邦醫與採藥人各異, 醫無自採之之事, 故多不能知之, 誠爲可惜.

니와 테이키 : 우리나라 또한 의원과 약재를 채취하는 사람이 각기 다릅니다. 그러나 약재의 좋음과 나쁨, 진짜와 가짜를 분별하는 것은 의술가(醫術家)의 중요한 임무입니다. 생산되는 곳과 모양과 이름이 자세하지 않고, 서적에서 찾지 못하면 무엇으로 그 좋음과 나쁨, 진짜와 가짜를 밝게 분별하겠습니까? 그러므로 우리나라에서 의술을 배우는 사람 가운데 사물의 명칭과 특징에 대한 학문에 뜻을 두지 않은 사람이 없습니다. 지금 보시기를 바라면서 드린 목차는 모두 그대 나라의 땅에서 나는 물건이고, 『동의보감(東醫寶鑑)』과 『여지승람(輿地勝覽)』에 실려 있는 것입니다. 먹는 물건도 있고, 약 재료도 있으며, 감상하는 물건도 있는데, 그 가운데서도 그대들이 알 수 있는 물건을 조금이라도 깨닫게 해주신다면 다행이겠습니다.

良峯曰, 弊邦亦醫與採藥人各異. 然辨藥材之臧否眞贋, 醫門之要務也. 不

---

1 문맥을 보면 이 부분은 조숭수가 한 말로 보인다. 이 뒤에 니와 테이키가 비슷한 말을 다시 하기 때문이다. 그러나 『양동필어』 이 부분에는 조숭수의 이름이 따로 없다.

詳其所産及形狀名謂, 而徵之於載籍, 則何以明辨, 其臧否眞贗哉? 故弊
邦能學醫者, 無不有志名物之學者. 今所呈覽之目次, 悉貴邦之土産, 而
輿地勝覽·東醫寶鑑所載也. 有食品, 有藥材, 有觀物, 就中公等所識得
物, 雖僅僅惠諭, 則多幸.

중국 인삼 죽절삼과
일본 인삼 삼지오엽초의 비교

니와 테이키 : 풀뿌리 두 종류 가운데 하나는 세상에 널리 통하는 이름이 **소인삼(小人蔘)**이고 **삼지오엽초(三枝五葉草)**인데, 우리나라의 산물입니다. 다른 하나도 이름이 **소인삼**이고 **죽절삼(竹節蔘)**이라고도 하는데, 이것은 중국의 산물입니다. 그대 나라에도 있습니까? 어떤 사람은 "중국의 **소인삼**이란 것은 삼로(蔘蘆)[2]와 삼수(蔘鬚)[3]이다."라 했고, 어떤 사람은 "같은 무리지만 서로 다른 종(種)이다."라고 했는데, 그대의 뛰어난 견해로는 어떻습니까?

良峯曰, 草根二種, 一俗名小人參, 又名三枝五葉草, 弊邦之産也. 一俗名小人參, 又名竹節參, 此中原之産也. 貴邦亦有之否? 或曰 中原之小人參者, 卽參蘆與參鬚也, 或曰 一類而二種, 高明如何?

조숭수·조덕조 : **인삼**과 노수는 서로 거의 같으니, 맛 또한 매우 비슷할 것입니다. "**죽절삼**은 이러이러하다."는 설명은 어떤 책에 나옵니

---

2 삼로(蔘蘆) : 인삼의 뿌리꼭지인 노두(蘆頭)를 말린 것이다.
3 삼수(蔘鬚) : 노두 위에 가로놓여 자라고 줄기가 가는 인삼으로, 성질은 인삼 잔뿌리와 같지만 효능은 약하다.

까? 우리나라에 **죽절삼**은 없습니다.

活菴·松齋共云, 彷彿人參蘆鬚, 而味亦甚似矣. 竹節參云云之說, 出於何
書? 弊邦無竹節參.

니와 테이키 : **죽절삼**에 대한 설명은 풍조장(馮兆張)[4]의 『본경봉현(本經
逢玄)』에 보이는데, 모양이 서로 들어맞습니다.

良峯曰, 竹節參之說, 見馮兆張, 本經逢玄, 形狀相符.

조숭수 : 풍조장이 어떤 사람인지 모르겠고, 『본경봉현』도 어떤 책인지
모르겠으니, 자애로운 가르침을 청합니다.

活菴曰, 馮兆張, 未知其何許人也, 本經逢玄, 未知其何許書也, 請惠敎.

니와 테이키 : 풍조장은 청나라 강희(康熙) 때 사람입니다. 『금낭비록(錦囊
秘錄)』을 지었고, 치료 방법이 매우 풍부했으며, 덧붙인 책으로 『본경
봉현』이 있는데 『신농본경(神農本經)』[5]을 돕는 것이니 약재의 모양
과 효능을 깊이 연구해 설명이 많습니다.

良峯曰, 淸朝康熙之人也. 著錦囊秘錄, 治療之法方甚富, 附篇有本經逢玄,
羽翼神農本經, 而窮究藥材之形狀·功應, 而多發明.

조숭수 : 우리나라에서는 중국의 요즘 책을 모릅니다. 저도 본래 쓸모

---

4 풍조장(馮兆張) : 명말 청초의 의학자인데 특히 소아과에 밝아서 이를 집대성했으며, 저
서에 『금낭비록(錦囊秘錄)』이 있다.

5 『신농본경(神農本經)』 : 『신농본초경(神農本草經)』. 동한(東漢)시대 이전에 저작된 것
으로 보이는데 원서는 이미 유실되었고, 『경사증류비급본초(經史證類備急本草)』 중에 분
산되어 쓰여 있다. 지금은 청나라 손성연(孫星衍) 등이 편집한 몇 종이 있는데, 354종의
약물이 상·중·하로 나뉘어 실려 있다.

없는 재주와 보잘것없는 학문으로 수고스러운 물음에 보답하지 못
할 것은 아니지만, 도리어 가르침에 의지해 얻은 것이 많으니 몹시
부끄럽습니다.

活菴曰, 弊邦之俗都, 不知中原近世之書. 僕素樗才陋學, 非不仰答勞問而
已, 却依敎, 多所得, 慙愧慙愧.

요동삼(遼東蔘)과 토목삼(土木蔘)

조숭수 : 황제의 사당은 심양 북쪽 3백리 밖에 있다고 하는데, 어느 곳
  인지 모르겠습니다.

活菴曰, 皇帝廟, 在瀋陽北, 三百里外云, 而不知其某處耳.

니와 테이키 : 황제의 사당 근처 깊은 산 속에 덩굴로 자라는 **인삼(人
  蔘)**이 난다던데, 그대도 그런 말을 들어보셨습니까?

良峯曰, 聞, 皇廟之近隣, 深山中, 生蔓生人參, 公嘗聞之否?

조숭수 : 북쪽 사람들이 **"인삼이 많이 보인다."**고 합니다. 그러나 어찌
  반드시 심양강의 경계에서 나는 것을 알겠습니까?

活菴曰, 北人云, 人參多見之. 然安知其必生於瀋江之境耶?

니와 테이키 : 여러 본초서(本草書)에 실려 있는 **인삼**은 모두 줄기 하나
  가 곧게 올라가는 풀인데, 심양강 밖에서 나는 것은 덩굴로 자라는
  것입니다. 그대는 **덩굴로 자라는 인삼**이 있다는 사실을 알고 있었습
  니까?

良峯曰, 諸本草所載人參, 皆一莖直上之草也, 生彼瀋陽江外者, 蔓生者也.
公嘗知有蔓生參否?

조숭수 : 덩굴로 자라는 **인삼**은 어떻습니까?

活菴曰, 蔓生參, 如何?

니와 테이키 : 대체로 **인삼**의 모양은 당송(唐宋) 이래로 여러 본초서(本草書)가 모두 고려(高麗) 사람의 〈**인삼찬(人蔘讚)**〉[6] 설명에 의지해, 가장귀 셋에 잎은 다섯인 풀이라고 했는데 이것은 줄기 하나가 곧게 올라가는 것으로, 그대 나라에서 많이 나는 것 또한 이 풀입니다. 구종석(寇宗奭)의 『본초연의(本草衍義)』, 진가모(陳嘉謨)의 『본초몽전(本草蒙筌)』의 설명만 참으로 옛 주석과 섞이지 않았을 것입니다. 가깝게는 청나라 손님 가운데 **요동삼(遼東蔘)**[7]과 **토목삼(土木蔘)**[8]을 교역(交易)하러 오는 사람이 있는데, 가지 셋에 잎이 다섯인 풀과 다릅니다. 그 모양은 덩굴로 뻗어나가는데, 부드럽고 길며, 작은 가지가 있고, 가지 끝에 각각 3개의 잎이 있는데, 잎 모양은 연전초(連錢草)와 비슷하고, 부드러우며 조금 윤이 납니다. 뿌리 윗부분에 마디가 많고 긴 털이 있는데, 뿌리 모양은 대략 당귀(當歸)나 진교(秦艽)와 같으나 거칠고 크며, 길이는 7~8치이고, 뿌리 가지가 많이 갈라져 있습니다.

良峯曰, 僕私謂, 凡人參之形狀, 唐宋已來, 諸本草, 皆依高麗人之人蔘譜之

---

6 〈인삼찬(人蔘讚)〉: 양(梁)나라의 도홍경(陶弘景)이 저술한 『명의별록(名醫別錄)』에 백제(百濟) 무령왕(武寧王)이 512년에 양의 무제(武帝)에게 인삼을 예물로 보낸 사실과 고구려인이 지었다는 4언 4구의 〈인삼찬(人蔘讚)〉이 기록되어 있다.

7 요동삼(遼東蔘): 중국 요동 지역인 봉천(奉天) 동쪽 지역에서 나는 인삼이다. 모양은 인삼과 거의 비슷하지만, 진가모(陳嘉謨)의 『본초몽전(本草蒙筌)』에 "고구려삼에 비해 약효가 떨어진다."고 했다. 어린 것은 태자삼(太子蔘)이라고 한다.

8 토목삼(土木蔘): 조선 인삼이다. 약재 이름 가운데 '토목'은 우리나라를 가리킨다.

說, 悉爲三椏五葉之草, 此一莖直上之者也, 貴邦多所產, 亦此草也. 冠
宗奭, 本草衍義, 陣嘉謨, 本草蒙筌之說, 特不膠固古註矣. 邇淸客有貿
來于遼東參·土木參者, 而與三枝五葉之草, 迥異. 其狀蔓延柔長, 有小
枝, 枝頭各三葉, 葉形似連錢草, 而軟微光. 根頭多節, 有長毛, 根形畧如
當歸·秦艽輩, 而粗大, 長七八寸, 條根多岐.

일본의 경삼(京蔘)과 중국의 상당삼(上黨蔘)

니와 테이키 : **경삼(京蔘)**[9]이라는 것은 뿌리 하나의 무게가 1냥 1돈쭝 8푼이고, 색깔은 연노랑색이며 연약합니다. **토목삼**이라는 것은 뿌리 하나의 무게가 1냥 9돈쭝 6푼이고, 색깔은 검은 자주색인데 붉은 빛을 띠며 단단합니다. 냄새와 맛은 순수하고 짙으며 뒷맛이 있지만, 조선의 좋은 물건보다 낫다고 하기에는 멉니다. 저는 여기에 의혹을 가져 여러 해 깊이 생각하고 여러 책들을 깊이 조사해 **인삼**에 대해 미리 준비해 보았습니다. 널리 고르고 간략하게 뒤져서 찾아 그 대강을 알게 되었습니다.

예로부터 지금까지 본초서에서 **인삼**은 대체로 3종류라는 설명은 매우 자세하지 않습니다. 하나는 옛부터 **상당삼(上黨蔘)**[10]이라고 하는 것인데, 요동에도 있기 때문에 **요동삼**이라 이르기도 하지만, 지금 청나라 사람들이 말하는 **상당삼**은 아닙니다. **요동삼**이라 일컫는

---

9 경삼(京蔘) : 일본 나가사키(長崎)·교토(京都)·오사카(大阪) 등지에서 상인들이 사용하는 인삼의 명칭이다.

10 상당삼(上黨蔘) : 당삼(黨蔘)인데, 중국 산서성(山西省) 노안부(潞安府) 태항산(太行山)에서 나는 인삼이다. 노안이 옛날 상당 지역이었기 때문에 이렇게 불린다.

것은 두 종류가 있는데, 지금 노주(潞州)에서 나고 **상당삼**이라 부르는 것은 질이 좋지 않은 것입니다. 옛날에 **상당삼**이라 불리던 것은 덩굴로 자라고, 줄기가 부드러우며, 뿌리 가지가 많이 갈라져 있고, 수염 털이 많은 것인데, 이래야만 좋은 품질입니다. 다른 하나는 **요동삼**과 **신라삼 · 백제삼 · 고려삼 · 조선삼**이라 불리는 것입니다. 이것은 줄기 하나가 곧게 올라가고, 가장귀 셋에 잎은 다섯이며, 뿌리가 곧은 것인데, 그 품질은 **상당삼**에 버금갑니다. 또 지금 가게 안에서 **소인삼(小人蔘)**이라 일컫는 것 또한 줄기 하나가 곧게 올라가고 가장귀 셋에 잎은 다섯인데, 뿌리가 심하게 옆으로 자라고 묵은 뿌리는 구(臼)자처럼 갈라지며, 사이에 곧은 뿌리가 있고 모두 수염이 많은데, 이것이 가장 질이 좋지 않은 것입니다. 그밖에 비록 허하고 실하고, 크고 작고, 좋고 나쁜 차이가 있더라도 모두 땅과 기후의 좋고 나쁨에 달린 것이니, 다른 종류는 없습니다.

　인삼은 날씨가 흐리고 추운 곳에서 잘 나서 북쪽으로 심수(瀋水)[11] 가의 깊은 산과 골짜기에 많이 있기 때문에 중원(中原) 사람들은 그 말린 뿌리만 보았고, 자라는 싹은 직접 보지 못했습니다. 옛날 고려(高麗) 사람들이 〈**인삼찬(人蔘讚)**〉을 지어서 가장귀 셋에 잎이 다섯인 꽃과 열매와 뿌리 모양을 자세히 기록했는데, 이러한 설명이 한 번 나오자 주(注)낸 사람들이 모두 그 설명에 대해 물었고, 옛날 **상당삼**이 좋은 품질의 **인삼**이었음도 모르니, 이 **인삼**은 아닙니다. 대

---

11 심수(瀋水) : 요녕성(遼寧省) 심양시(瀋陽市) 동쪽에서 발원해 혼하(渾河)로 흘러드는
　강 이름이다.

개 가장귀 셋에 잎이 다섯인 **인삼** 또한 상당과 요동(遼東)에서 나는데, 나는 곳을 이름으로 삼았기 때문에 마침내 뒤섞여 나뉘지 않으니, 여러 본초서(本草書) 가운데 다만 『본초연의(本草衍義)』와 『본초몽전(本草蒙筌)』의 설명만 가깝습니다.

구종석(寇宗奭)은 "지금 쓰는 **인삼**은 하북(河北)·확장(擢場)·박역(博易)에 이르기까지 다 이처럼 고려에서 나온 것인데, 대개 푸석푸석하고 여리며 맛이 싱거워, 맛이 진하고 뿌리와 줄기가 견실해 그것을 쓰는 데 근거가 있는 노주(潞州) 상당의 것과 같지 않다. 본토 박이들은 한 포기만 얻어도 널빤지 위에 두고, 수놓는 색실로 휘감아 매어 놓는다. 뿌리는 매우 가늘고 길어 확장의 것과 서로 비슷하지 않다. 뿌리는 아래로 드리워져 1자 남짓에 미치는 것도 있고, 어떤 것은 열 갈래로 갈라졌는데 그 값이 은(銀)과 같아 구하기가 어렵다고 한다. 이것이 품질 좋은 **상당삼**인데, 부드러운 줄기에 뿌리 가지가 있다."고 했습니다. 진가모(陳嘉謨)는 "종류가 다르고, 모양과 색깔도 한결같지 않다. **자단삼(紫團蔘)**은 자줏빛이고 크며 조금 납작한데, 노주 자단산(紫團山)에서 나온다."고 했습니다.

稱京參者, 一根重, 一兩一錢八分, 色黃白, 輕脆. 稱土木參者, 一根重, 一兩九錢六分, 色紫黑帶紅, 堅實. 氣味渾厚, 有餘味, 勝于朝鮮上品者遠矣. 僕於此有疑惑, 多年苦思痛察群籍, 有預人參之事件者, 則交互演擇, 而搜索之羃, 得其梗槪矣. 私按, 人參凡三種, 古來說本草者, 多不詳也. 一古稱上黨參者, 遼東亦有之, 故又謂之遼東參, 而非今淸人所謂上黨參也. 蓋稱遼東參者, 有二種, 今出潞州, 稱上黨參者, 下品也. 古稱上黨者, 卽蔓生柔莖, 條根多岐, 多鬚毛者也, 此至上品也. 一稱遼東及新羅·百濟·高麗·朝鮮參者也. 是一莖直上, 三椏五葉, 直根者, 而其品亞上黨. 又今肆中, 稱小人參者, 是亦一莖直上, 三椏五葉, 根多橫生, 舊根作臼,間有直根, 共多鬚, 是最下品也. 其他雖有虛實大小好惡之異, 皆系土地風氣之旺否, 非別種矣. 人參善産于陰寒之地, 而北藩邊伐之深山幽谷, 多有之, 故中原人, 惟見其乾根, 而不目擊其生苗. 古高麗人, 著人參譜, 詳紀三椏五葉之華實根形, 此解一出, 注者皆詢其說, 而不知古之上黨上品之參, 非此參. 蓋三椏五葉之參, 亦産上黨遼東, 而爲名産, 故遂混淆不分, 而諸本草中, 特衍義・蒙筌說爲近. 冠奭曰 人參今之用者, 皆河北・㰪場・博易到, 盡是高麗所出, 率虛軟味薄, 不若潞州上黨者, 味厚體實, 用之有據. 土人得一窠, 則置於板上, 以色茸纏繫. 根頗纖長, 不與㰪場相類. 根下垂, 有及一尺餘者, 或十岐者, 其價與銀等, 稱爲難得. 是上黨上品之者, 而柔莖條根也. 嘉謨曰 種類略殊, 形色弗一. 紫團參, 紫大稍匾, 出潞州紫團山.

황삼(黃蔘)과 조선의 여러 가지 인삼

니와 테이키 : 황삼(黃蔘)[12]은 요동과 상당에서 자라고 노랗게 윤이 나며 수염이 있고, 조금 가늘며 긴데, 이 또한 **상당삼**입니다. 소송(蘇頌)[13]과 이시진(李時珍)이 견문이 넓고 크지만, 부드러운 줄기에 뿌리 가지를 지닌 살아 있는 **인삼**을 직접 보지 못했기 때문에 오직 옛 설명을 절충해 설명했을 뿐입니다. 운명을 맡기는 **신초(神草)**를 끝내 뒷세상에 믿음직하게 전하지 못했으니, 몹시 탄식스럽습니다. 제 좁은 소견이 이와 같은데, 그대의 뛰어난 견해는 어떠신지요?

又曰, 黃蔘生遼東上黨, 黃潤有鬚, 稍纖長, 是亦上黨蔘也. 雖蘇頌·時珍博宏, 因不目繫於柔莖條根之生草, 惟折衷古說, 而爲解而已. 懸命之神草, 終不傳信於後世, 當歎之甚也. 管見如斯, 高明如何?

조승수 : 우리나라에도 여기저기서 **인삼**이 많이 납니다. 그러나 종류가 있다는 설명이 없고, 저 또한 그러한 설명을 듣지 못했습니다. 학문이 좁고 생각이 얕아 응답할 바를 모르겠으니, 이런 질문을 들

---

12 황삼(黃蔘) : 황색 인삼인데, 백색 인삼의 약효에는 미치지 못한다.

13 소송(蘇頌) : 송나라 인종 때 학자인데, 철종 때 승상에 올랐으며, 위국공(魏國公)에 봉해졌다. 저서에 『도경본초(圖經本草)』 21권이 있다.

고 몹시 부끄럽습니다. 그대가 약물 연구에 애를 썼으니, 의술가(醫術家)들에게 공을 베풀었고, 오랜 세월의 큰 다행입니다. 축하드리고, 축하드립니다.

活菴曰, 弊邦所所, 人參多産. 然無說有種類者, 僕亦未聞其說. 陋學淺見, 不知所仰酬, 到此甚憨愧. 公之勞心於藥物, 施功於醫門, 萬世之大幸. 可賀可賀.

요동삼과 조선삼

니와 테이키 : 지난번의 질문을 계속하겠습니다. 요동(遼東)의 심강(瀋 江)은 압록강(鴨綠江)과 함께 지역이 서로 귀속됩니까?

又曰, 昨承示敎. 遼東之瀋江, 與鴨綠江, 地相倂屬乎?

조숭수 : 압록강에서 요동까지는 중간이 한없이 넓고 아득한 땅이어서 거리가 몇 백리인데, 모두 사람 사는 집이 없어 울타리를 쳐서 구분 합니다.

活菴曰, 鴨綠之於遼東, 中間廣莫之地, 相去數百里, 摠無人居, 排柵以分.

니와 테이키 : 그대는 중원(中原)에 가본 적이 있습니까?

良峯曰, 公嘗到于中原乎?

조숭수 : 아직 가지 못했고, 비록 보지도 못했으나, 앉아서 짐작할 수 있습니다.

活菴曰, 未嘗到, 雖未及見, 可坐筭也.

니와 테이키 : 저는 지난해 히젠주(肥前州)[14] 나가사키(長崎)에 가서 청 나라 손님과 함께 며칠 이야기를 나누었습니다. 그가 "요동(遼東) 심

강(潘江)의 깊은 산 속에서 덩굴로 자라는 **인삼(人蔘)**을 캔 것이다."
라고 하면서 싹과 뿌리를 저에게 보여주었습니다. 뿌리와 싹 모두
그대 나라의 **인삼**과 달랐는데, 지난번에 제가 말했던 덩굴로 자라
는 **인삼**이 바로 이것입니다. 중국의 **인삼**과 그대 나라의 **인삼**이 다
르다는 말을 들었습니까?

良峯曰, 僕前年到于肥前州長崎, 而與淸客, 數日對話. 彼云, 遼東潘江之深
　山中, 所採蔓生之人蔘, 苗根示僕焉. 根苗共異貴國之産, 前日僕所議之
　蔓生蔘, 卽是也. 盖聞有中華之蔘, 與貴國之蔘異者乎?

조숭수 : 행장(行裝) 속에 가져온 것은 없지만, 중국의 **인삼**과 우리나라
　의 **인삼**은 대체로 같고 조금 다른데, 그 줄기와 잎은 아직도 보지
　못했습니다.

活菴曰, 行中無持來者, 中華之蔘, 與弊邦蔘, 大同小異, 而其莖葉, 則未嘗
　見之耳.

14　히젠주(肥前州) : 현재 일본의 나가사키(長崎)현 지역에 있던 주이다.

골증(骨蒸)의 인삼 처방

니와 테이키 : 우리나라에 골증로(骨蒸勞)를 앓는 사람들이 매우 많습니다. 그대가 일찍이 허실(虛實)을 각각 경험해 빠른 처방을 가졌다면, 대략 듣기를 간절히 바랍니다.

良峯曰, 弊邦患骨蒸勞者許多. 公嘗可有虛實, 各經驗之捷方, 乞聞其畧.

조숭수 : 이 병 또한 몇 마디 말로 끝내기 어렵고, 한두 처방으로 모두 효험을 보기 어렵습니다. 만일 물을 조목이 있다면, 제가 질문에 따라 대답하는 것이 좋겠습니다.

活菴曰, 此病, 亦難以數語而終, 又難以一二方通治. 如有問條, 僕當依次對之.

니와 테이키 : 말씀하신 것과 같아서 이 병은 몇 마디 말로 분별할 수 없습니다. 그러나 상한(傷寒)을 다스리는 처방이 가장 많아서 계지탕(桂枝湯)·마황탕(麻黃湯)은 풍한(風寒)의 표증(表症)을 다스릴 수 있고, 대시호탕(大柴胡湯)과 **소시호탕(小柴胡湯)**은 반표반리(半表半裏)를 다스리니, 이것이 그 대략입니다. 자세하게 말하자면 온갖 조목이 여러 가지로 많아져서 몇 마디 말로 끝낼 수 없습니다. 골증

(骨蒸) 또한 그러하니, 소요산(逍遙散)·지보탕(至寶湯)·강화탕(降火湯)·청폐탕(淸肺湯)·영소탕(寧嗽湯)·청호고(靑蒿膏)와 같은 것을 대개 골증의 초기에 세상의 의원들이 많이 씁니다. 저는 계지탕(桂枝湯)이나 시호탕(柴胡湯)이 이런 증세에 쓰여서 마치 북채와 북이 빠르게 호응하는 것처럼 공(功) 들인 효과가 있다는 것을 일찍이 보지 못했습니다. 그러므로 한두 가지 빠른 처방을 듣고 이에 의지해 그 어두운 실마리를 살펴 찾고자 할 뿐입니다.

良峯曰, 如諭, 此病非以數語, 而可辨. 然若傷寒之治方, 最多端, 而桂枝湯·麻黃湯者, 能治風寒之表症, 大小柴胡, 治半表半裏, 此其畧也. 到其仔細, 則千條百出, 誠不可以數語終也. 骨蒸亦然, 盖如逍遙散·至寶湯·降火湯·淸肺湯·寧嗽湯·靑蒿膏, 大槪骨蒸之初, 世醫多用之. 僕未曾見, 其功效, 桂枝·柴胡之對症用之, 而有如桴鼓之速應者. 故欲聞一二之捷方, 而依此, 而尋索其盲系耳.

조숭수 : 질문 조목을 말하시면 그것에 대답해 보겠습니다.

活菴曰, 論列問條, 然後可以答之耳.

니와 테이키 : 25세 된 남자가 있었는데, 튼튼함을 타고났고, 성질은 영리하며 슬기로웠습니다. 늦봄에 보통 풍사(風邪)에 걸렸는데, 사(邪)는 없어졌지만 기침이 그치지 않았습니다. 가래 섞인 침에 핏줄이 보였고, 가슴이 답답해 괴로웠으며, 등과 어깨가 때로 아팠습니다. 팔다리에 힘이 없었고 번열(煩熱)이 있었으며, 누워있는 때가 많고 일어나 있는 때가 적었습니다. 누워도 깊이 잠들 수 없었고, 잠깐 잠들어도 귀신과 서로 접촉했습니다. 유설(遺泄)·백탁(白濁)이 있었고, 살갗은 말랐으며, 머리털도 말랐습니다. 늘 새벽에 정신이 맑다

가 오후에 미열이 있고, 오심번열(五心煩熱)이 있었으며, 밤에는 도
한(盜汗)이 있었습니다. 맥은 왼쪽과 오른쪽이 약하고 잦았습니다.
치료할 방법을 가르쳐 주십시오.

良峯曰, 一男子二十五歲, 稟受壯實, 性質聰敏. 春末感一船之風邪, 邪去而
咳不止. 痰唾血線, 心胸蒲悶悶, 背膊時疼. 四肢無力, 煩熱, 多臥少起.
臥不得熟睡, 少睡與鬼交. 遺泄·白濁, 膚燥髮乾. 每平旦精神尚好, 午後
微熱, 五心煩熱, 夜盜汗. 脉左右, 細數無力. 施治之法方請敎.

조승수 : 이것은 전부 '로(勞)'입니다. 처음에 풍사(風邪)에 걸렸더라도,
치료 방법을 얻지 못해 열이 허파에 쌓여 마침내 로가 된 것입니다.
그 사람이 평소에 음욕(淫慾)이 지나치게 많아서 명문지화(命門之火)
가 매우 세차고, 밖에서 침입한 열사(熱邪)가 화(火)를 도와 진액(津
液)을 녹여 없애서 이 병이 된 것입니다. 맑고 서늘한 약으로 폐기
(肺氣)를 적시고, 보음(補陰)하여 신수(腎水)를 채운다면, 상화(相火)
가 저절로 평안해져 병이 나을 것입니다. 초기에 청폐탕(淸肺湯)을
쓰고, 뒤에 가미소요산(加味逍遙散)·각로산(却勞散) 가운데 가려 뽑
아 쓰며, 마지막으로 **십전대보탕(十全大補湯)**·양영탕(養榮湯)을 쓰
면 효과를 얻을 수 있습니다.

活菴曰, 此全勞也. 雖初感風邪, 治不得其法, 熱畜于肺, 遂爲勞. 然其人,
素滔欲過多, 命門之火熾盛, 外熱佐火, 消爍津液, 而成此病也. 以淸凉
之劑, 潤肺氣, 以補陰, 充腎水, 則相火自得平, 而病愈. 初淸肺湯, 後加
味逍遙散·却勞散撰用, 終十全大補·養榮湯, 可奏功.

니와 테이키 : 그대가 지시한 것이 바로 옛 현인의 방법입니다. 의지해
따르지 않을 수 없는데, 우리나라의 나이어린 사내와 부인에게 이

병이 매우 많습니다. 초기에 **삼소음(蔘蘇飮)** · 청폐탕(淸肺湯) · 가미
소요산(加味逍遙散) · 자음지보탕(滋陰至寶湯) · 각로산(却勞散) · 육미
환(六味丸) · 신기환(腎氣丸) · **십전대보탕(十全大補湯)** · 양영탕(養榮
湯) 중에서 가려 뽑아 써도 열 명 가운데 한 명도 살지 못한 듯합니
다. 비록 여러 증세가 모두 겹쳤다고 하더라도, 만약 맥이 약하고
잦지 않다면, 앞의 약들 중에서 가려 뽑아 쓰고, 최선생(崔先生)[15]의
사화(四花)에 뜸으로 치료하는 방법을 더한다면, 열 명에 한두 명은
효과를 거둘 사람이 있을 것입니다. 이것이 어리석은 제가 빠른 처
방을 필요로 하는 까닭입니다.

良峯曰, 公所指揮, 正古賢之法方也. 不可不依順, 而弊邦少年之男婦, 此病
甚多. 初蔘蘇飮 · 淸肺湯 · 加味逍遙散 · 滋陰至寶湯 · 却勞散 · 六味丸 ·
腎氣丸 · 十全大補 · 養榮湯撰用, 十無一活矣. 雖諸症悉備, 然若脈未到
細數, 則前藥撰用, 加之崔子四花灸治, 則十有一二之奏功者. 此愚所以
需捷方也.

니와 테이키 : 개인적 생각이지만 이러한 증세는 옛 사람들이 전시(傳
尸)라고 설명했는데, 전시의 병인(病因)이 없는 사람도 앞에 든 경우
의 여러 증세라면, 앞에 든 방법들을 써서 치료할 수 있습니까? 여
러 증세가 비록 똑같더라도, 전시라는 확실한 병인이 있는 사람에
게 앞에 든 방법들은 효과를 거두기 어렵습니다. 이 병증에 웅황(雄
黃) · 토분(兎糞) · 구갑(龜甲) · 천초(川椒) · 상지(桑枝) · 도지(桃枝) · 귀

15 최선생(崔先生) : 최가언(崔嘉彦)을 가리키는데, 송나라 휘종 때 의술에 뛰어났던 도사로
자허진인(紫虛眞人)에 봉해졌다. 말년에 여산(廬山) 서원암(西原庵)에 머물면서 제자들
을 가르쳤는데, 대표적인 제자가 유개(劉開)이다. 당시까지의 맥학(脈學) 내용을 정리한
『맥결(脈訣)』1권을 지었고, 『두광정옥함경(杜光庭玉函經)』에 주를 냈다.

구(鬼臼)·경분(輕粉)·청호(靑蒿) 따위를 써서 치료하면 효과를 얻습니까? 또 **사미원(四美圓)**의 구갑(龜甲), **혼원단(混元丹)**의 자하거(紫河車), 단어산(團魚散)의 단어(團魚)로 수(髓)가 마른 것을 치료하는데, 이들 방법에 이러한 법도와 기준을 쓰되, 옛 사람들이 한 단계의 밝은 가르침을 빠뜨려서 후세 사람들은 수레의 끌채 자루로 가리켜 이끌 줄 모릅니다. 거듭 분명하게 드러내 주신다면, 세상에 드문 다행이자 기쁨이겠습니다.

又曰, 私按, 此症古人有傳尸之說, 盖無傳尸之因者, 右件之諸症, 用右件之法方, 可治之乎? 諸症雖一般, 而有傳尸之固因者, 前件之法方, 難收功. 是症用雄黃·兎糞·鼈甲·川椒·桑枝·桃枝·鬼臼·輕粉·靑蒿之類施治, 則當得功乎? 又治髓竭, 四美圓之鼈甲, 混元丹之紫河車, 團魚散之團魚, 此等之法方, 用此之權衡, 古人闕一層之明敎, 而後人不知指南之轅柄. 見惠再標, 則希世之幸慶也.

兩東筆語卷之一　戊辰六月五日

東都　　醫官　丹羽貞機

奉呈朝鮮國良醫活菴醫員松齋探玄三先生　良峯

之案下

玉節向東都水陸無徂張旌執圭之盛儀甲午不

諶拤躍不侫姓丹羽名貞機字正伯號良峯東都

之醫官也不侫夙有志本草之學遂欲尋究庶物

之性狀凡樊邦之山谷原隰無不陟獵兵壯時又

松齋到曰探玄有病不能来耳

活菴曰承諭目次中常食之物而不知其所産處者

有之或聞其名而不得見之者有之或不聞不知者

有之卒難曉解也

良峯曰兼製貴邦各州之方物出所名稱形狀倉卒

悉曉解是當爲難目次中得一二之教諭亦可

活菴曰眼時尋思窮究然後可以領畧耳

又曰勞問至此良可感戢教来藥性僕之平素昧昧

者恐無以仰荅也獘邦醫與採藥人各異醫無自採

之事故多不能知之誠爲可惜

良峯曰獎邦亦醫與採藥人各異然辨藥材之臧否

真贗醫門之要務也不詳其所產及形狀名謂而徵

之於載籍則何以明辨其臧否真贗哉故獎邦能學

醫者無不有怠名物之學者今所呈覽之目次悉貴

邦之土產而輿地勝覽東醫寶鑑所載也有食品有

藥材有觀物就中公等所識得物雖僅僅惠諭則多

幸

又曰小童携脘饌未請公等迅喫飯于毋頋僕陪侍

活菴曰待客難以喫飯而飢蒙教多感

良峯曰樹枝三品一俉名木梛一俉名柾一俉名縮

砂木也貴邦亦有之否名稱乞教

松齋曰獎邦之法醫不知草木之名而八路自有採

藥人不得仰應高示恨頗頗

良峯曰草根二種一俉名小人參又名三枝五葉草

獎邦之産也一俉名小人參又名竹節參此中原之

産也貴邦亦有之否或曰中原之小人參者即參蘆

與參鬚也或曰一類而二種高明如何

活菴松齋共云彷彿人參蘆鬚而味亦甚似矣竹節
參云云之說出於何書獎邦無竹節參
良峯曰竹節參之說見馮兆張本經逢玄形狀相符
活菴曰馮兆張未知其何許人也本經逢玄未知其
何許書也請惠敎
良峯曰淸朝康熙之人也著錦囊秘錄治療之法方
甚富附篇有本經逢玄羽翼神農本經而窮究藥材
之形狀刃應而多發明
活菴曰獎邦之俉都不知中原近世之書僕素樗才

兩學非不仰吾勞問而已却依教多所得慚愧慚愧

良峯曰此和產之术也謂貴邦亦可產蒼白克何乎

活菴曰是蒼术

良峯曰貴邦別產白术乎

活菴曰獎邦之白术多用此蒼术間有用白术則用

中原者未聞獎邦產者

良峯曰海菜也方名採用乞諭

活菴松齊共曰獎邦俉名加土里為疑菜复月冷食

中原之名未知　貴邦為何用惠細教

遠幾許里程

活菴曰、義州北距鳳城爲二千里

良峯曰、聞鳳城之北有瀋陽江、江北三百餘里、康熙

帝先瑩之地也、然否

活菴曰、皇帝廟在瀋陽北三百里外云、而不知其某

處耳

良峯曰、聞皇廟之近隣深山中、生蔓生人參公嘗聞

之否

活菴曰、北人云、人參多見之、然安知其必生於瀋江

之境耶

良峯曰諸本草所載人參皆一莖直上之草也生彼

瀋陽江外者蔓生者也公嘗知有蔓生參否

活菴曰蔓生參如何

良峯曰僕私謂凡人參之形狀唐宋已来諸本草皆

依高麗人之人參譜之說悉為三椏五葉之草此一

莖直上之者也貴邦多所産亦此草也冠宗奭本草

衍義陳嘉謨本草蒙筌之說特不膠固古註矣通清

客有貿朱于遼東參土木參者而與三枝五葉之草

迴異其狀蔓延柔長有小枝枝頭各三葉葉形似連
錢草而軟微尖根頭多節有長毛根形畧如當歸秦
芃輩而粗大長七八寸條根多岐稱京參者一根重一
一兩一錢八分色黃白輕脆稱土木參者一根重一
兩九錢六分色紫黑帶紅堅實氣味渾厚有餘味勝
于朝鮮上品者遠矣僕於此有疑惑多年苦思痛察
群籍有預人參之事件者則交互演擇而搜索之畧
得其梗概矣私按人參凡三種古來說本草者多不
詳也一古稱上黨參者遼東亦有之故又謂之遼東

參而非今清人所謂上黨參也盖稱遼東參者有二
種今出潞州稱上黨參者下品也古稱上黨者即蔓
生柔莖條根多岐多鬚毛者也此至上品也一稱遼
東及新羅百濟高麗朝鮮參者也是一莖直上三椏
五葉直根者而其品亞上黨又今肆中稱小人參者
是亦一莖直上三椏五葉根多橫生舊根作的間有
直根共多鬚是最下品也其他雖有虛實大小好惡
之異皆系土地風氣之旺否非別種兵人參善産于
陰寒之地而北瀋邊伐之深山幽谷多有之故中原

人惟見其乾根而不目擊其生苗古高麗人著人參
譜詳紀三椏五葉之華實根形此解一出注者皆詢
其說而不知古之上黨上品之參非此參盖三椏五
棄之參亦產上黨遼東而為名產故遼混淆不分而
諸本草中特衍義蒙筌說為近冠奭曰人參今之用
者皆河北榷塲博易到盡是高麗所出率虛軟味薄
不若潞州上黨者味厚體實用之有據土人得一窠
則置於扵上以色茸繫根頗纖長不與榷塲者相
類、根下垂有及一尺餘者其價與銀等稱

爲難得是上黨上品之者而柔莖條根也嘉謨曰種
類略殊形色弗一紫團參紫大稍區出潞州紫團山
又曰黃參生遼東上黨黃潤有鬚稍纖長是亦上黨
參也雖藜頌時珍愽玄因不目擊於柔莖條根之生
草惟折裹古說而爲解而己懸爭之神草終不傳信
於後世當歎之甚也管見如斯高明如何
活菴曰弊邦所所人參多産然無說有種類者僕亦
未聞其說陋學淺見不知所仰酬到此甚慚愧公之
勞心於藥物施功於醫門萬世之大幸可賀可賀

千餘里

又曰昨承示教遼東之瀋江與鴨綠江地相併屬乎

活菴曰鴨綠之於遼東中間廣莫之地相去數百里

撚無人居排稨以分

良峯曰公嘗到干中原乎

活菴曰未嘗到雖朱及見可坐籌也

良峯曰僕前年到于肥前州長崎而與清客數日對

話彼云遼東瀋江之深山中眅採蔓生之人參苗根

示僕焉根苗共異貴國之產前日僕聥議之蔓生參

即是也盖聞有中華之參與貴國之參異者乎

洛菴曰行中無特來者中華之參與獘邦參大同小

異而其莖葉則未嘗見之耳

良峯曰貴邦之俗妊婦有至五月着帶否

洛菴曰着帶者何謂也

良峯曰獘邦之俗有胎五月用白布白絹束腹欲使

胎不縵張而胎中之兒緊縮易産俗謂之着帶也

洛菴曰胎不可束也使妊婦飲食有節起居有常自

然順産矣

活菴曰公之問目是醫門之大綱抱括于數語之中

盡矣庸下之鄙生陋學非可為者卒之仰荅事尋思

然後可以荅之耳

良峯曰獎邪患骨蒸勞者許多公嘗可有虛實各経

驗之捷方乞聞其畧

活菴曰此病亦難以數語而終又難以一二方通治

如有問條僕當依次對之

良峯曰如諭此病非以數語而可辨然若傷寒之治

方最多端而桂枝湯麻黃湯者能治風寒之表症大

小柴胡治半表半裏此其畧也到其仔細則千條百

出誠不可以數語終也骨蒸亦然盖如逍遙散至寶

湯降火湯清肺湯寧嗽湯青蒿膏大槩骨蒸之初世

醫多用之僕未曾見其功効桂枝柴胡之對症用之

而有如桴皷之速應者故欲聞一二之捷方而依此

而尋索其盲系耳

洁菴曰論列問條然後可以呑之耳

良峯曰一男子二十五歳禀受壯實性質聰敏春末

感一般之風邪邪去而咳不止痰喠血線心胸滿悶

悶背膊時疼、四肢無力、煩熱多卧少起卧不得熟睡、

少睡、與鬼交遺泄白濁膚燥髮乾每旦精神尚好

午後微熱五心煩熱夜盗汗脉左右細數無力施治

之法方請教

活菴曰此全勞也、雖初感風邪治不得其法、熱畜于

肺、遂為勞然其人素滔欲過多命門之火熾盛外熱

佐火消爍津液而成此病也、以清凉之劑潤肺氣以

補陰充腎水則相火自得平而病愈初清肺湯後加

味逍遥散却勞散撰用終十全大補養榮湯可叅切、

良峯曰公耶指揮正古賢之法方也不可不依順而
獎邪少年之男婦此病甚瘁初參蘇飲清肺湯加味
逍遙散滋陰至寶湯却勞散六味丸腎氣丸十全大
補養榮湯撰用十無一活矣雖諸症悉備然若脉未
到細數則前藥撰用加之崔子四花灸治則十有一
二之奏切者此愚所以需捷方也
又曰私按此症古人有傳尸之說盖無傳尸之因者
右件之諸症用右件之法方可治之乎諸症雖一般
而有傳尸之固因者前件之法方難奏功是症用雄

黃兔糞鱉甲川椒桑枝挑枝鬼臼輕粉青蒿之類施

治則當得切乎又治髓竭四美圓之鱉甲混元丹之

紫河車團魚散之團奧此等之法方用此之權衡古

人闕一層之明教而後人不知指南之轅柄見惠再

標則希世之幸慶也

活菴曰公之研精可感仰熟思尋索而奉荅清問耳

又曰 貴邦產柴胡黃芩否

良峯曰柴胡竹葉韭葉共產所所山原多有之黃芩

本獎邦没有近世傳致貴邦及唐山之種今繁植

조선인필담

朝鮮人筆談

조선인필담
朝鮮人筆談

1748년에 통신사가 일본을 방문했을 때 도호토(東都)의 의관(醫官) 노로 지쓰오(野呂實夫)가 조선의 제술관(製述官) 박경행(朴敬行), 서기(書記) 이봉환(李鳳煥)·유후(柳逅)·이명계(李命啓), 양의(良醫) 조숭수(趙崇壽), 의원 김덕륜(金德倫)·조덕조(趙德祚), 선비 김계승(金啓升) 등과 주고받은 필담을 2권으로 정리한 책이다. 노로 지쓰오는 노로 겐죠(野呂元丈)로도 알려져 있는데, 겐죠(元丈)는 그의 자이다. 본초학(本草學)에 조예가 깊은 의관이다.

상권은 1748년 5월 28일에 아사쿠사(淺艸)의 혼간지(本願寺)에서 나눈 필담인데, 노로 지쓰오가 길경(桔梗)·제니(薺苨)·사삼(沙蔘)의 사용 여부 등에 대해 조숭수에게 물으면서 실물을 보여달라고 요청했고, 김덕륜은 일본의 질병 치료 방식에 대해 질문했다. 두 나라 의원들이 서로 약재를 꺼내 질문하였다.

하권은 다음날인 5월 29일에 나눈 필담인데, 1748년에 조선 의원들과 필담을 나누었던 가와무라(河村)와 도우하쿠(道伯)도 배석했다. 조숭수가 노로 지쓰오에게 조선 의서(醫書) 목록을 주자, 노로 지쓰오가 답례로 네덜란드 사람에게서 받은 포도주를 선물했다. 조숭수가 노로 지쓰오에게 인삼양위탕(人蔘養胃湯) 1첩을 선물로 주면서 그 탕제법을 알려주자, 노로 지쓰오가 그 분량과 도량형에 대해 물었다. 그 외에도 여러 가지 약재와 환약들을 선물하였다.

　2권 1책의 필사본인데, 앞부분의 표제는 '조선필담(朝鮮筆談)'이지만, 중간에 권을 나누면서 '조선인필담(朝鮮人筆談) 하(下)'라고 표기하였다. 따라서 가와무라 슌코가 정리한『조선필담』과 구분하기 위해, 이 책에서는 노로 지쓰오가 정리한 이 필담집의 제목을『조선인필담(朝鮮人筆談)』으로 표기한다.

인삼양위탕과 인삼의 값

조숭수가 **인삼양위탕(人蔘養胃湯)** 한 첩(貼)을 꺼내 보여주었다.

活菴出示, 人蔘養胃湯一貼.

노로 지쓰오 : 이 한 첩에 물 1종(鍾) 반을 넣고, 1종(鍾)이 될 때까지 달입니까?

元丈, 此一貼, 入水一鍾半, 煎一鍾耶?

조숭수 : 그렇습니다.

曰, 活菴, 然矣.

노로 지쓰오 : 1종(鍾)의 양은 얼마입니까?

曰, 元丈, 一鍾量幾?

조숭수 : 5홉(合)인데, 그대 나라의 되(升)와 서로 환산하기 어렵습니다.

曰, 活菴, 五合也. 貴邦升, 難以相准.

조숭수 : 그대가 가지고 가시겠습니까?

曰, 活菴, 公欲持去耶?

노로 지쓰오 : 지난번에 이미 정기산(正氣散)을 받았는데, 지금 다시 이 것까지 받게 되니, 많은 은혜를 자주 베풀어주시어 마음이 편치 않습니다. 이 안에 **인삼(人蔘)**도 있습니까?

曰, 元丈, 向已領正氣散, 今亦受之, 贈惠稠疊, 心不安矣. 此中, 有人參耶?

조숭수 : **인삼**은 달일 때에 넣습니다.

曰, 活菴, 人參, 臨煎時入之.

노로 지쓰오 : 그대 나라에서 물건을 사고팔 때에 높은 등급의 **인삼** 1냥 (兩) 값은 은(銀)으로 얼마입니까?

曰, 元丈, 貴邦人參, 本國貨買, 上等之參, 一兩價銀, 幾耶?

조숭수 : **인삼** 1냥은 은(銀)으로 30냥(兩), 또는 35냥입니다.

曰, 活菴, 人參一兩, 銀三十兩, 或三十五兩.

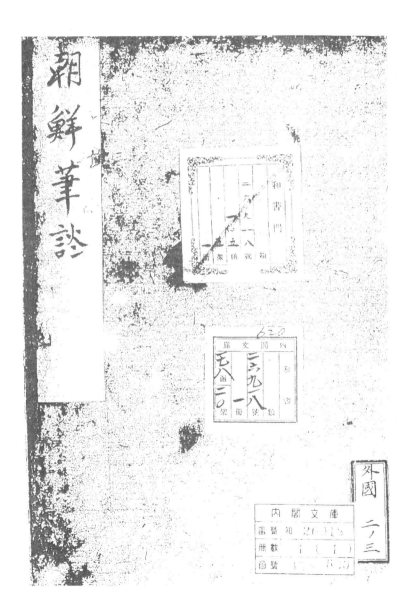

如教耳

曰

僕向以一卷軸托於金公請跋語未成耶　元丈

公或有知之敢問耳

曰

此序文數日前已成而因其病故不得精書云
耳　足下來坐之意傳告金公否　松齋

曰　元丈

此是豚兒寄金公之詩乞　足下傳達之厚幸　元丈
活菴出示人
參養胃湯一點

坎一貼入水 一鍾半煎二鍾耶　　活菴

然矣　曰　　元丈

一鍾量幾　曰　　活菴

五合也　貴邦升難以相准　曰　　活菴

公欲持去耶　曰　　元丈

向已領正氣散今亦受之贈惠稠疊心不安矣

以中有人參耶

曰

人參臨煎時入之

活菴

曰

貴邦人參本國貨寶上等之參一兩價銀幾耶

元大

活菴

曰

人參一兩銀三十兩或三十五兩

活菴

曰

貴邦之人每賦詩以諷詠耶或別有歌曲云請

조선필담

朝鮮筆談

조선필담
朝鮮筆談

1748년 5월말부터 통신사 일행이 에도 객관에 머물자, 도호토 의관 가와무라 슌코(河村春恒)가 5월 28일부터 6월 12일까지 여덟 차례 의원들을 방문하여 필담을 나누고 시를 지어 날짜순으로 편집한 필담집이다.

2권 2책인데, 건권(乾卷) 6월 3일 기사에 가와무라 슌코가 일본에서 산출되는 인삼에 관한 질문과 조선 인삼의 제법에 관한 질문, 그에 대한 조숭수의 답변이 실려 있다. 곤권(坤卷)은 『상한의문답(桑韓醫問答)』과 같은 내용인데, '치절(治節)'에 관한 문답이 하나 더 실려 있다.

죽절삼과 비슷한 일본 인삼

가와무라 슌코 : 우리나라에서 **인삼** 한 종류가 나는데, 줄기, 잎, 꽃, 열매가 『**본초(本草)**』에서 말한 모양과 다르지 않고, 뿌리 모양은 귀국에서 말하는 **죽절삼(竹節蔘)**이라는 것과 비슷합니다. 맛이 매우 써서 사용할 수 없는데, 세속에서 감초 달인 물이나 꿀물로 법제합니다만, 비록 쓴맛이 없어지더라도 본연의 단맛은 아닙니다. 저의 선친이 한 가지 방법을 얻었는데, 법제하면 아주 좋았습니다. 다른 약재의 힘을 빌지 않고도 쓴맛이 없어지고 단맛이 생겼습니다. 제 부친은 원래 조선 **인삼**을 복용하면 가래에 피가 섞이곤 했는데, 어느날 자신이 법제한 일본 **인삼**을 복용하자 역시 가래에 피가 섞였으니, 이로써 보자면 그 공효가 귀국에서 나는 **인삼**과 비슷한 듯합니다.

稟, 河長因 : 我國出一種人參, 莖葉華實, 不異本艸所說. 其根形, 貴國所謂, 與竹節參者, 相類. 其味甚苦, 不任用, 世俗以甘艸洗汁, 蜜水製之. 雖苦味去, 非本然之甘味. 僕先人得一之製, 而製之甚可也. 不假他藥之味, 而苦味去甘味生. 僕先人每服人參. 痰中見血, 一旦服所製人參, 亦痰中有血. 由是觀之, 其功相類類貴國所産之人參乎?

조숭수 : 귀국에서 나는 **인삼** 이야기는 오사카에서 이미 들었습니다.

그 줄기와 잎을 보면 혹 비슷하기도 하지만, 그 맛을 보고 형태를
살펴보니 결국 진품이 아니었습니다. 바록 백 가지로 변화시켜서 쓴
맛을 처리하더라도, 장차 어디에 쓰겠습니까? **인삼**은 본래 제법(製
法)이 없고, 그대로 쓰는 것입니다. 공께서는 미혹되지 마십시오.

復, 趙崇壽：貴國産參之說, 曾於大坂已聞之. 且見其莖葉. 雖或彷彿, 嘗其
味察其形, 果非眞也. 雖百般變幻, 而成其味, 將焉用之哉? 人參本無製
法. 因其自然而用之. 公無惑焉.

새 짚 달인 물에 찌는 조선삼 법제술

가와무라 슌코 : 가르쳐주신 설명으로 의혹을 깨치기에 충분합니다. 그러나 귀국에서 가져온 **인삼** 몇 근 속에 이따금 누렇게 그을린 것이 있으니, 어찌 법제한 것이 아니겠습니까? 쇼토쿠(正德)[1] 연간에 기선생(奇先生)이[2] 제 조부의 제자 아무개에게 전한 기록이 있었다지만, 종이가 좀먹고 빠진 데가 있어서 자세하지 않습니다. 저는 대략 기억할 뿐이니, 부디 가르쳐 주시기를 빕니다.

稟, 河長因 : 示論足破疑惑. 然貴國所來之人參, 數斤之中, 或有焦黃色者, 則何非製之乎? 正德中奇生, 雖有傳僕祖之弟子某者, 蠹紙脫簡未詳. 僕略記之耳, 强請示教.

조숭수 : 제법(製法)이 없다고 한 것은 감초 달인 즙이나 꿀물을 쓰지 않는다는 뜻입니다. 우리나라에서 나는 **인삼**도 처음 흙속에서 나온

---

1 일본 제114대 나카미카도(中御門) 천황의 연호인데, 1711-1716년까지 이 연호를 사용하고, 1716년부터 연호를 바꾸어서 교호(享保)를 사용하였다.

2 도쿠가와 이에노부(德川家宣)가 쇼군을 계승하자 조선에[서 1711년에 조태억을 정사로 하는 제8차 통신사를 파견했는데, 이때 전직장(前直長) 기두문(奇斗門)이 양의(良醫)로 수행하였다. 기두문이 오가키의 의원 기타오 슌포(北尾春圃)와 필담한 내용을 편집한 책이 『상한의담(桑韓醫談)』이다.

것은 쓴맛이 있는데, 다만 캐낸 뒤에 새 짚 달인 물을 솥에 채워서 한 번 찔 뿐이고, 불에 쬐거나 볶는 제법은 없습니다. 이렇게 한번 찌면 쓴맛이 솥바닥으로 흘러나옵니다. 저는 직접 법제하지 않으므로 자세한 것은 모릅니다.

復, 趙崇壽 : 謂無製法者, 說不用甘艸煎汁蜜水等耳. 弊邦所産之參, 亦新
　出土中者, 苦味存在, 而但取出之後, 以新藁煎汁, 盛釜中一蒸之耳. 無
　焙炒之製也. 一蒸之, 則苦味流釜底, 僕未知其詳者, 不自製也.

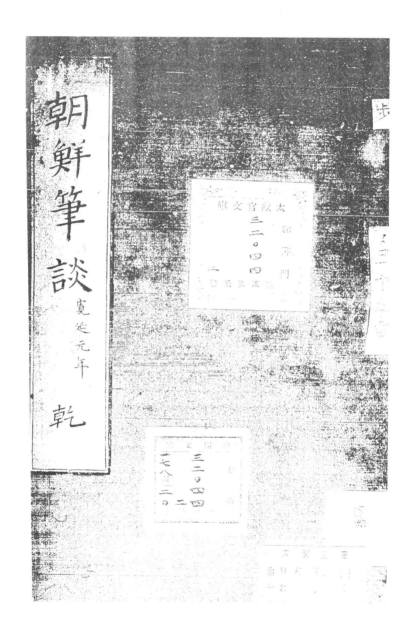

其居趾及來歷一一詳示之意傳於蘇公也

謹承命諾ヒ　後　　　　　　　　　河長因

禀

我國出一種人參莖葉華實不異本艸所說其
根形貴國所謂與竹節參者相類其味甚苦不
往用世俗以其艸洗汁蜜水製之雖苦味去非
本然之甘味僕先人得一之製而製之甚可也
不假他藥之味而苦味去其味生僕先人每眼
人參疼中見一日眼所製人參亦疼中有血
由是觀之其切相類貴國所產之人參乎
　　　　　　　　　　　　　　　　　趙崇壽
　　　　　　　　　　　　　　　　河長因

貴國產參之說曾於大坂已聞之且見其莖葉
雖或彷彿豈其味察其形果非真也雖百般變
幻而成其味將焉用之我人參本無製法因其
自然而用之公無惑焉

河長邧

示論足破疑惑然貴國所來之人参數斤之中

或有焦黃色者則何非製之乎正德中寄生

雖有傳僕祖之茅子某者壹紙脱簡未詳僕畧

記之耳強請示教

後　　　趙宗壽

謂魚製法者說不聞甘艸煎汁蜜水等耳弊邦

所產之参亦新出土中者苦味存在而但取出

之後以新藁煎汁盛釜中蒸之耳無焙炒之

製也一薰之則苦味流釜底僕未知其謀者否

後　　　河長邧

凡古方令人吐用鹽湯我東方俗多以鹽湯

不吐却得甘味吐貴邦亦然乎

後　　　趙宗壽

吐劑之峻者瓜蒂藜芦之屬其輕者為鹽湯而

한
객
대
화
증
답

韓
客
對
話
贈
答

한객대화증답
韓客對話贈答

　　엔쿄(延享) 무진년(1748) 6월 5일에 일본 의원 다고 소코(多湖松江)가 에도의 아사쿠사(淺草) 혼간지(本願寺)에 머물고 있는 조선 제술관 박경행(朴敬行), 서기 이봉환(李鳳煥)과 이명계(李命啓)를 오(午)시에서 유(酉)시까지 만나 주고받은 필담 창화를 정리하여 목판본으로 출판한 필담창화집이다. 일본 참석자 8명은 동쪽 자리에 앉고, 조선 참석자 3명은 서쪽 자리에 앉아 각각 두 번 읍을 마치고 서로 명함을 주고받은 뒤에 필담을 시작하였다.

　　이 책의 편집자인 일본 의원 타고 쇼코(多湖松江, 1709-1774)는 태학두(太學頭) 하야시 노부야쓰(林信篤)의 제자로 마쓰모토 후(松本侯)의 의관이다.

　　일본측 편집자의 직업이 의관(醫官)이어서 의학필담집이라고 생각하기 쉽지만, 조선측 참석자가 의원이 아니어서 본격적인 의학필담이 전개되지는 않았다. 그러나 인삼에 관한 질문과 답변이 실렸고, 선물 목록에 인삼이 실렸기에 발췌하여 소개한다.

인삼의 재배법

타고 쇼코 : 오늘 외람되게도 보잘 것 없는 제가 훌륭한 그대들을 뵙게
되었으니 얼마나 다행인지 말할 수 없습니다. 공들이 바다와 육지로
만리를 오시면서 배와 수레가 아무 탈이 없었으니 경하드립니다.

稟三君[1], 松江 : 今日叨以蒹葭對玉樹. 多幸不可言. 公等海陸萬里, 舟車無
恙, 敬賀敬賀.

박경행 : 칭찬하시는 말씀이 지나쳐 제가 감당할 수 없습니다.

答, 矩軒 : 如諭如諭. 過獎所不敢當.

타고 쇼코 : 귀방(貴邦)의 **인삼**은 모두 산에서 자생합니까? 아니면 재배
하는 방법이 있습니까?

問, 松江 : 貴邦人蔘皆自生山中者乎? 培養亦有法乎?

박경행 : 약초에 대해서는 제가 알지 못합니다.

答, 矩軒 : 藥草之品非余所知.

---

1 품삼군(稟三君)은 '세 분에게 묻는다'는 뜻인데, 삼군은 박경행과 사자관(寫字官) 2명이다.

인삼이 가장 앞에 쓰인 선물 목록

> 일본국 대군전하(日本國大君殿下)께 삼가 드립니다
> 조선 국왕 이금(李昑)[2] 근봉(謹封)

○ 조선 국왕 이금이 일본국의 대군 전하에게 삼가 드립니다.

(귀국을) 빙문하지 않은 지가 이제 30년이 되었습니다. 전하께서 기업을 이어받아 사방을 어루만져 편안히 하였다는 소식을 멀리서 들었습니다. 아름다운 명성이 미치니 기쁨이 어찌 그치겠습니까. 경하하고 우호를 다지는 것은 예에 있어서도 그리해야 할 것입니다. 그래서 사신을 보내 인의(隣誼)를 폅니다. 제가 멀리서 기쁨을 표시하니 바라건대 더욱 옛 우호가 돈독해지고 영원토록 많은 복을 받으십시오. 이만 줄입니다.

정묘년(1747) 11월   일   조선국왕 성 휘[3](朝鮮國王 姓 諱)

朝鮮國王李昑 封書

---

2 이금 : 영조의 이름이다.

3 휘 : 어른의 이름. 그 이름을 직접 부르거나 쓰는 것을 꺼려서 쓰는 말이다. 서계 겉봉의 원문에는 '이금(李昑)'이라는 영조의 성명이 적혀 있다.

日本國大君 殿下

聘問之曠, 今垂卅載, 逖承殿下紹有基圖, 撫寧方域, 休聞所及, 欣聳豈已. 致慶修睦, 於禮則然. 肆遣崇价, 用展隣誼. 不腆[4]仍表遠帆[5], 惟冀益敦舊好, 永膺洪祉. 不備.

丁卯年十一月　日

朝鮮國王 姓 諱

별폭(別幅)

인삼 50근[6]

대유자(大襦子) 10필

대단자(大緞子) 10필

백저포(白苧布) 30필

생저포(生苧布) 30필

백면주(白綿紬) 50필

흑마포(黑麻布) 30필

호피(虎皮) 15장

표피(豹皮) 20장

청서피(靑黍皮) 30장

어피(魚皮) 100장

색지(色紙) 30권

---

4 腆, 厚也.

5 帆, 悅.

6 조선 국왕의 선물 첫 자리에 인삼 50근이 기록된 것을 보이기 위해 소개한다.

채화석(彩花席) 20장

각색필(各色筆) 50자루

참먹(眞墨) 50홀

황밀(黃蜜) 100근

청밀(淸蜜) 100기(器) ―매 항아리마다 1두(斗)

응자(鷹子) 20련(連)

준마(駿馬) 2필

정묘년(1747) 11월 일 조선 국왕 이금

六月五日於淺草本願寺朝鮮製述官

李鳳煥李命啓會自午至酉柳逅有
同行八入就東席韓人就西席各二

揖畢互通名剌

名剌　　　竪九寸七分
　　　　　横三寸九分　緋唐紙書

僕姓多湖名宣宇幸室號松江林祭酒門人松本侯醫

官

僕姓朴名敬行字仁則號矩軒年三十九以製述官

来

僕姓李名鳳煥字聖章號濟菴年三十九以正使

中山文庫

贈紫峯東皐二子 二子則軍字官也 松江

仙史ノ彩毫破ル紫ノ煙ヲ 芙蓉ノ秀色倚ル樓ノ前ニ

一從書劍留ル江ノ上ニ 忽使ル五雲ヲシテ此ノ地ニ懸ラシ上

筆語

稟ス二君ニ 松江

今日叨ニ以テ蒹葭對ス玉樹ニ多幸不可言公等海

陸萬里舟車無恙敬加賀クコトス 矩軒

苔

松江
　問　貴邦人蓯皆自生山中者乎培養亦有法乎

榘軒

　答　藥草之品非余所知　　　　仝

松本屬何州乎

玄江

　答　松本城在信濃州　　　　　榘軒

　問

如論々々過獎大所不敢當

朝鮮國王李昑 奉書

日本國大君 殿下

聘問之曠今玉卅載逖承

殿下紹有

基圖

撫寧方域

休聞所及欣聳宣已發

慶修駐於禮則然肆遣崇价用展隣誼

不聼仍表遠忱惟冀

益敦舊好

興字也
帆帆悅

祚ノ

永膺洪祉不備

丁卯年十一月　日

朝鮮国主姓　諱

別幅

人参伍十觔 竹之俗字

大緞子壹拾匹

生苧布参拾匹

黒麻布参拾匹

豹皮戴拾張

大綃子壹拾匹

白苧布参拾匹

白綿紬伍拾匹

虎皮壹拾伍張

青黍皮参拾張

한객필담
韓客筆譚

한객필담
韓客筆譚

조선 의원 조숭수(趙崇壽, 1715-?)가 1748년에 제10차 통신사 양의(良醫)로 일본을 방문하자, 일본 태의령(太醫令) 다치바나 겐쿤(橘元勳)이 5월 23일에 고로칸(鴻臚館)을 방문하여 필담소(筆談所)에서 주고받은 필담을 정리하여 68면 목판본으로 출판한 책이다.

조선측 참석자 조숭수의 자는 경로(敬老), 호는 활암(活庵)이다. 조덕조(趙德祚, 1709-?)의 호는 송재(松齋), 자는 성재(聖哉)로 전(前) 주부(主簿)이다. 김덕륜(金德崙, 1703-?)의 호는 탐현(探玄), 자는 자윤(子潤)으로 전(前) 주부(主簿)이다.

일본측 참석자 다치바나 겐쿤의 자는 공적(公績), 호는 서강(西岡)으로, 태의령(太醫令)이다.

『황제내경』과 『소문』에 대한 토론, 한중일 인삼에 대한 토론, 의학 서적에 대한 토론이 중심을 이룬다. 다치바나 겐쿤이 조숭수에게 『외대비요(外臺秘要)』 등의 의학 서적을 선물하였다. 다치바나 겐쿤은 태의령답게 조선 의원들이 이 시기에 만난 일본 의원 가운데 의학 지식이 가장 뛰어났다.

인삼을 보관하는 방법

다치바나 겐쿤 : **인삼(人蔘)** 가운데 아주 훌륭한 물건은 그대 나라에서 납니다. 그것이 우리나라에 두루 미치는 것은 우리 임금의 축복입니다. 여러 도(道)와 각 지방에 심어 거두고, 갖추어 바치는 것을 확실히 알겠습니다. 그와 관해 **인삼**을 보관하는 방법에 대해 묻습니다. 가끔 세신(細辛)과 함께 섞어서 보관하는데, 그렇게 하면 세신의 냄새가 배게 됩니다. **인삼**을 보관하는 방법을 전해주시기 바랍니다.

人參神品, 貴邦生焉. 其波及弊邦者, 君之餘慶也. 定知諸道各路種收, 而其上之. 竝問貯參之法. 或與細辛間藏焉, 然爲辛氣所薰. 請傳貯之之法. 元勳

조숭수 : **인삼**은 단지 북쪽 지방에서만 얻을 수 있으니, 곳곳에서 캘 수 있는 약이 아닙니다. 이 때문에 우리나라의 가난한 사람들 가운데 쓸 수 있는 사람이 드뭅니다. 세신(細辛)과 섞어 단단히 밀봉하는 것이 매우 적합하고, 따로 다른 방법은 없습니다. 함께 밀봉해 두었다가 쓰더라도, 냄새가 서로 밸 이치는 없을 겁니다.

人參只取北路, 非處處可採之藥. 是以弊邦貧乏者, 鮮有用者. 和細辛, 封固極是, 別無他道也. 雖用同封而置, 無相薰之理耳. 崇壽

삼노(蔘蘆)와 죽절삼(竹節蔘)의 효능

다치바나 겐쿤 : 삼노(蔘蘆)[1]는 토하게 하는 약인데, 허(虛)한 사람은 과체(瓜蔕)를 대신 쓰기도 합니다. 청나라 장로옥(張路玉)[2]은 **죽절삼(竹節蔘)**[3]을 삼노라고 했습니다. **죽절삼**은 중국 장삿배가 가져온 것이 많아, 우리나라에도 있습니다. 줄기와 잎, 꽃과 열매는 진짜 **인삼**과 비슷하지만 그 뿌리는 대 뿌리와 같습니다. 캐서 거두어 볕에 말려 씁니다. 장삿배에 있는 물건도 비슷하지만, 맛이 쓸 뿐입니다. 중국의 **죽절삼** 또한 우리나라의 것과 함께 똑같은 것입니까? 잠시 **삼노**에 대해 설명을 부탁드립니다.

參蘆涌劑也, 虛人代瓜蒂用. 淸朝張路玉, 以竹節參爲參蘆也. 竹節參, 華舶齎來者多, 弊邦亦在. 莖葉花實似眞參, 而其根如竹根. 採收曝用. 又

---

1 삼노(蔘蘆) : 인삼의 뿌리꼭지를 말린 것.
2 장로옥(張路玉) : 장로(張璐)의 자가 노옥(路玉)이며,. 호는 석완(石頑)이다. 명말 청초의 의학자로『장씨의통(張氏醫通)』16권, 『상한찬론(傷寒纘論)』2권, 『상한서론(傷寒緒論)』2권, 『본경봉원(本經逢原)』4권, 『진종삼매(診宗三昧)』1권, 『천금방연의(千金方衍義)』32권 등의 저서가 있다.
3 죽절삼(竹節蔘) : 일본에서 생산된 삼으로, 대나무 뿌리 모양이어서 죽절삼이라 부른다. 약재로는 '인삼로(人蔘蘆)' 즉, 인삼 뿌리 꼭지에 붙은 싹이 나는 부분인 '노두(蘆頭)'를 가리킨다.

似船上之物, 而味苦耳. 中華之竹節參, 亦與吾邦者同乎? 暫置之, 敢問參蘆之說. 元勳

조숭수 : 어찌 단지 **삼노(蔘蘆)**뿐이겠습니까? 여러 약재의 노두(蘆頭)는 모두 토하게 할 수 있습니다. 특히 허(虛)한 사람에게 쓰는 것은 **인삼**에 있는 효능을 얻기 위한 것입니다. 다른 약재의 노두와는 비할 수 없습니다.

豈獨參蘆然也? 諸藥蘆, 皆可吐. 特用於虛人者, 以其爲有參力之故. 非此於他藥蘆也. 崇壽

조숭수 : 그대 나라의 **가짜 인삼**을 예전에 오사카(大坂)를 지나면서 한 번 보았는데, 겉모양이 어떤 것은 거의 같았지만, 그 맛은 쓰기만 했습니다.

貴國假參, 曾於大坂, 過時一見, 而外形雖或彷彿, 其於味苦耳. 崇壽

일본 인삼의 법제 방법

다치바나 겐쿤 : (우리나라에서는) **인삼(人蔘)**의 뿌리를 봄가을에 두 번 캐는데, 쌀뜨물에 담가 씻고 다시 감초(甘草) 끓인 물에 담가 찌기를 마치면, 그늘에서 말려 손으로 자릅니다. 이것은 우리나라에서 오래 전부터 익숙한 **인삼** 제조법입니다. 제가 살펴보니, 모든 약재는 여러 번 법제(法製)를 거치면 그 향기가 진하지 않습니다. 불리고 다듬는 방법을 귀하게 여기는 것은 도가(道家)의 행위입니다. 그대 나라에서 **인삼**을 처리하는 방법을 알고 싶습니다.

蔘也, 春秋二仲採其根, 以米泔浸洗, 又浸于甘草湯, 而蒸了, 爲陰乾, 以手搓之. 是弊邦古習之製也. 僕按, 諸藥屢經修製, 其氣不醇. 凡貴鍛鍊者, 道家之爲也. 敢問貴國蔘之修造. 元勳

조숭수 : **인삼**은 법제하는 방법이 없습니다. 처음 캤을 때 뜨거운 물에서 모래와 흙을 씻어내고, 바람이 없는 곳에서 깨끗하게 말립니다. **인삼**에 본래 단맛이 있으니, 어찌 감초의 단맛을 빌겠습니까? 만약 감초 끓인 물에 담갔다 햇볕에 말린다면 어찌 감초의 맛이 없겠습니까?

人蔘無修製之法. 初採時, 以熱湯, 洗其沙土, 於無風處淨乾, 而蔘之本味

甘, 何假於甘草之甘? 若以甘草湯浸曬, 豈無甘草味耶? 崇壽

다치바나 겐쿤 : 캐고 만드는 방법은 참으로 이렇게 하는 것이 마땅하니, **인삼**은 타고난 성질에 중화(中和)의 맛이 있습니다. 요즈음 감초물에 담그는 것을 사람이 5리(里)쯤 갈 정도로 하는데, 감초의 맛이 크게 영향을 미치지 않습니다. 이것은 중국의 방법이라고 말하는데, 저는 달갑게 여기지 않습니다.

採造之法, 寔當如此, 參之天性, 有中和之味也. 今浸甘草水者, 人行五里許, 大抵甘草之味, 不以浹洽也. 是華域之法云, 吾未甘心也. 元勳

조숭수 : 어찌 반드시 5리(里) 사이겠습니까? 비록 눈 한번 깜박일 사이라도 어렵습니다. 본초서(本草書)에도 없는 일인데, 어찌 망령되게 그렇게 하겠습니까? 중국의 만드는 방법에 대해 저는 일찍이 듣지 못했습니다. 그러나 제 생각으로는 감초(甘草) 끓인 물에 **인삼**을 담그는 것은 적합하지 않습니다.

奚必五里之間也? 雖一瞬之間, 亦難也. 本草所無之事, 何妄爲也? 華域之造法, 僕未嘗聞焉. 然以愚見計之, 恐不當以甘草浸之也. 崇壽

인삼 잎의 효능

다치바나 겐쿤 : **인삼**의 줄기와 잎을 그늘에 말리는 경우가 많은데, 본
초학자들은 그 효능을 기록하지 않았습니다. **인삼**의 줄기와 잎이
제일 잘 듣는 효능은 무엇입니까?

參之莖葉, 陰乾者已多, 本草家未載其功用. 莖葉主治, 爲如之何? 元勳

조숭수 : **인삼**의 잎은 우리나라에서도 쓰는데, 가난한 사람들이 대부분
인삼 대신 씁니다. 그러나 산후발열(産後發熱)과 감모(感冒)의 노발
(勞發) 외에는 별도로 쓸 데가 없습니다.

參葉, 弊邦亦用之, 貧乏者多代用. 然産後發熱·感冒勞發之外, 別無所用.
崇壽

다치바나 겐쿤 : **인삼**의 줄기와 잎은 가난한 사람들이 가끔 **인삼**을 대신
해 쓰고, 산후발열과 감모의 노발을 치료한다고 말씀하셨습니다.
두 증상에 이것을 쓰는 것은 혹시 허(虛)한 것을 보(補)하고 열을 내
리는 힘을 빌리려는 것입니까? 만약 일단 열사(熱邪)를 풀어 없앤다
면, 허한 것을 보하는 효능은 없을 것 같습니다. 외감(外感)의 노발
은 재감(再感)과 노복(勞復)일 뿐입니다. 선생께서 가르쳐 주신 것을

제가 잘못 알아들었습니까? 그 임시방편의 쓰임새를 감히 여쭈니,
후세 사람들을 깨우쳐 알도록 이끌어 주십시오.

參之莖葉, 貧生或代參用, 又治産後發熱·感冒勞發云. 僕按, 二症用此者,
或借補虛解熱之力乎? 若一解熱邪, 則似無補虛之功也. 外感勞發, 乃再
感·勞復耳. 僕誤認足下之所傳乎? 敢問其權用, 以啓迪後人也. 元勳

조숭수 : 산후(産後)에 그것을 쓰는 이유는 허열(虛熱)을 흩어서 거듭
허함에 이르지 않게 하려는 것입니다. 감모(感冒) 등의 증상에 그것
을 쓰는 이유는 **인삼**을 대신해서 기(氣)를 바르게 하려는 것입니다.
　　인삼패독산(人蔘敗毒散)은 해표(解表)의 약인데; **인삼**이 들어가는
이유는 무엇입니까? 표사(表邪)를 흩는다는 것은 반드시 먼저 그 기
(氣)를 바르게 하기 위한 것입니다. 그러므로 **패독산·삼소음(蔘蘇
飮)** 따위에 모두 **인삼**이 들어가는데, 기(氣)를 바르게 하고 외사(外
邪)를 물리친다는 뜻을 알 수 있을 것입니다. **인삼** 잎을 대신 쓰는
이유도 이러한 뜻입니다.

産後用之, 散虛熱, 而不致疊虛. 感冒等症用之, 代人參, 而正氣. 人參敗毒
散, 卽解表之劑, 而入人參何也? 散表邪者, 必先正其氣. 故敗毒散·參蘇
飮之屬, 皆入人參, 正其氣, 排外邪之意, 可見矣. 參葉之代用, 亦此意也.
崇壽

다치바나 겐쿤 : 그렇다면 다만 두 증상뿐만이 아니겠습니다.

然則不特二症而已. 元勳

인삼의 등급

다치바나 겐쿤 : 그대 나라의 품질 좋은 **인삼**은 길이가 1치 남짓에 맥문동(麥門冬) 크기와 같은 것이 있으며, 또 길이가 2치 남짓에 닭 넓적다리 크기와 같은 것도 있는데, 진가모(陳嘉謨)가 **계퇴삼(鷄腿蔘)**이라고 했습니다. 이 두 가지는 요즈음 좋은 품질에 들어갑니다.

  맥문동 크기의 **인삼**은 처음 나서 2~3년 뒤 꽃과 열매를 갖추지 못했을 때 캐서 거둡니까? **계퇴삼**이란 것은 4~5년 이래로 꽃과 열매가 함께 갖춰진 것입니까? 두 가지 가운데 어느 것이 월등하게 뛰어난 물건입니까? 따로 팔다리와 몸통을 갖춘 것이 바로 **신초(神草)**이니, 이름난 산에서 나는 것이고, 틀림없이 항상 쓰는 물건은 아닐 겁니다.

貴國上品人參, 有長寸餘, 若麥門冬大者, 又有長二寸餘, 如鷄腿者, 乃陳嘉謨, 所謂鷄腿參也. 此二品, 今在上品中. 僕按, 若門冬者, 初生二三年, 未備花實之時採收焉乎? 所謂鷄腿參者, 四五年來, 花實共備者乎? 二品之間, 以何爲絶品也? 別具支體者, 是神草, 而名山之所出也, 又非常用之物也, 必矣. 元勳

조숭수 : **인삼**이 나서 자라며 어떤 것은 수십 년 뒤에 그 크기가 침(鍼)

과 같고, 백년 남짓 뒤에 비로소 크기가 손가락과 같으며, 몇 백 년
뒤에야 닭 넓적다리와 같은 것이 있습니다. 그러나 이런 것은 매우
드물게 보입니다. 몇 년 자랐거나 4~5년 만에 큰 것이 어떻게 이와
같이 귀하고 신령스럽겠습니까?

人參之生長, 數十年後, 或其大如鍼, 百餘年後, 始大如指, 累百年後, 或有
如鷄腿者. 然此則甚罕見也. 數年而長, 四五年而大, 則何如是之貴且靈
也? 崇壽

다치바나 겐쿤 : 그대 나라의 **인삼**에 몇 백 년이 되어도 마르거나 썩지
않는 것이 있는데, 참으로 이것이 이름난 산에서 나는 **신초(神草)**입
니까?

貴國之參, 有累百年, 而不枯朽者, 寔是神草之生于名山者也乎? 元勳

다치바나 겐쿤 : 무엇을 품질 좋은 물건으로 삼는지 감히 묻습니다.

敢問以何爲佳品乎. 元勳

조숭수 : 사람 모양과 같은 것이 가장 귀한데, 이것을 얻기가 지극히
어렵고, 닭 넓적다리와 같은 것이 그 다음인데 이 또한 얻기 어렵습
니다. 고르게 작고 무게가 많이 나가는 것을 품질 좋은 물건이라 여
깁니다. 비록 크고 가볍지 않더라도 작은 것만 못한 것은 품질 좋은
물건이 아닙니다.

如人形者最貴, 此則至難得, 如鷄腿者次之, 亦難得. 俱小, 而斤兩多者, 爲
佳品. 雖大而不輕, 不如小者, 非佳品也. 崇壽

다치바나 겐쿤 : **인삼**의 등급과 품질은 이미 자세히 설명해 주셨습니다.
다만 **인삼**은 3~4년이면 세 가지와 다섯 잎(三五)을 갖추고, 5년 안팎

으로 꽃과 열매를 갖춘다고 한 것은 본초학자들 및 꽃과 나무에 관한
책들에 모두 그러한 설명이 있기 때문에 그렇게 말했을 뿐입니다.

參之等品, 已示其說之詳. 且參之三四年, 而已備三五, 五年內外, 備花實,
是本草家及花木之書, 皆有其說, 故云然耳. 元勳

조숭수 : 그렇다면 다른 본초서(本草書)가 있습니까? 여러 본초서에 이
러한 설명은 없습니다. 저는 아직 들어서 아는 것이 없습니다. **인삼**
에 꽃은 있지만 열매가 없으니, 남에게 신용을 얻기가 더욱 어렵습
니다.

抑有他本草耶? 諸本草無此說. 僕亦未嘗聞知耳. 且人參有花無實, 尤難取
信也. 崇壽

다치바나 겐쿤 : 이러한 설명을 본초학자들이 기록한 것이 매우 많습니
다. 송나라의 『도경(圖經)』[4]과 『증류(證類)』[5]로부터 아래로 명나라에
이르기까지 수십 종의 많은 학자들 책을 배로 싣고 왔으니, 우리에
게 본래부터 있던 것은 손가락을 꼽아 헤아리기 어렵습니다. 청나라
때의 의학자가 지은 본초서(本草書)에도 매우 많습니다. 저번에 말
씀드렸던 장로옥(張路玉)의 설명은 『본경봉원(本經逢原)』에 보이는
데, 로옥씨는 대체로 순치(順治)[6] 때 사람으로 **인삼**에 대한 설명을

---

4 『도경(圖經)』:『도경본초(圖經本草)』. 북송(北宋)의 소송(蘇頌)이 1061년에 편찬한 본
  초서로, 약물의 분포와 특징을 21권으로 정리했다.
5 『증류(證類)』:『증류본초(證類本草)』.『경사증류대관본초(經史證類大觀本草)』. 송나라
  당신미(唐愼微)가 1082년에 30권으로 출판한 책으로, 송나라 이전 본초학의 성과를 집대
  성한 본초서이다. 초기 문헌들의 내용을 충실히 보존하고 있어서『본초강목(本草綱目)』이
  출판되기 이전에 널리 사용되었던 본초서로 허준의『동의보감』에도 자주 인용되었다.
6 순치(順治) : 청나라 세조(世祖)의 연호로 1643년부터 1661년까지 재위하였다.

본초서와 부지(府志), 풀과 나무에 관한 책들에 자세히 설명했습니다. 어디든지 다 있으니, 모두 나중에 베껴 써서 드리겠습니다.

此說本草家所載者甚多. 自宋之圖經·證類, 以下到皇明, 航來者數十百家, 固有于吾者, 難屈指而量焉. 大淸之醫家, 所述之本草頗多. 曩云張路玉之說, 見本經逢原, 路玉氏, 大抵順治人也, 參之說, 具于本草及府志, 草木之書者. 比比, 皆是日後抄書, 而呈之. 元勳

조숭수: 베껴 써서 보여주신다면 다행이겠습니다. 제가 학문이 모자라 생각이 미치지 못해 그렇습니다.

抄書以示, 則幸矣. 僕以寡學, 未及見, 而然耶. 崇壽

인삼의 열매와 씨

다치바나 겐쿤 : 우리나라 텐호(天和)[7] 임술년(1682)에 그대 나라 의관(醫官) 정동리(鄭東里)[8]가 우리나라 의원 노 세이치쿠(野正竹)에게 말하기를, "**인삼**은 10월에 씨앗을 심는데, 지난해의 씨앗을 써야지, 그해의 씨앗은 안 된다."고 했습니다. 동리의 설명과 같다면, 그해의 **인삼** 열매를 겨울에 말렸다 거두어 다음해에 뿌려 심을 수 있게 간직해 둔다는 말입니까? 왜 그해의 열매를 심으면 안 됩니까? 이 말이 의원들 가운데 전해지는 것이라면, 지금 그대에게서 그 의문을 풀고 싶습니다.

吾天和壬戌年, 貴國醫官鄭東里謂弊邦醫員野正竹曰, 人參十月種子, 用去年之子, 非今年之子. 僕按如東里之說, 今年之參實, 冬日乾收, 以備來年播植之用乎? 何夫不種今年之實乎? 此醫中之所傳也, 今因足下, 而欲解其疑也. 元勳

7　텐호(天和) : 일본 제112대 레이겐(靈元) 천황의 연호로, 1663년부터 1687년까지 재위하였다.

8　정동리(鄭東里) : 1682년 통신사 양의(良醫) 정두준(鄭斗俊)의 호가 동리이다. 일본 의원들이 정두준과 나눈 필담집 제목이 『정동리필담』이다.

조숭수 : 정동리의 말은 이치에 맞지 않습니다. 이 세상의 일은 깊이 감추어진 것이라도 반드시 쉽게 드러납니다. 만약 **인삼**에 열매가 있다면, 우리나라 사람들만 본 것이 아니라 그대 나라에서도 일찍이 그것을 보았을 것입니다. **인삼** 잎이 (일본에) 들어왔을 때, 그 열매만 따로 들어오지 않았겠습니까?

鄭東里之言, 非近理也. 天下之事, 深藏者, 必易顯. 人參若有實, 非弊邦之人見, 貴國亦嘗見之矣. 參葉入來之時, 其實獨不入來耶? 崇壽

다치바나 겐쿤 : 일찍이 이러한 일의 비밀을 알았다면, 제가 어찌 이런 질문에 시간을 허비하겠습니까? **인삼**에는 정말 열매가 있습니다. 지금 그대가 평소의 생각을 보여주셨으니, 받은 은혜를 매우 고맙게 여기겠습니다.

夙識此事之所秘, 何爲費問? 人參固有實也. 今示足下素意, 感荷感荷.

韓客筆譚 寬延元年

嗜酒者頗多其壽夭不亦一或有昇天年者一

郷不過一二人上壽七八十皆為賀或失調護

者亦多元勲

人参神品

貴邦生焉其波及

樊邦者

君之餘慶也定知諸道各路種収而具上之並

引宇参之去或與　田辛月義焉然為辛氣行薫

請傳貯之之法　元鳳

人參只取北路非處處可採之藥是以弊邦貧

乏者鮮有用者和細辛封固極是別無他道也

雖用同封而置無相薰之理耳　崇壽

參蘆涌劑也虜人代瓜蒂用清朝張路玉以竹

節參為參蘆也竹節參華舶齎來者多

弊邦亦在莖葉花實似真參而其根如竹根採

收曝用又似舶上之物而味苦耳中華之竹節

參亦與吾

邦者同乎暫置之敢問參蘆之說 元勳

豈獨參蘆然也諸藥蘆皆可吐特用於虜人者 元勳

以其為有參力之故非此於他藥蘆也 崇壽

貴國假參曾於大坂過時一見而外形雖或彷

彿其於味苦耳 崇壽

鄉藥集成之諸方具載所出也謂三和子者書

名乎人名乎 元勳

貴國小兒多痲病云此皆由於尚甘味也盖損

之崇壽

若足下之所聞者略多寔姑息而已然中人以

上之所稀也或育于頗人之手者或不免此患

也元勳

參也春秋二仲採其根以米泔浸洗又浸于甘

草湯而蒸了為陰乾以手搓之是

弊邦古習之製也業安者藥裏經參引長志風

醇凡貴鍛錬者道家之爲也 敢問

貴國參之修造 元勳

○人參無修製之法初採時以熱湯洗其沙土於

無風處淨乾而參之本味甘何假於甘草之甘

若以甘草湯浸晒豈無甘草味耶 崇壽

○採造之法定當如此參之天性有中和之味也

今浸甘草水者人行五里許大抵甘草之味不

以浹洽也是華域之法吾未甘心也 元勳

奚必五里之間也雖一瞬之間亦難也本草所

無之事何安爲也華域之造法僕未嘗聞焉然

以愚見計之恐不當以甘草浸之也 崇壽

參之莖葉陰乾者已多本草家未載其功用莖

葉主治爲如之何 元勳

參葉獎邦亦用之貪乏者多代用然産後發熱

感冒勞發之外別無所用 崇壽

參之莖莖貪生或代參用又治産後發熱感冒

勞簽云僕按二症用此者或借補虛解熱之力

乎若一解熱邪則似無補虛之功也外感勞簽

乃再感勞復耳僕誤認足下之所傳于敢問其

權用以啟迪後人也 元勳

産後用之散虛熱而不致疊虛感冒等症用之

代人参而正氣人参敗毒散即解表之劑而入

人参何也散表邪者必先正其氣故敗毒散参

蘇飲之屬皆入人参正其氣非外邪之意可見

矣參葉之代用、亦此意也　崇壽

然則不特二症而已　元勳

貴國上品人參有長寸餘若麥門冬大者又有

長二寸餘如鷄腿者乃陳嘉謨所謂鷄腿參也

此二品今在上品中僕按若門冬者初生二三

年未備花實之時採取焉乎所謂鷄腿參者四

五年來花實共備者乎二品之間以何為絕品

之判其文禮者是申[　　　]

常用之物也必矣 元勳

人參之生長數十年後或其大如鋮百餘年後
始大如指累百年後或有如鷄腿者然此則甚
罕見也數年而長四五年而大則何如是之貴
且靈也崇壽

貴國之參有累百年而不枯朽者㝎是神草之
生于名山者也乎 元勳

敢問以何為佳品乎 元勳

如人形者最貴此則至難得如鷄腿者次之亦

難得俱小而斤兩多者爲佳品雖大而不輕不

如小者非佳品也　崇壽

參之等品已示其說之詳旦參之三四年而已

備三五五年內外備花實是本草家及花木之

書皆有其說故云然耳　元勳

抑有他本草耶諸本草無此說僕亦未嘗聞知

手且人參自亢無實亡雖反言之　崇壽

。此説本草家所載者甚多自宋之圖經證類以
下到皇明航來者數十百家固有于吾者難屈
指而量焉大清之醫家所述之本草頗多暴云
張路玉之説見本經逢原路玉氏大抵順治人
也參之説具于本草及府志草木之書者比比
皆是日後抄書而呈之元勳
抄書以示則幸矣僕以寡學未及見而然耶崇
壽
。吾天和壬戌年

貴國醫官鄭東里謂ス

獎邦醫員野正竹曰ク人參十月ニ種ユ子ハ用去年ノ

子ニ非ス今年ノ子ヲ僕按スルニ如東里之説今年之參實ヲ

冬日ニ乾收以テ備ヘ來年ニ播植之用乎何夫レ不種今

年之實乎此甕中之所傳也今因足下而欲解

其疑也元勳

鄭東里之言非近理也天下之事深藏者必易

頰人參若存實ト爲ラハ終ニ下ニ...

貴國亦嘗見之矣參葉入來之時其實獨不入

來耶崇壽

凤識此事之所秘何為費問人參固有實也今

示足下素意感荷感荷前者遜辭也予元勳

前約之黃連些必備行中之用元勳

頃日黃連之問欲為貿用之意今之見贈誠是

慮外僕不當受崇壽

足下已有欲貿用之意償何為之先容旦見其

반형한담

班荊閒譚

반형한담
班荊閒譚

1748년 통신사행 때 일본인 의원 나오미 류(直海龍)와 제술관(制述官) 박경행(朴敬行), 양의(良醫) 조숭수(趙崇壽) 등이 나눈 필담(筆談)을 정리하여 엮은 책으로, 상·하 2권 1책이다. 책의 앞부분에 세 편의 서문이 있고, 서문 바로 뒤에 실려 있는 「부록화한용자식(附錄和漢用字式)」에는 주요 약물 28종과 기타 문자에 대한 한글[諺文] 이름을 달아놓았다. 이 글은 우노 메이카(宇野明霞)가 지은 것인데, 나오미 류가 교정하여 붙였다. 다른 의학문답류에 비해 인물에 대한 소개가 많은 것이 특징이며, 책의 뒤에는 『대려필어(對麗筆語)』라는 별도의 의학문답이 부록으로 붙어있다.

권상(卷上)은 류가 제술관 박경행, 서기 이봉환과 시부(詩賦)를 주고받는 것으로 시작하며, 뒤이어 류와 양의 조숭수가 의약과 관련하여 주고받은 필담이 수록되어 있다. 권하(卷下)는 6월 27일에 사신 일행이 에도로부터 돌아와 헤이안(平安)의 빈관(賓館)에 머물고 있을 때 나오미 류가 다시 찾아와 필담을 나눈 내용이다. 이때 류는 자신이 소장하고 있던 서화(書畵)를 가지고 가서 서기(書記) 유후(柳逅)와 사자관(寫字官) 김천수(金天壽) 두 사람에게 필적을 남겨달라고 부탁하였으며, 또 양의 조숭수는 다른 사람의 눈을 피해가며 나오미 류에게 비방(秘方) 환약(丸藥) 한 가지 처방을 보내주었다는 기록이 있다.

인삼의 산지를 비롯한 질문 4조

질문 4조를 조선국 양의 조공에게 올립니다.

疑問四條謹書呈朝鮮國良醫官趙公案下

나오미 류 : 도홍경이 말하기를, "**인삼**은 상당의 산계곡과 요동에서 자란다. 2월, 4월, 8월에 대나무칼을 써서 뿌리를 채취한다. 햇볕에 말리되, 바람을 쏘이면 안된다." 하였으며, 『본초원시』에서는 "꿀물로 재워 연하게 한 다음 비단으로 싸서 술에 담궈두었다가 밥 속에 넣고 찌기를 3차례한 다음 빠짝 말린다." 하였습니다. 혹은 "감초물에 담갔다가 하룻밤 동안을 달인 다음 불에 싸서 말리기를 3차례하고 3차례 볕에 말린다. 위유를 수치하는 법과 같다"고 하였으며, 또는 "황조밥에 밀봉하여 넣고 찐 다음 꿀물에 하룻밤을 담궈두고 낮에 말린다."고 하였습니다. 이와 같이 적힌 방법 4개는 제가 평소에 들은 것들입니다. 그러나 어떤 것이 가장 좋은 것인지는 모르겠습니다. 일본에 그 방법이 있다고는 하지만 조선의 제조법에 미치지 못합니다. 조선에는 틀림없이 좋은 비법이 전할 터이니 가르쳐주시기 바랍니다.

陶弘景曰, "人參生上黨山谷及遼東, 二月四月八月采根竹刀刮剔, 暴乾無
令見風矣." 本草原始曰, "用蜜水潤軟, 絹袋盛貯入酒, 米飯內蒸三次, 晒
乾." 或曰, "以甘草水浸, 煉熟一宿蒸了焙乾, 如此三蒸三暴, 如製萎蕤
法." 或曰, "黃粟飯中, 蓋密蒸熟 蜜水浸一宿, 日乾." 右所錄方法四則, 余
素所聞也. 不知何法爲最善, 但本邦雖極意製理, 不如貴國所製, 豈別有
一法祕而不傳耶, 伏冀敎喩令得啓蒙.

귀국에서는 최근에 **인삼잎**을 써서 병을 치료한다고 들었습니다. 일
본에서도 그렇게 해서 효과를 본 경우가 있다고는 하지만, 누구가 처
음 그렇게 했는지는 모릅니다. 제가 재주가 없는데다 들은 것도 적기
는 하지만, 본초서를 두루 살펴보아도 **인삼잎**으로 병을 치료하는 예는
없었습니다. 제가 몹시 당혹스러워 공께 높으신 가르침을 청합니다.

貴國近世用參葉以治病, 本邦間亦有傚者, 不知權輿何人也. 不佞屛昧寡
聞無復才學然, 竊好讀本草諸書, 遍搜悉檢, 未有參葉治病者, 不佞甚惑焉,
敢請高喩.

저는 예전부터 도홍경의 2월 4월 8월에 **인삼**을 채취해야한다는 말
에 근거해서 **인삼**을 채취하고 있습니다. 우리나라 산속에는 가지 3개
와 잎 5개가 모두 달린 모양이 매우 아름다운 **인삼**은 많지 않습니다.
어떤 사람이 심산유곡에서 한 줄기에 잎 하나가 달린 것을 보고는 곧
바로 채취하였습니다. 때를 가리지 않고 바로 채취하였습니다. 기후
를 어겨 채취하였더니, 기미와 효험이 그 진가를 다하지 못하였습니
다. 조선에서도 이 석 달 외에는 채취하지 않는지 모르겠습니다. 혹시
관부에서 함부로 채취하지 못하도록 하는 것이 있는지 알려주시기 바
랍니다.

不佞嘗據弘景之說, 以爲采參時候, 必限二月四月八月耳. 本邦所在山谷

中, 三椏五葉具體甚佳者, 亦不爲鮮焉. 人偶於深山幽谷中, 覘一莖一葉者, 則爭而采拾, 不復暇揀擇時候意者, 采收失候, 則氣味効驗不克盡其能也. 不知貴國餘此三月外, 不敢有采取者與. 抑有官禁妄不得采之, 伏俟高喩.

도홍경이 「**고려인삼찬**」에서 말하길, "**인삼**은 가지 3개 잎 5개로 볕을 등지고 음지를 향해 있다. 나를 찾으려고 하거든 가수나무를 찾으라"라고 하였습니다. 제가 고금의 여러 책을 보니, 목근을 가수나무라고 합니다. 이것은 인가 주변에서 나는 나무이지 산곡에서 자라는 것은 아닙니다. 조선에 별도로 가수라는 것이 있는지 모르겠습니다. 이전에 **인삼**이 자라는 곳은 사라나무아래라고 하였는데, 사라나무라는 것은 칠엽수입니다. 귀국에서 가수나무를 사라나무라고도 하는지 가르쳐 주십시오.

陶弘景曰, 高麗人贊人參云, "三椏五葉, 背陽向陰. 欲來求我, 椵樹相尋." 不佞嘗聞古今諸論, 亦以木槿爲椵樹. 此是生扵人家籬落間, 非山谷中物也. 不知貴國別有椵樹者乎. 往二人參所生 必在娑羅樹下, 所謂娑羅卽七葉樹也. 貴國無乃以椵名娑羅乎, 敢請指敎.

이상의 질문은 의학자들이 반드시 알아두어야 할 것들입니다. 제가 용렬하여 그냥 무시할 수가 없습니다. 저의 몽매함을 보지 마시고 저에게 자세히 알려주시면 고맙겠습니다. 그렇게 하신다면 어찌 저만의 의문이 단숨에 풀리는 것이겠습니까? 약재가 그 좋은 능력을 갖추게 되니, 세상을 이롭게하는 위대한 일이 아니겠습니까?

以右數條, 是此醫家要訣, 如不佞剪劣, 亦不可措而忽畧之, 故不揣闇昧謾瀆, 高明冀察卑誠, 勿咎敎喩幸. 賜曉譬辨析, 則豈啻不佞宿疑頓釋, 亦復藥材逞其良能, 以施普濟之仁, 不亦偉乎.

인삼의 채취 시기

엔쿄(延享) 무진년 4월 27일에 내가 오사카 빈관에 가서 양의 조경로와 대담을 하고, 내가 묻는 몇 개 조목은 대담석상에서 필담으로 다시 보여드렸다.

延享戊辰四月廿七日, 余造大坂賓舘, 與良醫趙敬老會晤, 余所問數條敎□, 席上筆語復示.

조숭수 : 도홍경이 말한 상당산(上黨産)이라고 하는 것은 거기에서 많이 난다는 것이지, 상당에서만 난다는 것은 아닙니다. 우리나라에서는 (**인삼**을) 가을이 깊어진 다음에 채취합니다. 만약 봄에 채취하면 약성이 이미 가지와 잎으로 올라와있기 때문에 약효가 떨어집니다. 하물며 여름은 어떻겠습니까.

陶所謂生上黨云者, 言其多生之處, 不獨上黨然也. 弊邦秋深然後採之, 若春採則藥性已上行扵枝葉矣. 況夏月耶.

인삼은 쇠붙이를 꺼리지 않습니다. 간신경(에 들어가는 약)이 쇠붙이를 꺼린다고는 하지만, 중기를 보하고 심폐를 보하는 약이 어찌 구리나 쇠를 꺼리겠습니까? 바람을 쏘이지 말라고 하는 것은 망령된 말입니다.

人參無忌鐵之事, 肝腎經有忌銕之法, 而補中氣益心肺之藥, 又何忌銅銕也. 無令見風之說, 亦妄矣.

인삼잎의 사용

우리나라에서도 간혹 **인삼잎**을 쓰는 경우가 있지만, 그것은 **인삼**이 워낙 구하기 어렵기 때문입니다. **인삼잎**을 쓰는 것은 그 **인삼**의 성미에 의미를 두었기 때문입니다. 50년 전부터 비로서 쓰기 시작했으니, 그리 오래된 법은 아닙니다. (**인삼잎**으로 신비한 효과를 보았다는 이야기가 한 조목 있지만, 지금 기록하지 않는다.)

弊邦亦或用參葉, 而以人參極貴難得之故耳. 不過取其人參葉, 故意其有參味故也 自五十年以前 始用之, 非古法也. 有參葉獲奇効之微語一條, 今不錄.

나오미 류 : 어떤 사람이 그것을 처음 사용하였습니까?

禀, 何人姓名始用之.

조숭수 : 우리나라의 명의 김중백이라는 사람이니, 호는 무구자입니다.

復, 弊邦名醫金公重百, 號無求子.

가수나무는 조선말로 '가죽나모'입니다.

又, 椵樹弊邦以諺書謂之가죽나모.

나오미 류 : 지금 조선의 방언을 적어주셨는데 저는 조선말을 배우지
　못해 생소합니다. 한자로 써주시기 바랍니다.

稟, 今所書示貴國諺攵, 吾未之習且鮮也, 願以O言書之.

조숭수 : 중원에서 말하는 가(柯)라는 것입니다.

復, 中原所謂柯是也.

나오미 류 : 물리소식에서 말하는 조엽수의 종류입니까?

稟, 物理小識所云, 糙葉樹之類乎?

조숭수 : 그렇지 않습니다.

復, 非是.

나오미 류 : 그 모습을 자세히 써주시기 바랍니다.

稟, 冀審書示形狀.

조숭수 : 나무는 곧고 길게 자라며, 잎은 버드나무잎과 비슷하고, 가지
　는 성글게 나며 부드럽습니다.

復, 樹直而長, 葉如柳葉, 枝踈性軟.

금봉삼(金峰蔘)

내가 주머니에서 금봉에서 난 **인삼** 하나를 꺼내어 보여주었더니 경로가 물어보았다. "이것의 맛을 보아도 무방하겠습니까?" 내가 잔뿌리 2개를 허락하자, 경로가 맛을 보았다.

余曾探囊中, 得金峰所産人參一箇, 曰出示之, 敬老問云. 嘗其味無妨耶? 余唯二點頭, 敬老乃嘗之

나오미 류 : 이것이 우리나라 금봉에서 난 가지 셋 잎 다섯인 **인삼**입니다. 맛이 매우 씁니다.

稟, 是吾邦金峯所産三椏五葉者也, 而味甚苦.

조숭수 : 모양은 비슷하지만 주름진 무늬와 노두가 분명하지 않고 맛이 매우 쓰니 결코 **인삼**이 아닙니다. 우리나라 **인삼**은 단 맛이 있습니다.

復, 貌樣雖彷彿, 而皺紋與頭蘆不分明, 味甚苦惡, 決非人參也. 弊邦人參味自甘.

나오미 류 : 예전에 조선에서 오신 양의가 유리나라에서 나는 **인삼**을 양유근이라고 한 적이 있습니다. 그렇지만 양유는 덩굴로 자라고

삼지오엽이 아닙니다. 조선의 양유는 삼지오엽입니까?

稟, 往年貴國良醫, 以吾邦所産人蔘, 爲羊乳根, 然羊乳蔓生, 固非三椏五葉
者, 貴國羊乳具葉實爲三椏五葉乎?

조숭수 : 예전의 일은 제가 잘 알지 못합니다.

復, 往年之事, 非吾所知也.

이하의 병론과 **인삼**제법에 관한 질문이 몇 조목 있었고, 조숭수의
답이 1조목 있었지만, 지금 여기에 기록하지는 않는다.

以下所問病論倂人參製法數條, 敬老所荅一條, 今此不錄.

단 인삼과 쓴 인삼

나오미 류 : 일전에 들으니 조선의 **인삼**은 단 맛이라고 하셨는데, 우리 나라의 어떤 **인삼**은 산속에서 나는데 많이 씁니다. 그것을 집에 가 져다 심었더니 쓰지 않았습니다. 최근에 조선에서 삼지오엽 **인삼**을 얻었는데, 우리나라의 삼지오엽 **인삼**과 다르지 않았습니다. 우리나 라의 금봉에서 나는 **인삼**이 맛이 역시 쓴데, 이는 어찌 약록(藥錄)에 서 말한 쓴 맛이겠습니까? 대개 깊은 산속에 저절로 나는 것은 맛이 쓰고, 집에 가져다 심은 것은 단 맛으로 변하는 것입니까?

稟, 曩承貴國人參味自甘, 吾國一種生山谷中者多苦. 移種家園, 則不苦. 近得三椏五葉之種於貴國, 比之吾國三椏五葉者, 無以異矣. 若吾國金峰 產者, 味亦苦惡, 是豈藥錄所謂爲苦者乎, 盖深山自生者味苦, 移諸家園 乃變甘乎?

조숭수 : 귀국의 **인삼**이라는 것을 에도에서부터 지금까지 두 번 보았 는데 모두 진품이 아닙니다. 현혹되지 마십시오. 가지와 잎 모양은 비록 같지만, 맛과 무늬가 같지 않습니다.

復, 活庵, 貴國所謂人參者, 自江戶以來處二見之, 果非眞也. 勿爲惑焉. 枝 葉雖同, 味與蘆皺紋不相同.

나오미 류 : 최근에 조선에서 얻어온 것은 진품입니까?

稟, 近時得種扵貴國者, 爲眞乎.

조승수 : **인삼**은 옮겨다 심는 식물이 아닙니다. 우리나라에서도 집에
가져다 심어본 적이 있지만, 오래지 않아 저절로 썩어 문드러졌습
니다.

復, 人參非取種移植之物也. 弊邦嘗移種扵園中, 而未久自腐爛耳.

直海先生著

含英堂

韓人唱和
産物筆語

班荊閒譚

字士新先生倭漢用字式 附

良從玉節以度鰲海十全試技携青嚢而
入蓬山王事靡臨匪躬之故辛勤之甚不
知所承慰今日避近何為偶然因綴蕪詞一
篇投之左右以俟瓊琚之報且不佞嘗有
詼別幅四條書呈請不惜齒牙、垂敎
誨敢布區二幸察
使槎遥接海天廻采藥蓬萊仙客來為問遠遊
無限興且驚詞賦楚人才
顙問四條謹書呈朝鮮國良醫官趙公崇

陶弘景曰人參生上黨山谷及遼東、二月四月

八月采根竹刀刮剔暴乾無令見風矣

本草原始曰用蜜水潤軟絹帒盛貯入酒米飯

内蒸三次晒乾

或曰以甘草水浸燦熟一宿蒸了焙乾如此三

蒸三暴如制薑黎法

或曰黃粟飯中蓋密蒸熟蜜水浸一宿日乾、

右所錄方法四則余素所聞也不知何法

為最善但本邦雖極意製理不如貴國所

製豈別有一法祕而不傳耶伏冀教喻令
得啓蒙

貴國近世用參桑以治病本邦間亦有傚者不

知權輿何人也不侫屢昧寡聞無復才學然竊

好讀本草諸書遍搜悉檢未有參桑治病者不

侫甚惑焉敢請高喻

不侫嘗據弘景之說以為采桑時候必限二月

四月八月耳本邦所在山谷中三椏五葉具體

甚佳者亦不爲鮮易人偶於深山幽谷中觀一

荃一蓁者則爭而采拾不復暇揀擇時候意者

采收失候則氣味効驗不克盡其能也不知貴

國除此三月外不敢有采取者與抑有官禁妄

不得采之伏俟高喩

陶弘景曰高麗人贊人參云三椏五葉背陽向

陰欲求我椵樹相尋不侫嘗聞古今諸論亦

以木槿爲椵樹此是生於人家籬落間而非山

谷中物也不知貴國別有椵樹者乎往二人參

厥生必在娑羅樹下、厥謂娑羅即七葉樹也貴

國無乃以椵名娑羅乎、敢請指教

以右數條、是此醫家要訣、如不佞剪劣、亦

不可措而忽畧之、故不揣闇昧謏讀高明

冀察卑誠、勿各教喻幸賜曉譬辨析、則豈

曾不佞宿耄頓釋、不復藥材選其良能、以

施普濟之仁、不亦偉乎

延享戊辰四月廿七日、余造大坂賓館

與良醫趙敬老會晤、余厥問數條、敬老

席上筆語復示

陶所謂生上黨云者言其多生之處不獨上黨

然也弊邦秋深然後採之若春採則藥性已上

行於枝葉矣況夏月耶

人參無忌鐵之事肝腎経有忌鍮之法而補中

氣益心肺之藥又何忌銅鍮也無令見風之說

尒妄矣

弊邦尒或用參葉而以人參極貴難得之故耳

不過耳其人參葉故意其有參味故也自五十

年以前始用之、非古法也有祭業獲奇効之徵

語一條令不錄、
　稟

何人姓名始用之、
　復

弊邦明醫金公重百諕無求子、
　又

椵樹弊邦以諺書謂之가죽나모、
　稟

今承書示貴國諺文吾未之習且解也頃以考

言書之

　　復

中原承謂柯是也

　　稟

物理小識承云粗棄樹之類乎、

　　復

非是

　　稟

冀審書示形狀

復

樹直而長葉如柳藥枝踈性軟
示之敬老問云
余會探囊中得金峰所產人参一箇曰
嘗其味無妨耶
余唯黙頭敬老乃嘗之
禀
是吾邦金峯所產三椏五葉者也而味甚苦

班荊閒譚卷上

復

貌樣雖彷彿、而皺紋與頭蘆不分明、味甚苦惡、
決非人参也弊邦人参味自甘、

稟

往年貴國良醫以吾邦所産人参、為羊乳根、然
羊乳蔓生固非三桠五葉者貴國羊乳 其葉實
為三桠五葉乎、

復

往年之事、非吾所知也

以下亞問病論併人系製法數條敬老取

答一條令此不錄也

稟

握雪譽后貴國亦有此物耶、

復

握雪譽后別非貴物我國取用於中國耳、

稟

錦囊秘錄所謂白丹砂即辰砂類乎、

復

今平壤都舊屬東山縣

稟

曩承貴國人衆味自甘吾國一種生山谷中者

多苦移種家園則不苦近得三椏五葉之種於

貴國以之吾國三椏五葉者無以異矣若吾國

金峰産者味亦苦惡是豈藥錄所謂為苦者乎

蓋深山自生者味苦移諸家園乃緩甘乎

復

活庵

貴國所謂人衆者自江戸以来處二見之果非

真也勿爲惑爲檖葉雖同味與蘆皴紋不相同

稟

近時得種於貴國者爲真乎

復

人柰非取種移植之物也弊邦嘗移種於園中

而赤久自腐爛耳

稟

詩鄭風有女同車顏如蕣華鄭夾漈註蕣爲木

槿爾雅以木槿爲椴又楊子方言燕之東北朝

상한필어

桑韓筆語

상한필어
桑韓筆語

1763년에 제11차 통신사가 파견될 때에 의원 이좌국(李佐國)이 양의(良醫)로 수행하였는데, 일본 의학생 야마다 세이친(山田正珍)이 숙소로 찾아와 주고받은 필담을 정리한 1권 65면 분량의 필사본 필담창화집이다.

조선측 필담 참석자는 제술관(製述官) 남옥(南玉), 서기 성대중(成大中)·원중거(元重擧)·김인겸(金仁謙), 양의(良醫) 이좌국(李佐國), 종사반인(從事伴人) 홍선보(洪善輔), 정사반인(正使伴人) 이민수(李民壽), 소동(小童) 김용택(金龍澤) 등이다.

일본측 참석자 야마다 세이친(山田正珍, 1749-1787)은 대대로 막부(幕府)의 의관(醫官)을 지낸 집안의 후손으로 당시 16세였다. 소라이(徂來) 학파의 영향을 많이 받았으며, 뒤에 막부 의학관(醫學館)에서 상한론(傷寒論)을 강의하였다.

야마다 세이친은 1764년 2월 23일부터 10여 차례 통신사 사행원들과 필담창화를 주고받았는데, 조선 의원들과 나눈 의담(醫談)이 가장 많다. 『동의보감(東醫寶鑑)』소재 약물(藥物) 몇 가지의 공통점과 차이점에 대한 문답, 『황제내경(黃帝內經)』과 『갑을경(甲乙經)』중 경락(經絡) 학설에 대한 토론, 야마다 세이친이 지은 『골도변오(骨度辨誤)』의 서문을 조선 문사들에게 부탁하는 내용, 노채(癆瘵)의 치료법에 대한 문답, 『금궤요략(金匱要略)』중 감초분밀탕(甘草粉蜜湯)에서 분(粉)의 의미에 대한 문답, 인삼(人參) 포제법에 대한 논의, 『천금방(千金方)』과 『금궤요략』소재 약물에 대한 토론 등이 실려 있다.

이 가운데 가장 흥미로운 부분은 인삼 제조법에 대해 야마다 세이친과 이좌국이 주고받은 필담이다. 이좌국(李佐國, 1734-?)은 자가 성보(聖甫)이고 본관은 완산(完山)인데, 양의(良醫)로 파견되었다. 일본에서는 풍토가 맞지 않아 인삼 재배가 어렵고, 설령 재배에 성공하더라도 약효가 없었다. 이좌국의 답변에도 드러나 있듯이 일본 의원들은 조선 의원들에게 늘 인삼을 재배하고 가공하는 제법에 대해 물었지만 조선 의원들은 국가적 기밀에 해당하는 인삼 관련 정보를 쉽게 발설할 수 없었고, 가져간 인삼조차 허리춤에 소중하게 보관했기 때문에 일본 의원들은 정보에 쉽게 접근할 수 없었다.

이러한 사실은 계미사행 이전부터 관례였는데, 이번 필담에서는 야마다 세이친의 집요한 질문에 이좌국이 인삼 제법과 관련된 정보를 일부 알려준 듯하다. 야마다 세이친이 당시 일본에 유통되던 광동인삼(廣東人蔘) 실물을 꺼내 보이며 인삼이라고 하자, 이좌국이 허리춤에 넣고 다니던 인삼을 꺼내 그 차이점을 설명했으며, 야마다 세이친이 "어찌 이처럼 아름답게 만들 수 있느냐?"고 묻자 인삼 제조법을 일부 알려준 것이다.

야마다 세이친이 이좌국의 설명을 감추기 위해 그 제조법은『상한필어(桑韓筆語)』에 누락시키고 "이좌국이 인삼 제조법 한 가지를 전해주었는데, 별도로 기록해 집에 몰래 감추어 두었다."고 작은 글씨로 적어 놓았다. 이날 이좌국이 알려주었다는 인삼 제조법의 비법은 야마다 세이친의 다른 저서, 또는 문중 자료를 찾아보아야 알 수 있을 것이다.

마지막 부분에 한글 자모(字母)와 일본식 발음이 수록되어 있어 당시 일본인들의 한글에 대한 관심을 확인할 수 있다.

『상한필어』는 야마다 세이친이 이좌국이 자기에게만 알려준 인삼 제조법을 널리 공개하시 않으려고 출판시에서 간행하지 않고 필사본으로만 유통시켰다. 그래서 본문에 틀린 글자가 많기에, 문맥상 확실하게 틀린 글자는 각주에 바로잡았다.

『상한필어』에서 특이한 부분은 야마다 세이친이 정사의 수행원인 이민수와 필담한 내용인데, 야마다 세이친이 양의의 숙소에서 그를 만났다가 의술을 잘 안다는 말을 듣고서 필담을 나눈 것이다. 이민수에 대해서는 호가 삼계(三桂), 품계가 통덕랑(通德郎)이라는 사실 이외에는 알려진 사항이 없다.

인삼이 들어가는 처방

야마다 세이친(山田正珍) : 노채(勞瘵)의 어떤 증세는 예나 지금이나 치료하기 어렵습니다. 선생께는 마땅히 신선(神仙) 누각(樓閣)의 기막힌 처방이 있을 테니, 저를 위해 가르쳐주시기를 감히 청합니다.

稟, 圖南 : 勞瘵一證, 古今爲難治. 於先生當有神樓之妙劑, 爲僕示之敢請.

이좌국 : 대체로 노(勞)는 다섯 가지가 있는데, 그중 심한 것을 가리켜 채(瘵)라고 합니다. 옛 사람의 논의가 많은데, 위쪽으로부터 해친 것이 있다면 심장과 폐를 가리키고, 아래쪽으로부터 해친 것이 있다면 간과 신장을 가리킵니다. 또 중주(中州)[1]에 있다면 토(土)[2]가 부족해 금(金)을 발생시키지 못하니, 금기(金氣)[3]가 줄어드는 것입니다. 폐를 해친 것은 익기보비(益氣補脾)[4]가 마땅하니, 동원(東垣)[5]의 **보중익기**

---

1 중주(中州) : 비(脾) 또는 비위(脾胃)라는 뜻이다.
2 토(土) : 토기(土氣)이니, 오행에서 토에 해당되는 비(脾)의 기능을 가리킨다.
3 금기(金氣) : 오행에서 금에 속하는 폐(肺)의 기능을 가리킨다.
4 익기보비(益氣補脾) : 익기(益氣)는 보기(補氣)와 같은 말이니, 보기약(補氣藥)으로 기허증(氣虛證)을 치료하는 방법이다. '보비(補脾)'는 건비(健脾)와 같은 말로, 비가 허한 것을 보하거나 든든하게 하는 치료법이다.

탕(補中益氣湯)으로 다스립니다. 심장을 해친 것의 허(虛)는 **귀비탕
(皈脾湯)**, 열(熱)은 심람원(心覽元)으로 다스립니다. 간을 해친 것은
귀용탕(皈茸湯)으로 다스리고, 신장을 해친 것은 지황원신단(地黃元
辰丹) 따위로 다스립니다. 그러나 어리석은 제 의견으로 판단해 말하
자면, 음양이기(陰陽二氣)에서 벗어나지 않음은 무엇 때문이겠습니
까? 대체로 음(陰)이 허하면 수(水)가 약해지고, 양(陽)이 허하면 화
(火)가 약해집니다. 그 치료법은 자음(滋陰)·건양(健陽)·보(補)의 세
가지 방법뿐인데, 어떻게 되는지 모르겠습니다.

復, 慕庵: 凡勞有五, 而療者, 指其甚者而言也. 古人之論多端, 有自上而損
者, 此指心肺也, 有自下而損者, 此指肝腎也. 又有中州, 不足土, 不生金,
金氣虧者矣. 損其肺者, 當益氣補脾, 東垣補中益氣湯主之. 損其心者.
虛則皈脾湯, 熱則心覽元主之. 損其肝者, 皈茸湯主之. 損其腎者, 地黃
元辰丹之屬主之. 然愚意斷曰, 不出於陰陽二氣何也? 夫陰虛乃水弱, 陽
虛乃火衰也. 其治之法, 不過滋陰·健陽·補三法而已, 未知爲何.

---

5 동원(東垣) : 금나라 의원 이고(李杲, 1180-1251)의 호이니, 자는 명지(明之)이고, 호는
동원노인(東垣老人)이다. 장원소(張元素)를 스승으로 모셨고, 내상학설(內傷學說)을 제기
하였으며, 보중익기탕(補中益氣湯) 등 새로운 방제를 만들었다. 모든 병의 주된 치료를
비위의 치료에서 시작하였으므로 그를 보토파(補土派)라고 부른다. 『비위론(脾胃論)』, 『내
외상변혹론(內外傷辨惑論)』, 『난실비장(蘭室祕藏)』, 『약상론(藥象論)』 등의 저서가 있다.

인삼 제조법

야마다 세이친 : 어제는 처음으로 마음에 맞는·분을 만나 뵙고, 다행히 장상군(長桑君)⁶의 분명한 말을 얻어들었으니, 기쁨과 즐거움을 어찌 다하겠습니까? 다시 찾아와서 안부를 여쭙니다.

稟, 圖南 : 疇昔始謁青眼, 幸得聞長桑君之辨, 欣喜曷罄? 再來謹侯動履.

조승수 : 어제 처음 훌륭하신 모습을 뵈니 자태가 맑고 빼어나시어, 참으로 남쪽 나라의 기이한 인재라고 생각되었습니다. 그 기쁨을 어찌 다 말하겠습니까? 그대가 돌아가셔서 마음이 서글펐는데, 빗속에 찾아와 주시니 반갑고도 즐겁습니다.

復, 慕庵 : 昨初接芝眉, 眉目清秀, 眞曰南少年奇才也. 君去有悵悵之心, 雨中芬來, 有欣喜之心.

야마다 세이친 : 『금궤요략(金匱要略)』⁷의 감초분밀탕(甘艸粉蜜湯) 중의

---

6 장상군(長桑君) : 편작(扁鵲)에게 비방을 전해준 전국시대 명의이다.
7 『금궤요략(金匱要略)』 : 한나라 장기(張機)가 지은 『금궤옥함경(金匱玉函經)』인데, 송나라 왕수(王洙)가 『금궤옥함요략방(金匱玉函要略方)』 3권을 편집하고, 임억(林億)이 『금궤요략방론(金匱要略方論)』을 편집했다. 262가지 처방이 실려 있다.

'분(粉)'은 어떤 물질입니까?"

稟, 圖南 : 金匱要略, 甘艸粉蜜湯中之粉, 何物?

이좌구 : 분(粉)은 바로 갈분(葛粉)입니다. 갈분은 진액(津液)을 생기게 하고 위기(胃氣)를 보(補)할 수 있는데, 충병(蟲病)을 앓는 사람에게 쓰니 온치(溫治)의 방법입니다.

復, 慕庵 : 粉卽葛粉也. 葛粉能生津補胃, 而用之於蟲病者, 溫治之法也.

야마다 세이친 : **인삼(人蔘)** 제조법을 들을 수 있겠습니까?

稟, 圖南 : 人參製法, 可得聞乎?

이좌구 : **인삼**은 본래 제조법이 없습니다. 그대 나라의 의원들은 늘 이러한 설명을 말해달라는데, 사실을 잘못 들은 것 같습니다.

復, 慕庵 : 人參本無製法. 貴邦之醫, 每發此說, 似是誤聞矣.

야마다 세이친 : **인삼**은 정말 제조법이 없습니까?

稟, 圖南 : 人參決無製術乎?

이좌구 : 결코 제조법이 없습니다.

復, 慕庵 : 決無製法矣.

야마다 세이친 : (이날 **광동인삼(廣東人蔘)**[8]을 가져다 시험 삼아 물었다.) 이 삼(蔘) 이름은 **광동인삼(廣東人蔘)**입니다. 그대 나라에도 있습니까?

---

8 광동인삼(廣東人蔘) : 우리나라 인삼을 제외한 넓은 뜻의 다른 인삼을 일컫는 말인데, 광동삼(廣東蔘)·서양인삼·화기삼(花旗蔘)·양삼(洋蔘)·포삼(泡蔘)·아메리카(America)인삼이라고도 한다.

稟, 是日携廣東人參試問, 圖南 : 此參名廣東人參. 貴邦有之乎?

이좌국 : 이런 것은 없는데, 틀림없이 **삼(蔘)**은 아닙니다.

復, 慕庵 : 無有, 決非參.

야마다 세이친 : (이때 모암이 허리춤에서 **인삼**을 꺼내 보여주었다.) 이 **삼(蔘)**
도 제조하지 않았습니까? 제조하지 않았는데, 어찌 이처럼 아름다운
모양일 수 있습니까?

稟, 此時慕庵自腰間出人參以示. 圖南 : 此參無製乎? 不製, 惡能如是美形矣?

이좌국 : **삼(蔘)**은 본디 아름다운 모양이니,『**본초(本草)**』에서 '**금정옥란
(金井玉蘭)**'[9]이라 말한 것이 이것입니다.

復, 慕庵 : 參本是美形, 本艸曰, 金井玉蘭者, 是也.

야마다 세이친 :『**본초**』에 "**인삼**을 캐거나 농사짓는 데에는 참으로 방법
이 있을 것이다."라고 했는데, 제조법도 있을 것 같습니다.

稟, 圖南 : 本艸曰, 人參採作, 甚有法矣. 似有製法.

이좌국 : (그제서야 이좌국이 **인삼** 제조법 한 가지를 전해주었는데, 별도로
기록해 집에 몰래 감추어 두었다.)[10]

復, 慕庵 : 於是慕庵傳參製一法, 別記秘家.

9　금정옥란(金井玉蘭) : 인삼의 다른 이름이다.

10　이좌국이 알려준 인삼 제조법을 야마다 세이친이 다른 사람들에게 알리기 싫어하여, 작
　은 글씨로 그 사연만 기록해 놓았다.

圖南先生著　不許翻刻　千里必究

寶曆甲申春　尚古堂

散求名于異邦伏願先生一覽之後正其所誤增其
不足者若有可采乃冠一語於卷首則萱堂唯趙舞識
別有經冗解經脉解等而未脫稿則難致君之覽可
恨
　　復
如得間暇則一覽後有焉耳
　　稟
勞瘵一證古今爲難治　於先生當有神樓之妙劑焉
僕承之敢請
　　　　　　　　　慕庵
　　　　　　　　圖南
　　　　　　　　　慕庵
　　復
凡勞有五所瘵者皆其甚者而言也古人之論多端
有自上而瘠者此指心肺也有自下而瘠者此指肝

腎也又有中州不足土不生金金氣虧者矣損其肺

者當益氣補脾東垣補中益氣湯主之損其心者盧

則敗脾湯熱則心覽元主之損其肝者敢茸湯主之

損其腎者地黄元辰丹之應主之然愚意斷日不比

於陰陽二氣何也史陰屈乃水弱陽盧乃火衰也其

治之法不過滋陰健陽補三味而已未知為何

圖南

長石 日光慶辛言　理石 出利慶辛言　二種皆本邦之産也

稟

復　與貴邦之産異同如何

同

稟

蓁庵

圖南

東醫寶鑑本艸卷藥品名題之上或有置唐之一字

者不知故耶

　　復

唐字乃不違於獎邦而取自中華來者矣

　　　　　　　　慕庵

　稟

日時暮明日更來

　　復

　　　　　　　　圖南

帳々之餘而明日又來何幸々

○廿四日與良醫習藁庵筆語

　　　　　　　　慕庵

　稟

時音始謵青眼幸得開長桑君之辯欣甚甚藝再來

謹侯動履

　　　　　　　　圖南

復　　　　　　　　　　　　　　　　慕庵

昨初接芝眉眉目清秀真日期少年奇才也君去有

悵悵之心而中葛来有欣喜之心

稟　　　　　　　　　　　　　　　　閩南

金匱要略甘艸粉蜜湯中之粉何物

復　　　　　　　　　　　　　　　　慕庵

粉即葛粉也葛粉能生津補胃而用之於裏病者溫

治之法也

稟　　　　　　　　　　　　　　　　閩南

人參製法可得聞乎

復　　　　　　　　　　　　　　　　慕庵

人參本無製法貴邦之醫每發此說似是誤聞其

栗

人参決無鍜術乎　　　　　　　　　圖南

復　　　　　　　　　　　　　　　慕庵

決無製法矣

栗　是日携廣東人参試問

此参名廣東人参貴邦有之乎　　　　圖南

復　　　　　　　　　　　　　　　慕庵

無有決非参　此時慕庵自膲間出人参以示

栗　　　　　　　　　　　　　　　圖南

此参無鍜乎不製惡能如是美形矣　　慕庵

復

参本是美形本艸曰金井玉闌者是也　慕庵

稟

圖南

復
本艸曰人參採作甚有法兵似有製法

圖南

復
本艸曰人參採作甚有法兵似有製法
竊是桑廣傳參製一誌別記秘傳
莫庵

公能好軒岐與劉張朱李則厭登於此人之門可賀
圖南
莫庵

復
余好軒岐之學猶嗜甘蔗
莫庵

公之人物佳詳稟以聰明之才況又妙年乎每見貴
國之醫專務才勝德而不務德勝才其誤華益讀素
問與劉張朱李之書不求利而以濟生活人為己任

왜한의담

倭韓醫談

왜한의담
倭韓醫談

1764년 2월에 조선 통신사 일행이 에도 아사쿠사(淺艸) 혼간지(本願寺)의 객관(客館)에 머물자, 도호토(東都)의 의관(醫官) 사카가미 요시유키(坂上善之)가 20일, 21일, 23일, 25일, 26일 모두 5일간 조선의 사행원들을 방문하여 주고받은 필담을 날짜별로 정리한 61면 1권 분량의 필사본 필담집이다. 목판본과 필사본이 전하는데, 내용은 같다.

조선측 의원 이좌국(李佐國, 1734-?)의 자는 성보(聖甫), 호는 모암(慕菴)인데, 부사용(副司勇) 벼슬을 했으며, 이때 나이 31세였다.

良醫

副司勇

李佐國字聖甫号慕菴

完山人甲寅生三十一齡

조선측 필담자 이좌국의 초상.
나니와(오사카)의 관상가 니야마 다이호(新山退甫)의 제자가 그의 관상을 보면서
그려주었다.

왜한의담(倭韓醫談) 인(引)[*]

: 인삼 제조법에 관한 문답

　　금년 호레키(寶曆) 14년 갑신년(1764) 봄 2월에 조선(朝鮮) 사절이 문무 관원과 여러 관리를 거느리고 조빙(朝聘)[1]했다. 같은 달 16일에 도성에 들어왔는데, 의관(衣冠)과 의장(儀仗)이 매우 성대하여 볼만했다. 나는 날마다 관원에게 일을 받아 임금의 뜻을 전했다. 같은 달 20일에 아사쿠사(淺艸)에 이르러 여러 학사 및 양의(良醫)와 함께 혼간지(本願寺)의 객관(客館)에서 만났다. 이날 빈객을 접대하는 곳에서 어떤 사람은 시를 지었고, 어떤 사람은 글로 이야기를 나누었다. 21일에 또 갔는데, 양의에게 마침 병이 있어 개인적으로 객사로 찾아갔다. 그 뒤에 모두 객사로 찾아갔는데, **인삼**과 다른 물건들에 대해 묻다가, 곁들여 **인삼** 제조법과 병에 대한 논의에 이르렀다. 대체로 양의에게 답을 얻었으나, 조사할 것이 많았으며, 내가 캐묻지 못한 것도 또한 손님의 말을 기다렸다. 그렇지 않으면, 어찌 어목(魚目)과 옥(玉)의 분별을 모

---

* 인(引) : 간단한 서문(序文)과 같은 문체의 이름.

1 조빙(朝聘) : 제후(諸侯)가 직접 또는 사신을 보내어 정한 시기에 천자(天子)를 알현하는 행위이다.

르겠는가? 보는 사람이 살펴보라.

　서호(西湖) 사카가미 요시유키(坂上善之) 쓰다

　倭韓醫談引

　今玆寶曆十四甲申歲春二月, 朝鮮信使率文武員官及庶吏朝聘. 同十六日入都, 衣冠儀伏蔚蔚乎可觀. 善之日聞事於有司, 以經上意. 於是乎同二十日, 造淺岬與諸學士及良醫, 會於本願之客館. 是日也於客堂, 或以詩或以筆語. 二十一日又往, 良醫適有疾, 引余於私客舍. 厥后咸卽客舍所問, 則人蔑幷他物, 傍及方法病論. 凡良醫所答, 率多隱括, 而余不究問者, 是亦待賓之道也. 不然豈不知魚目與玉辨之哉? 觀者察焉.

　西湖 坂上善之 識

사카가미 요시유키 : 여러 학사(學士)와 양의(良醫)께

　제 성(姓)은 사카가미(坂上)이고, 씨(氏)는 다무라(田村)이며, 이름은 요시유키(善之)이고, 자(字)는 원장(元長)이며, 호(號)는 서호(西湖)입니다. 제 집안은 새롭게 상약(尙藥)[2]의 말직(末職)을 수행하며, 이곳에 왔습니다. 하늘 끝처럼 아득히 먼 곳까지 사신의 깃발이 아무 탈 없이 여러분이 이곳에 이르셨으니, 매우 축하하고 축하할 만합니다. … (이날 **광동인삼(廣東人蔘)**[3]을 가져가 시험 삼아 물었다.)

稟, 諸學士幷良醫 : 僕姓坂上, 氏田村, 名善之, 字元長, 號西湖. 僕家新侍於尙藥之末, 此行也. 天涯萬里, 文斾無恙, 諸君之臨于此, 多慶多慶.

2　상약(尙藥) : 궁중에서 왕비·왕녀 및 여관(女官) 등의 질병 치료와 의약 관계의 일을 맡았던 관원이다.

3　광동인삼(廣東人蔘) : 우리나라 인삼을 제외한 넓은 뜻의 다른 인삼을 일컫는 말이다.

인삼을 재배하는 방법

사카가미 요시유키(坂上善之) : 명나라 이시진(李時珍)은 말하기를 "**인삼**
씨를 뿌리는 방법은 푸성귀 씨를 뿌리는 방법과 같다. 가을 뒤에 씨
를 뿌린다"고 했습니다. 씨를 뿌린 곳에 서리와 눈이 침범하더라도
다음 해에 나서 자라는 데 걱정이 없습니까? 덮어서 가려지도록 설치
해도 서리와 눈이 침범할까요? 모두 가르쳐 주시기를 부탁드립니다.

稟, 西湖 : 明李時珍曰 種人參, 如種菜法. 下種於秋後, 所種之處, 雖有霜
雪侵之, 明年生長無恙乎否? 將設於蔽蔭, 凌霜雪乎? 請悉誨之.

이좌구 : **인삼**은 온갖 풀의 영물(靈物)입니다. 씨를 뿌리거나 뿌리를 심
는 방법이 있는데, 씨를 뿌리는 장소에 이르면 이미 그 땅에서 나는
산물이 마땅히 살게 되어 있으니, 어찌 서리와 눈의 침범을 두려워
하겠습니까? **인삼**만이 아니라 모든 산물 또한 그러하니, 시진(時珍)
의 논의가 과연 옳습니다.

復, 慕菴 : 人參乃是百草之靈. 果有子種根種之法, 而至於所種之處, 則已
有土産之宜, 何畏霜雪之侵乎? 非但參草, 凡物亦然, 時珍之論, 果是也.

사카가미 요시유키 : 그렇다면 덮어서 가려지도록 설치하지도 않습니까?

稟, 西湖 : 然則無設蔽蔭之事乎?

이좌구 : 저절로 번성하고 저절로 시들어 떨어지도록 맡겨야지, 어찌 덮어서 가려야만 되겠습니까?

復, 慕菴 : 任其自榮自謝, 何必蔽蔭?

사카가미 요시유키 : 여러 번 돌봐주심을 입었는데, 재주 없는 제가 진심과 성의를 기울이는 것은 기이한 인연의 만남이기 때문입니다. 비결이 있다면 이치를 응당 아끼지 말아야 하니, **인삼**의 씨를 뿌리거나 뿌리를 심는 방법이 있다면 그대가 말씀해주십시오. 그런 방법을 얻어 백성의 위급을 구하기를 바랄 따름입니다. 관계되는 것이라면 아주 작은 것까지도 다 말씀해주시기를 부탁드립니다.

稟, 西湖 : 一再蒙眷顧, 而不侫傾肝膽者, 以奇遇之故也. 假令有秘訣, 理應不吝, 足下言人參有子種根種之法. 願得其法, 以救生民之急耳. 所關係非小小請盡說.

이좌구 : 날을 이어 방문해주시니 매우 고맙습니다. 제가 아는 것이 있다면, 감히 모두 말하지 않겠습니까? **인삼**의 씨를 뿌리고 뿌리를 심는 일은 본초서(本草書)에 실려 논의된 것으로 말씀드릴 뿐입니다. 스스로 보았거나 알지는 못합니다. 우리나라에서는 깊은 산과 깊은 골짜기 속에서 **인삼**을 캐기 때문에 원래 **인삼**의 씨를 뿌리는 일은 없습니다.

復, 慕菴 : 連日枉臨已極感謝. 僕如有知者, 則不敢盡言哉? 所謂子種根種之事, 以本草所載論云耳. 自非目擊, 而知之矣. 弊邦採參於深山窮谷中, 故元無種參之事也.

사카가미 요시유키 : 그대 나라 **인삼**은 처음 생겨날 때 작은 것은 서너 치쯤이고, 줄기 하나에 잎이 3개인데, 다음해에는 줄기 하나에 잎이

5개이고, 3년째에는 갈라진 가지 2개가 생겨나며 꽃이 달리는 줄기

가 없고, 4년째에는 갈라진 가지 3개가 만들어지고 잎이 5개이며,

4월에 꽃이 피고 7~8개의 열매를 맺으며, 5년 뒤로는 갈라진 가지

4개가 생겨나고, 수십 개의 열매를 맺는데, 나이가 많아 오래된 것

은 백여 개에 이른다고 들었습니다. 과연 그렇습니까?

稟, 西湖 : 聞貴邦人參初生, 小者三四寸許, 一莖三葉, 次年一莖五葉, 三年
生兩椏, 未有花莖, 四年成三椏五葉, 四月花, 結子七八牧, 五年後生四
椏, 結子數十牧, 彌年之久者, 至百餘牧, 果然乎否?

이좌구 : **인삼**이 처음 생겨나서 3년 만에 줄기 하나에 잎 3개가 생겨나

고, 6년 만에 줄기 2개에 잎 6개가 생겨나며, 9년 만에 줄기 3개에

잎 9개가 생겨나고, 12년 만에 줄기 3개의 사이에 비로소 붉은 열매

를 맺으며, 초가을에 먼저 익어서 떨어졌다가 다시 생겨납니다. 3년

을 사이에 두고 줄기와 잎이 생겨나지 않고, 열매를 맺지 않는데,

이것은 쉬는 것입니다.

復, 慕菴 : 參草始生, 三年生一莖三葉, 六年生二莖六葉, 九年生三莖九葉,
十二年三莖之間, 始結紅子, 初秋先熟落而復生. 間三年, 而不生莖葉不
結子, 此所謂休宿也.

사카가미 요시유키 : 항상 그대 나라에서 가져오는 **양각삼(羊角蔘)**[4]이라

는 것이 있는데, 『본초몽전(本草蒙筌)』을 살펴보면 다른 이름으로 **백**

---

4 양각삼(羊角蔘) : 양각연절삼(羊角聯節蔘)인데, 턱수가 발달해 제2, 제3의 몸통처럼 된
삼이다. 명나라 진가모(陳嘉謨)의 『본초몽전(本草蒙筌)』에서 "백제삼은 일명 백조삼(白
條蔘), 속명 양각삼(羊角蔘)"이라 했고, "고려삼은 백제삼보다 못하고, 신라삼은 인형을
닮은 것이 신통력이 있다"고 하였다.

조삼(白條蔘)이라고도 하니, 곧 **백제삼(百濟蔘)**인 듯합니다. **백제삼과 요동삼(遼東蔘)**은 성질과 맛의 우열이 어떻습니까?

稟, 西湖 : 常有貴邦來稱羊角參者, 考諸本草蒙筌, 一名白條參, 卽百濟參歟. 百濟參與遼東參, 氣味優劣何如?

이좌구 : 백제는 바로 우리나라의 영남(嶺南)인데, 옛날에는 **인삼**이 있었지만 지금은 생산되지 않습니다. 오직 북도(北道)와 서도(西道)[5]에서 나는데, 서북도(西北道)는 곧 요동(遼東)입니다. 그 우열에 대해서 말한다면 백제의 산물이 세상에서 첫 번째가 되는데, 우리나라에서도 또한 쓸 수 없습니다. 요동의 산물 또한 매우 귀하니, 땅의 이로움이 옛날만 못함을 몰라서 그렇습니까? 그렇지 않다면, **인삼**이 영물(靈物)이기 때문에 사람들의 눈에 띄지 않아서 그렇습니까? **인삼**의 효용은 본초서(本草書)에 밝게 실려 있으니 어리석은 제가 어찌 감히 그 사이에서 말하겠습니까마는, 예전에 그것을 써보니 보비익기(補脾益氣)와 생진양혈(生津養血)하여 허(虛)한 것을 보(補)함에 이르렀으니, **인삼**보다 효과가 큰 것은 없을 것입니다. 실제로 기사회생(起死回生)하는 효과가 있으니, 만약 의원이 마땅히 써야할 병에 두루 쓴다면, 무슨 병이든 고칠 수 없겠습니까? **인삼**의 우열을 말한다면, 뒤떨어지는 것의 효과가 뛰어난 것만 못하기 때문에 병든 집안에서는 늘 뛰어난 것을 취할 뿐입니다.

復, 慕菴 : 百濟卽弊邦之嶺南也, 古有參, 而今不産. 惟北道與西道生之, 而西北道卽遼東也. 以其優劣論之, 百濟之産爲天下第一, 而弊邦亦不得

---

5 북도(北道)와 서도(西道) : 북도는 함경도이고, 서도는 황해도와 평안도이다.

用. 至於遼東之産, 亦極貴, 未知地利不如古而然耶? 抑參草靈物, 故不
見知於人而然耶? 夫參之功用, 昭載本草, 愚何敢論於其間, 而前日用之,
則有補脾益氣生津養血, 而至於補虛, 功莫大於此物者矣. 實有起死回生
之效, 若醫者普用於當用之病, 則何病不可乎? 參之優劣云者, 以劣者之
功, 不如優者, 故病家每取其優者耳.

사카가미 요시유키 : 『본초(本草)』 인삼(人蔘) 주(註)에 이르기를 "10월에
씨앗을 거둔다"고 했지만, 아마도 그렇지 않은 듯합니다. 지금 우리
나라 **인삼**을 보면, 늦여름에 열매를 맺어서 뒤따라 익고 뒤따라 떨
어지니, 초가을에는 이미 모두 떨어집니다. 어찌 10월까지 기다려
거두겠습니까? 그러나 또한 땅의 형세가 달라서 꽃과 열매가 이르
거나 늦음이 있겠지요. 그대 나라 **인삼** 열매는 모르겠습니다. 어느
때에 익고 어느 때에 거두는지를 다행히 들을 수 있다면, 또한 큰
기쁨이 되겠습니다.

稟, 西湖 : 本草人參註云 收子於十月, 恐不然. 今睹本邦人參, 結子於季夏,
隨熟隨落, 初秋時旣已落盡. 何得俟十月而收之? 然亦地勢之異, 而花實
有早晚也. 不知貴邦參子. 熟於何時, 收於何時, 幸得聞之, 則亦爲大脫.

이좌구 : 『본초』에 비록 그렇게 설명했으나, 우리나라 **인삼** 열매를 보
면, 초가을에 익어서 뒤따라 익고 뒤따라 거두니, 10월까지 기다리
지 않습니다. 과연 이것은 기후와 땅이 다르기 때문입니다.

復, 慕菴 : 本草雖然, 見弊邦參子, 則熟初秋, 隨熟隨收, 不待十月. 果是風
土之異也.

인삼을 법제하는 방법

사카가미 요시유키 : 항상 그대 나라에서 오는 **인삼**을 조사하면, 간혹 빛깔과 윤기가 특히 아름다우며 부드럽고 약하면서 맛이 조금 담박한 것이 있습니다. 그러나 그것을 저장하여 추위와 더위를 오랫동안 지내면, 껍질이 메말라지고 성질과 맛이 점점 짙어집니다. 이 때문에 어떤 사람은 이러한 **인삼**이 법제(法製)한 뒤에 해를 지나지 않았다고 의심합니다. 그러므로 빛깔과 윤기가 아름답고 맛이 담박하더라도 해와 달이 이미 지나면 비린내가 저절로 제거되고, 성질과 맛이 온전하게 갖추어집니다.

오래된 **인삼**은 귀하고 갓 캐낸 **인삼**은 덜 귀하다는 사람이 있고 보니, 이 또한 그러한 듯합니다. 그러나 옛 사람이 **인삼**에 대해 말하면서 갓 캐내거나 오래된 구별이 있다고 하는 말은 듣지 못했습니다. 제가 헷갈리니, 황공하게도 높으신 가르침을 내려주시면 매우 다행이고도 다행이겠습니다.

稟, 西湖 : 恒閱貴邦來人參, 間有色澤殊美, 而頓弱味微淡者. 然貯之經寒暑之久, 則似有皮力枯燥焉, 有氣味漸厚焉. 是以或疑, 此薄製後未經年. 故雖色澤美味淡, 已歷年月, 乃臊氣自去, 而氣味全具也. 遂至有貴陳參, 賤新參者, 此亦似有其事. 然未聞古人言人參有新陳之別者. 僕惑焉, 若辱賜高諭, 則幸甚幸甚.

이좌국 : **인삼**은 매우 영험한 물건이니, 비유하면 군자와 같습니다. 그러므로 벌레 먹기 쉽지만 갓 캐내거나 오래된 구별은 없습니다. 그러나 만약 해가 오래되어 벌레가 먹으면 갓 캐낸 것만 못하니, 이치가 분명합니다.

復, 慕菴 : 夫人參至靈之物, 比如君子. 故易蟲, 而無新陳之別. 然若年久, 則蟲而不如新採者, 理之明矣.

사카가미 요시유키 : **인삼**을 쓰는 사람들은 모두 목을 길게 빼고 그대 나라 **인삼**을 간절히 바라는데, 실제로 그대 나라의 산물은 넉넉하지 못합니다. 이것은 오로지 기후와 땅 때문에 그러한 것입니까? 또한 법제(法製)하는 방법이 없을 수 없습니다. 엔쿄(延享)[6] 중에 조활암(趙活菴)[7]이 **인삼** 법제하는 방법을 가와무라(河村) 자승(子升)[8]에게 전해주었습니다. 그러나 그 방법을 적은 종이가 좀먹고 조각조각 찢어져 이제는 살펴보기 어렵습니다. 가르쳐 주시기를 감히 부탁드립니다.

稟, 西湖 : 凡用人參者, 皆引領望貴邦人參, 實無勝貴邦之産也. 此全雖風土之使然? 亦不可無製術之道也. 延享中, 趙活菴傳人參製法於河村子

---

6 엔쿄延享) : 일본 사쿠라마치(櫻町) 천황이 1744년부터 1747년까지 사용했던 연호이다.

7 조활암(趙活菴) : 활암은 조선 양의 조숭수(趙崇壽)의 호이고, 자는 경로(敬老)이다.

8 가와무라(河村) 자승(子升) : 자승은 가와무라 슌코(河村春恒)의 자이다. 장인(長因)이라는 자도 있으며, 호는 원동(元東)이다. 도호토(東都)의 의관으로 1748년 6월 1일부터 12일까지 조숭수(趙崇壽) 등과 만나서 필담을 나누고 『상한의문답(桑韓醫問答)』이라는 제목으로 출판하였다.

升. 然其所記, 蠹紙殘簡, 今難考. 敢請示敎.

이좌구 : **인삼**은 대체로 깊은 산과 깊은 골짜기 속에서 캐며, 원래 법제(法製)하는 방법은 없습니다. 그대 나라의 의사들이 늘 **인삼**을 법제하는 방법을 설명해 달라고 하는데, 아마도 이것은 잘못 들은 듯합니다. 어찌 법제하는 방법이 있겠습니까?

復, 慕菴 : 夫蔘草採於深山窮谷中, 而元無製法. 貴邦之醫士, 每發製參之說, 恐是誤聞, 豈有製法者哉?

상품 인삼의 모양과 주치(主治)

사카가미 요시유키 : 이시진(李時珍)의 **인삼** 주(註)에 "맛은 달고 조금 쓰며, 저절로 뒷맛이 있다. 통속적 이름은 **금정옥란(金井玉闌)**이라 이른다"고 했습니다. 이른바 '**금정옥란**'은 아름답게 일컫는 말입니까? 혹은 **인삼**의 다른 이름입니까? 어떤 사람은 이르기를 '최고급 **인삼**이니, 깎으면 껍질 속과 중심의 바깥 색이 엉겨 굳은 기름 같으며, 동그라미 무늬를 이룬 것을 **금정옥란**이라 이른다'고 했습니다. 이 또한 까닭이 있는 듯하지만, 분명한 근거는 없습니다. 저는 의심하여 판단하지 못하니, 높으신 가르침 보여주시기를 바랍니다.

稟, 西湖 : 李時珍註人參云 味甘微苦, 自有余味, 俗名金井玉闌云. 所謂金井王闌, 則稱美之辭乎? 或人參之異名也否? 或云 上好人參, 刻之皮裏, 心外色, 如凝脂, 有成圈紋者, 謂之金井玉闌也. 是亦似有故, 而無明據. 僕疑而未決, 願示高敎.

이좌구 : 좋은 물건이기 때문에 그렇게 부릅니다. 좋은 **인삼**은 모두 엉겨 굳은 기름과 같고, 진액이 있는 듯합니다.

復, 慕菴 : 以其好品而稱之. 參之上品者, 皆如凝脂, 而有津液矣.

사카가미 요시유키 : 그대께서 가르쳐주신 **금정옥란**이란 것은 최상품의

인삼을 일컫는 말입니다만, 껍질 속과 바깥이 기름 색이고, 둥그런 무늬가 있는 **인삼**도 **금정옥란**이라고 할 수 있는지요?

稟, 西湖 : 公之所教金井玉闌, 則稱上好人參之辭也. 又疑或指皮裏心外油色圈紋曰 金井玉闌之說, 非乎?

이좌구 : **금정옥란**은 그 아름다움을 일컬은 이름인데, 기름 색과 둥그런 무늬는 별도로 좋은 물건이니, 어찌 의심할 게 있겠습니까?

復, 慕菴 : 金井玉闌, 稱其美名, 油色圈紋, 別之好品, 何有疑焉?

사카가미 요시유키 : **금정옥란**은 아름답고 좋은 물건임을 일컫는 말입니다. 그러니 어찌 **인삼**의 다른 이름이 아니겠습니까?

稟, 西湖 : 金井玉闌, 稱美好品之辭也. 然豈不人參之異名哉?

이좌구 : 다른 이름이 아니라 아름답게 일컬은 말일 뿐입니다.

復, 慕菴 : 非異名, 而乃美稱之辭耳.

사카가미 요시유키 : 도홍경(陶弘景)[9]은 **인삼** 꽃이 자주색이라 했고, 소송(蘇頌)[10]은 꽃이 자주색과 흰색이라고 해서 두 사람의 설명이 같지 않습니다. 우리나라에서 생산되는 **인삼**도 또한 그것과 다른데,

---

9 도홍경(陶弘景) : 456-536. 남조(南朝) 때 단양(丹陽) 말릉(秣陵) 사람으로, 자는 통명(通明)이다. 구곡산(句曲山)에 은거하며 양나라 무제(武帝)를 도와 산중재상(山中宰相)이라 불렸다. 『본초경집주(本草經集注)』·『주후백일방(肘後百一方)』 등을 편찬하고, 『진고(眞誥)』 등의 도가 서적을 지었다.

10 소송(蘇頌) : 자는 자용(子容)인데, 송나라 의학자이다. 인종(仁宗) 때 태상박사(太常博士)를 지내고, 철종(哲宗) 때 승상에 올랐으며, 위국공(魏國公)에 봉해졌다. 『도경본초(圖經本草)』 21권을 지었다.

이는 기후와 땅이 달라서인 듯합니다. 그대 나라에서 생산되는 **인
삼**은 꽃 색이 어떻습니까?

稟, 西湖 : 陶弘景曰 人參花紫色, 蘇頌曰 花紫白色, 二說不同. 本邦産亦異
之, 此亦風土之異歟. 貴國所産花色何如?

이좌구 : 우리나라 **인삼**에는 두 종류가 있는데, 어떤 것은 자주색이고,
어떤 것은 흰색이니, 두 논의가 모두 옳습니다.

復, 慕菴 : 弊邦有二種, 或紫或白, 二論俱是矣.

사카가미 요시유키 : 꽃이 자주색인 **인삼**과 흰색인 **인삼**은 모양·빛깔·
윤기·성질·맛·주치(主治)가 같은가요, 다른가요?

稟, 西湖 : 紫花者與白花者, 形狀·色澤·氣味·主治, 異同何如?

이좌구 : 자주색 꽃과 흰색 꽃의 두 가지 **인삼**은 꽃 색깔이 다르긴 하
지만, 뿌리는 똑같은 모양일 것입니다. 뿌리의 색깔과 윤기, 성질과
맛 또한 같은 **인삼**인데, 어찌 차이가 있겠습니까?

復, 慕菴 : 紫白二花, 雖有花色之異, 根則一樣矣. 且根之色澤氣味, 亦一般
參, 何有差別者乎?

인삼 씨를 뿌리는 방법

사카가미 요시유키 : 시진(時珍)이 "**인삼** 씨를 뿌리는 방법은 푸성귀 씨를 뿌리는 방법과 같다"고 했는데, 명나라 때에 이미 예종(藝種)이란 방법이 있었습니다. 지금 그대 나라에도 그같이 씨를 뿌리는 방법이 있습니까?

稟, 西湖 : 時珍曰 種人參, 如種菜法, 顧明時, 旣已有藝種者. 今貴邦有種之者乎否?

이좌구 : **인삼**은 상서로운 풀입니다. 어찌 씨를 뿌릴 수 있겠습니까? 깊은 산과 깊은 골짜기 속에만 가끔 있어서 그것을 캐내기가 매우 어렵습니다. 옛날에는 씨를 뿌리는 방법이 있었다고 들었으나, 요즈음은 매우 귀하고, 씨를 뿌리는 방법은 절대로 없습니다.

復, 慕菴 : 人參靈草. 焉得可種也? 或在於深山窮谷之中, 採之亦極難, 而古者則聞有種法, 而近來極貴, 絶無種法也.

이 필담 뒤에도 옛날 책 속에 소개되었던 **인삼** 법제술(法製術) 몇 가지 방법을 물어 보았다. 이들의 말에 근거가 있는가? 마땅히 여온(餘蘊)[11]이 있는가? 이러이러한 문제들을 다 물어 보았다. 이에 모암(이좌국)도 거절할 수 없었는지 마침내 **인삼**의 비결을 전해주었기에, 따로 기록해서 집에 보관해두게 되었다.[12]

此後擧古書中人參製述數法問焉. 且窮問於此等之言有據乎? 將亦有餘蘊乎否? 云云. 於是慕菴不得拒, 遂傳人參秘訣, 別錄爲家藏.

---

11 여온(餘蘊) : 속에 깊이 감추어져 겉으로 나타나지 아니하는 상태이다.

12 이 책을 출판하면 인삼의 비법이 널리 공개되므로, 이 부분은 기록하지 않고 집에 따로 보관하였다.

인삼을 법제하는 방법

사카가미 요시유키 : 그대 나라에서 **인삼**을 법제(法製)하는 사람들은 관
의(官醫)에 관련됩니까? 따로 **인삼** 법제를 관리하는 사람들이 있습
니까? 혹은 상인(商人)들이 법제하는 것입니까? 그것을 자세히 듣고
싶은데, 어떠신지요?

稟, 西湖 : 貴邦之製人參者, 係官醫乎? 將別有管參製者乎? 或商賈所製乎?
詳聞之, 何如?

이좌국 : 우리나라에서 **인삼**을 법제하는 방법은 달리 없습니다. 전에
이미 **인삼** 법제에 대해 다 말씀드렸을 것입니다. 약이란 것은 이 세
상의 백성들이 먹습니다. 만약 다른 방법이 있는데도 제가 만일 분
명히 알려드리지 않는다면, 진실로 제 몸에 재앙이 있을 것이니, 감
히 낱낱이 다 말씀드리지 않겠습니까? 세상에는 가끔 간사하고 꾀
많으며 간사하게 남을 속이는 상인 무리가 있는데, **인삼**을 꿀에 담
가 저울로 단 무게를 팔아서 이득을 얻는 자들이라고 말들을 하니,
이러한 무리는 진실로 하늘이 환히 살펴보고, 귀신이 그들을 죽일
것입니다. 진실로 달리 법제 방법은 없습니다. 그대께서 매번 다른
방법이 있으리라 의심하고 물어보시니, 저는 매우 마음이 답답하고

괴롭습니다.

復, 慕菴 : 弊邦之人參, 無他製法. 前已悉之矣. 夫藥者, 天下生民之餌. 苟有他法, 而僕若不明告, 則實有殊於其身, 不敢一一仰喻哉? 世間或有奸黠奸詐之商賈輩, 而漬蜜以取其斤重者云, 此輩誠必皇天照鑑, 鬼神誅之矣. 實無他製法. 公每疑有他法而問之, 僕甚憫焉.

사카가미 요시유키 : 단연코 법제 방법이 없다고 하시는군요. 그대 나라 의원들은 스스로 **인삼**을 캐서 씁니까? 아마도 상인들의 손을 통해 나온다고 말을 하겠지요.

再復, 西湖 : 是非此之謂. 貴邦醫自採用之乎? 將出商賈之手云耳.

이좌국 : 우리나라 의원들은 본래 약을 캐지 않지 않으며, 책을 읽고 이론을 논의할 뿐입니다. 약을 캐는 사람들은 **인삼**을 생산하기 위해 깊은 산과 깊은 골짜기 속에 들어가 캡니다. 그러므로 상인 무리가 약을 캐는 사람들에게서 **인삼**을 사들여 팔 뿐입니다.

重再復, 慕菴 : 弊邦醫者本不採藥, 而但讀書論理矣. 凡採藥之人, 爲其生産, 入於深山窮谷中採之. 故商賈輩, 每貿之於採藥人, 而交易耳.

사카가미 요시유키 : 예전에 당산(唐山)에서 가져와 **광동인삼**이라고 일컫는 것이 있었는데, 지금도 광동에서 **인삼**이 생산됩니까?

稟, 西湖 : 嘗有唐山來稱廣東人參者, 廣東今産人參乎否?

이좌국 : 이 세상의 **인삼**은 우리나라의 생산품만한 것이 없기 때문에 저희는 오로지 우리나라의 생산품만 씁니다. 그러나 가치가 매우 귀해서 **인삼** 상품(上品) 1냥(兩) 값이 비싸니, 정은(丁銀)[13]으로 거의 100냥이나 됩니다. 그러므로 가난한 사람들이 구해 쓰기 어렵다보

니 가끔 당산(唐山)에서 오는 것을 쓰는데, 끝내 효과를 보지 못하는 듯합니다. 광동(廣東)의 생산품은 사삼(沙蔘) 따위 밖에는 없지 않습니까?

復, 慕菴 : 天下之蔘, 莫如弊邦之産, 故僕輩專用我國之産. 然價極貴, 蔘上品一兩, 重價丁銀幾至百兩. 故貧家難以得用, 或用唐山來者, 則終不見效矣. 廣東之産, 無乃沙蔘之類也哉?

---

13 정은(丁銀) : 품질이 가장 낮은 은. 70% 정도의 순분(純分)이 들어 있는 은을 가리킨다. 일본에서 '조긴'이라 하여 무로마치시대 후기부터 메이지유신까지 유통되었던 은화인데, 해삼 형태라고 불린 불규칙한 봉형태의 은괴로 무게는 대략 161.25g 전후였다.

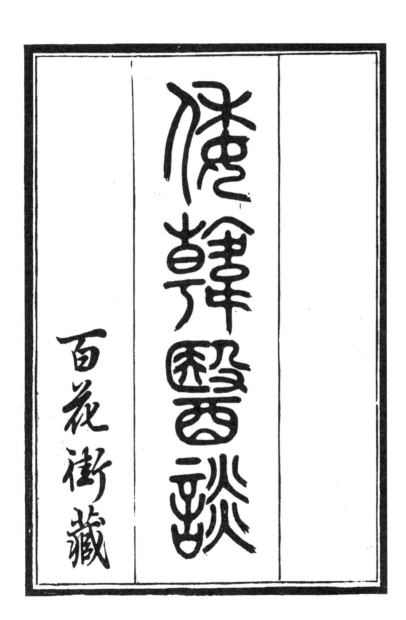

倭韓醫談引

今茲寶曆十四甲申歲春二月。朝鮮信

使率文武員官及廝吏。朝聘同十六日

入都衣冠儀仗蔚乎子可觀。善之日聞

事於有司。以經

上意於是于同二十日造淺艸與諸學士

及良醫會於本願之客館。是日也於客

堂。或以詩或以筆語二十一日又往良

醫適有疾。引余於私客舍。厥后咸即客

倭韓醫談

仲景醫談

舍所問則人漫乎他物傍及方法病論

凡良醫所答率多隱括而余不究問者

是亦待賓之道也不然豈不知魚目與

玉辨之哉觀者察焉

西湖坂上善之識

倭韓醫談卷之上

東都　坂上善之編

同　中澤以正校

稟

諸學士幷良醫

僕姓坂上氏、田村各善之字元長號

西湖。僕家新傳於尚藥之末

此行也。天涯萬里文旆無恙。諸君之臨

于此多慶乎乎僕幸浴昇平之化親

然以業名世都或散住諸候或隱居間間

者不識幾千人其中或欲來見都亦以有

禁不得冒之僕革聞事於執政承命來調

而會得　君子之奇遇何幸過之

稟
　西湖

明李時珍曰種人參如種菜法下種於秋

後所種之處雖有霜雪侵之明年生長無

恙于否將設於蘆薦凌霜雪予請恙誨之

後
　慕菴

倭韓醫談　卷之二　　　　　　十

人參乃是百草之靈果有子種根種之法
而至於所種之處則已有土産之實何畏
霜雪之侵乎非俱參草凡物亦然時珍之
論果是也
　　稟　　　　　　　　　　　西湖
然則無設嚴護之事乎
　　復　　　　　　　　　　　慕菴
任其自榮自謝何必嚴護
　　稟　　　　　　　　　　　西湖

一再蒙眷顧。而不佞傾肝膽者。以奇遇之

故也。假令有秘訣理應不容 足下言人

參有子種根種之法。願得其法。以救生民

之急耳。所關係。非小。讀盡說。

復　　　　　　　慕菴

連日枉臨己極感謝僕如有知者則不敢

盡言哉所謂子種根種之事。以本草所載

論云。耳自非目擊而知之矣弊邦採參於

深山窮谷中。故元無種參之事也

稟　西湖

聞、貴邦ノ人參初生スル小ナル者三四寸許リ一莖
三葉。次年一莖五葉。三年生ニ両椏ヲ未ダ有花
莖。四年成三椏五葉。四月花結子七八牧
五年後生四椏結子數十牧彌年之久者
至二百餘牧果然乎否

復　慕菴

參草始生スル三年生一莖三葉。六年生二莖
六葉。九年生三莖九葉十二年三莖之間

始結紅子初秋先熟落而復生間三年而

不生莖葉不結子此所謂休宿也

　稟　　　　　　　　　西湖

常有貴邦來稱羊角參者考諸本草蒙

筌一名白條參即百濟參與百濟參與遼

東參氣味優劣何姆

　復　　　　　　慕菴

百濟即舉邦之嶺南也古有參而今不産

惟北道與西道生之而西北道即遼東也

倭韓醫談　卷之十一

以其優劣論之。百濟之産爲天下第一而

弊邦亦不得用。至於遼東之産亦極貴末

知地利不如古而然耶柳參草靈物故不

見知於人而然耶夫參之功用昭載本草

愚何敢論於其間而至前日用之則有補脾

益氣生津養血而至於補虛功莫大於此

物者矣實有起死間生之效若醫者普用

於當用之病則何病不可乎參之優劣云

者。以劣者之功不如優者故病家每販其

優者耳

稟　　　　　西湖

本草人參註云收子於十月恐不然今時
本邦人參結子於李夏隨熟隨落初秋時
既己落盡何得俟十一月而收之然亦地勢
之異而花實有早晚也不知　貴邦參子
熟於何時收於何時幸得聞之則亦為大

既　　復　　　慕菴

倭韓醫談　卷之上

本草雖然見弊邦參子則熟初秋隨熟隨

收不待十月果是風土之異也

　　稟　　　　　　　　　西湖

恒閱貴邦來人參間有色澤殊美而輙

弱味微淡者然貯之經寒暑之久則似有

皮力拓燥焉有氣味漸厚焉是以或疑此

漫製後未經年故雖色澤美味淡已歷年

月乃腺氣自去而氣味全具也遂至有貴

陳參賤新參者此亦似有其事然未聞古

人言人參有新陳之別者僕惑焉若辱賜

高論則幸甚ヒ○

　　復

　　　　慕菴

理之明矣○

　　稟

　　　西湖

新陳之別然若年久則蟲而不如新採者

夫人參至靈之物比如君子故易蟲而無

凡用人參者皆引領望貴邦人參實無

勝貴邦之產也此全雖風土之使然亦

倭韓醫談　卷之上　十四

不レ可二無製術一之道也延享中。趙活菴傳二人

參製法ヲ於二河村子元一然其所ノ記ス盡紙殘簡

今難レ考敢テ請テ示セ教ヲ

復　　慕菴

夫濃草採ルニ於二深山窈谷ノ中一而元無二製法一

貴邦之醫士毎ニ發ス製參之說ヲ恐クハ是誤聞豈

有二製法一者哉

稟　　西湖

李時珍謂人參ヲ云味甘微苦自有餘味俗

名ハ金井玉闌云所謂金井玉闌則稱美之

辭也或人參之異名也否或云上好人參

刻之皮裏心外色如凝脂有成圈紋者謂

之金井玉闌也是亦似有故而無明據僕

疑而未決願示高教

　復　　　　　　　　慕菴

以其好品而稱之參之上品者皆如凝脂

而有津液矣

　稟　　　　　　　　西湖

倭韓醫談　卷之上　　　十五

公之所教金井玉闌則稱上好人參之辭
也又疑或指皮裏心外油色圈絞曰金井
玉闌之說非乎。

　復　　　　　　慕菴

金井玉闌稱其美名油色圈絞別之好品。

何有疑焉

　稟　　　　　　西湖

金井玉闌稱美好品之辭也然豈不人參
之異名哉

復　　　　　　　　　慕菴

非、異名。而乃美稱之辭耳

稟　　　　　　　西湖

陶弘景曰。人参花紫色。蘓頌曰。花紫白色。
二說不同。本邦産亦異之。此亦風土之異
歟。貴國所産花色何如。

復　　　　　　慕菴

弊邦有二種。或紫或白。二論俱是矣。

稟　　　西湖

紫花者與白花者形狀色澤氣味主治異

同何如

復　　　　　　　　　　　　慕菴

紫白二花雖有花色之異根則一樣矣且

根之色澤氣味亦一般參何有差別者乎

稟　　　　　　　　　　西湖

時珍曰種人參如種菜法顧明時既已有

藝種者今ヽ貴邦有種之者乎否

復　　　　　　　　　　慕菴

人參靈草。焉得可種也。或在於深山窮谷

之中。採之亦極難而古者則聞有種法而

近來極貴絕無種法也。

此後舉古書中人參製術數法問焉

且窮問於此筆之言有據乎將亦有

餘蘊乎否云

於是慕菴不得拒遂

傳人參秘訣別錄為家藏

稟　　　　　　西湖

貴邦之製人參者。係官醫乎。將別有管參

倭韓醫談　卷之上　　十七

倭韓醫談　卷之二

製者邪或商賈所製乎詳聞之何如

復　　慕菴

弊邦之人參。無他製法。前已悉之矣。夫藥

者。天下生民之餌。苟有他法。而僕若不明

告。則實有愧於其身。不敢一ヒ。仰喻哉世

間或有姦譎奸詐之商賈輩。而漬蜜汲取

其介重者云。此蕫誠必以皇天照鑑鬼神誅

之矣。實無他製法。　公每疑有他法而問

之。僕甚憫焉。

再復　　　　　　西湖

是ノ非ハ此ノ之謂〇　貴邦ノ醫自ラ採リ用ル之ヲ乎〇將ク出テ

商賈之手ニ云耳

重再復　　　　　慕菴

舉邦ノ醫者ハ本ト不採藥而俱讀書論理矣凡ソ

採藥之人爲ニ其ノ生産入ニテ於深山窮谷中ニ採ル

之〇故ニ商賈革每子貿之ヲ於採藥人〇而交易耳

稟　　　　　　　西湖

當テ有リ下唐山ヨリ來ノ稱スル廣東人參ト者〇廣東今々産スル人

參乎否

　　復
　　　　慕菴

天下之參莫如弊邦之產故僕輩專用我

國之產然價極貴參上品一兩重價丁銀

幾至百兩故貧家難以得用或用唐山來

者則終不見效矣廣東之產無乃沙參之

類也哉

　　稟
　　　　西湖

日己晏矣請辭去

和韓醫話

화한의화

화한의화
和韓醫話

1763년에 제11차 통신사를 파견하면서 의원 이좌국(李佐國)이 양의(良醫)로 수행하자, 오와리(尾張州) 세업의(世業醫) 야마구치 다다오키(山口忠居)가 통신사 숙소인 쇼코인(性高院)에 찾아와 주고받은 필담을 정리한 책으로, 2권 1책의 목판본이다.

야마구치 다다오키의 자는 담현(湛玄)이고, 호는 안재(安齋), 혹은 등귤와주인(橙橘窩主人)이다. 야마와키 토요(山脇東洋)의 문하에 들어가 침구학을 배우고, 나고야에서 개업했다. 번유(蕃儒)인 마쓰다이라 주운(松平秀雲)을 따라 통신사 사행원들을 만났다.

1764년 2월 3일 필담 내용은 상권에 실렸는데, 각기온역(脚氣溫疫)·두진(痘疹)·졸사(卒死)·방괄(放刮)의 치료법 등에 대한 문답, 이좌국이 『상한론』과 『단계심법(丹溪心法)』 등 중경상한론(仲景傷寒論)의 판본을 구하고 싶어하는 사연, 야마구치 다다오키가 이좌국에게 화각본(和刻本) 『외대비요(外台祕要)』를 증정하는 사연 등이 실려 있다.

4월 29일의 필담 내용은 하권에 실렸는데, 1711년 통신사가 일본에 왔을 때에 의원 기두문과 문답을 주고받은 일본 의원의 대화에 근거하여 노채(癆

瘵)·전시(傳尸)의 좋은 치료 방법, 두증치법(痘症治法) 및 예방법, 편고병 (偏枯病)의 치료방법, 구풍(颶風)과 선창(癬瘡)에 대한 문답, 인삼(人蔘)의 감정법과 주치증 문답 등으로 구성되어 있다.

헤어지면서 야마구치 다다오키는 이좌국에게 집에서 전해 내려오는 적룡 단(赤龍丹) 1기(器)를 주었고, 이좌국은 그 보답으로 야마구치 다다오키에 게 안신환(安神丸) 2환, 소합환(蘇合丸) 5환을 주었다.

『화한의화(和韓醫話)』서문

: 인삼 잎과 가루약 처방

의술(醫術)을 어찌 쉽게 말하는가? 의술은 관계된 것이 크다. 한 수저의 약을 써서 죽음에 들어간 사람을 살리니, 맡은 일은 재상(宰相)이 아니지만 살리거나 죽이는 권세를 잡았다. 옛 사람은 말하기를 "의원이 되려는 사람은 위로 천문을 알고, 아래로 지리를 알고, 중간에 사람의 일을 알라"고 했으니, 이 세 가지에 모두 밝은 뒤에야 사람의 질병을 말할 수 있다.

아! 의술을 어찌 쉽게 말하는가? 후세에 의술이 보잘것없는 의원들은 책 한 권도 읽지 않으며, 처방 하나도 외우지 않고서 입에서 나오는 대로 증상을 설명하고, 마음 내키는 대로 약을 내주니, 이 또한 위태롭지 아니한가? 담현(湛玄)[1]은 그렇지 않다. 학문을 깊이 좋아하고, 많은 방면의 모임에 참여하며, 품물(品物)의 학문에 두루 미쳤고, 시와 글을 짓는다. 나와 함께 왕래하면서 교유한 지가 여러 해 되었다.

---

1 담현(湛玄) : 『화한의화』의 편자 야마구치 다다오키(山口忠居)의 자이며, 호는 안재(安齋)·등귤와주인(橙橘窩主人)이다. 오와리번(尾張藩)의 세업의(世業醫)로서 에도의 야마와키 토요(山脇東洋)의 문하에서 침구학을 공부했으며, 나고야로 돌아와 개업했다.

갑신년(1764)에 한사(韓使)가 예를 갖춰 찾아왔는데, 나는 손님이 묵는 곳에서 접대를 맡았고, 담현 또한 나를 따랐으며, 한국 의원 모암(慕菴) 이씨(李氏)²란 사람과 함께 글로써 번갈아 이야기를 나누었다. 모암은 그의 말에 뜻이 있다고 매우 칭찬하며, 한참동안 묻고 답했다. 또 **인삼(人蔘)** 잎과 가루약 처방을 주었으니, 지극한 뜻이 진지하고 정이 두터워, 실컷 즐긴 뒤에 그만두었다.

담현이 그 필어(筆語)를 기록하여 1권을 만들고, 판목(版木)에 새겨 세상에 공개하면서 나에게 서문을 청했다. 참다운 벗이 바라는 것이니 참으로 사양할 수 없다. 억지로 몇 자 써서 책 끄트머리에 씌우라고 말할 뿐이다.

메이와(明和) 기원(紀元) 갑신년(1764) 납월일(臘月日)³
오와리번(尾張藩) 서실감(書室監) 마쓰다이라 주운(松平秀雲)⁴ 쓰다

---

2 한의(韓醫) 모암(慕菴) 이씨(李氏) : 이좌국(李佐國)의 호가 모암이다. 자는 성보(聖甫). 1764년 통신사 양의(良醫)인데 부사용(副司勇) 벼슬을 했다.

3 납월일(臘月日) : 납월은 섣달인 음력 12월이고, 납일은 음력 세모에 여러 신들에게 제사 지내는 날인 12월 8일이다.

4 마쓰다이라 주운(松平秀雲, 1697–1783) : 일본 오와리(尾張) 사람. 본래 성은 치무라(千村), 자는 자룡(子龍). 호는 군산(君山)인데, 마쓰다이라 쿤잔(松平君山)으로도 알려져 있다. 에도시대의 지리학자로, 독학으로 학문에 힘써 제자백가(諸子百家)와 패설(稗說)을 섭렵하여 박문강식(博聞强識)하다는 평을 들었다.

和韓醫話 序

醫豈易言哉? 醫者則所關係者大矣. 下藥一匕, 立死活人, 任非宰相, 而
秉司命之權. 古人曰 欲爲醫者, 上知天文, 下知地理, 中知人事. 三者俱明
然後, 可以語人之疾病, 嗚呼! 醫豈易言哉? 後世庸醫, 不講一書, 不諳一方,
信口說證, 隨意施藥, 不亦殆哉? 湛玄則不然. 篤信好學, 多方參會, 旁及品
物之學, 賦詩著文. 與僕從遊者, 有年于此矣. 甲申歲韓使來聘, 僕小相于
賓館, 湛玄亦從僕, 與韓醫慕庵李氏者, 以筆代話. 慕庵極稱其有志於道, 問
對移時, 且授以參葉散方, 至意懇篤, 竭歡而後已. 湛玄錄其筆語, 以爲一
卷, 鋟于梓公于世, 請序於僕. 知已所需, 不得固辭矣. 强書數字, 以弁卷端
云爾.

時, 明和紀元甲申臘月日, 張藩書室監 松平秀雲題

『화한의화(和韓醫話)』 서문

: 인삼 잎의 약효를 논하다

내 스승 안재(安齋) 선생이 지난날 도읍에서 야마와키 토요(山脇東洋)[5] 선생의 문하(門下)를 두드렸고, 직접 가르침을 받은 지 여러 해 되었다. 돌아온 뒤에 고치기 어려운 질병으로 틀림없이 죽을 사람을 일어나게 한 적이 이루 다 헤아릴 수 없었다.

올해 한국 사신이 도호토(東都)에 문안하던 차에 부(府) 구역 안의 쇼코인(性高院)[6]에 묵었기에 선생이 양의관(良醫官) 이모암(李慕菴)이란 사람과 함께 서로 만났는데, 처음 만남에도 참다운 벗의 마음이 있었

---

5 야마와키 토요(山脇東洋, 1705-1762) : 이름은 상덕(尙德). 자는 현비(玄飛)·자수(子樹). 호는 이산(移山)·동양(東洋)이다. 본래 성은 시미즈씨(淸水氏)인데, 의관 야마와키 겐슈(山脇玄修)의 집안을 계승함에 따라 야마와키씨라고 호칭했나. 고의방(古醫方)을 주창함으로써 고토우(後藤)·카가와(香川)·요시마스(吉益)와 함께 고방(古方)의 4대가라고 일컬어졌다. 1754년 일본 최초로 죄수의 시신을 해부하고, 그림을 곁들인 『장지(藏志)』를 저술했다.

6 쇼코인(性高院) : 나고야성 아래 오오스(大須) 대웅산(大雄山)의 큰 절인데, 통신사가 1636년부터 모두 열 차례에 걸쳐 오와리번을 지날 때에 숙소로 사용했다. 도쿠가와 이에야스(德川家康)의 4남 마쓰다이라 다다요시(松平忠吉)에 의해 생모 보대원(寶臺院)을 기리기 위해 건립했고, 사호(寺號)는 마쓰다이라 다다요시의 법명(法名) 쇼코인전(性高院殿)에서 유래되었다.

다. 오가며 토론한 끝에 **인삼** 잎의 주치(主治)에까지 미쳐서 그것이 강
기(降氣)와 조혈(調血)의 효과가 있음을 말했으며, **인삼** 잎과 가루약
처방을 적어서 선생에게 보여주었다.

금란(金蘭)[7]의 정(情)이 볼만했고, 또 우리 번(藩)의 호(濩)가 한호(韓
濩)[8]에게 양보하지 못할 것이 있음을 깨달았으니, 천년 만에 한번 만날
기회였다고 이를 만하다. 어찌 생명을 구제하는 데 큰 보람이 아니겠
는가?

내가 선생의 문하에서 모신지 10년 남짓에 이런 성스럽고 거룩한
일을 만났으니, 뛸 듯한 기쁨을 견디지 못하겠다. 그러므로 그 필어(筆
語)를 청해 썩어 없어지지 않을 영광으로 여기고자 하여 판목(版木)에
새김을 따라 세상에 말하노라.

메이와(明和) 개원(改元)[9] 9월

제자 마쓰우라 수지(松浦壽師) 짓다

---

7 금란(金蘭) : 뜻이 같은 벗과 사귀면 그 사귐의 굳기가 쇠보다도 더 견고하고, 그 아름다
  움은 난초보다도 더 향기롭다는 뜻이니, 매우 친밀한 사귐이나 깊은 우정의 비유로 쓰인
  말이다.

8 한호(韓濩, 1543-1605) : 조선의 서예가. 자는 경홍(景洪). 호는 석봉(石峯)·청사(淸沙)
  이다. 흡곡현령(歙谷縣令)과 가평군수를 지냈다. 해서·행서·초서 등 각 체에 뛰어났다.

9 개원(改元) : 왕조가 바뀌어 연호를 고친 해, 즉 새로운 연호 원년을 가리킨다.

和韓醫話序

吾師安齋先生, 往時扣皇都山脇東洋先生之門, 親炙有年矣. 歸來之後, 起膏肓於必死者, 不可勝而數也. 今玆韓使, 朝東都之次, 宿府下性高院, 先生與其良醫官李慕菴者, 會晤有一見知己之意, 而往復討論之餘, 及于參葉之主治, 乃言其有降氣調血之功, 因錄參葉散方, 示先生焉. 金蘭之情可見而之, 且識得本蕃之護, 有不讓韓護者, 可謂千載一遇也. 豈非濟生之大功哉? 予也侍先生門下, 十有餘年, 逢此聖事, 不堪雀躍. 故請其筆語, 欲以爲不朽之榮, 仍施之梨棗, 云于世云爾.

明和改元季秋, 門人 松浦壽師 敬識

명함을 올리고 의론(醫論)을 내어놓다

야마구치 다다오키(山口忠居) : 제 성은 야마구치(山口)이고, 이름은 다다오키(忠居)이며, 자는 담현(湛玄)이고, 호는 안재(安齋)인데, 등귤와주인(橙橘窩主人)이라고도 합니다. 대대로 의업에 종사했고, 오와리부(尾府)에 삽니다. 성품은 본디 견문이 좁고 고집이 세며, 전해 내려오는 집안일을 잃어버릴까만 두려워할 뿐인데, 일찍이 그대의 훌륭한 명성을 듣고, 교화와 교육의 은택을 받고자 했습니다. 그러므로 타향에 머물며 많은 일로 지치신 것도 돌아보지 않고, 질문할 조목 몇 가지를 탁자 아래에 드립니다. 높은 가르침을 베푸신다면 큰 은혜를 가슴에 새기겠습니다. 작은 재단용 칼 2자루를 공손히 받들어 올려 조그만 성의를 밝힙니다. 이는 우리 긴카잔(金花山) 밑의 대장장이가 만든 것이니, 웃으며 받아주시면 다행이겠습니다. 거듭 인사드립니다.

通刺, 安齋 : 僕姓山口, 名忠居, 字湛玄, 號安齋, 又曰橙橘窩主人. 世業醫, 住尾府也. 性素固陋, 唯恐墜箕裘之業耳, 而夙聞公盛名, 欲沐敎澤. 故不顧羈旅困倦, 以問目數條, 呈玉几下. 願垂高敎, 大恩銘心矣. 恭捧小裁刀二柄, 以表寸衷. 是我金花山下冶工所造也. 笑納多幸, 再拜.

이좌국 : 보여주신 의론(醫論)에는 남보다 뛰어난 훌륭한 견해가 있으
니, 매우 공경할 만합니다. 저녁 식사 뒤에 서로 의논해 드림이 마
땅하며, 머나먼 곳에서 똑같은 의술(醫術)의 사귐은 마음에 있지 물
질에 있지 않기 때문에 선물은 사양합니다.

奉復, 慕庵 : 所示醫論, 有出人之高見, 可敬可敬. 夕食後, 當相論以呈, 而
萬里同技之交, 在情不在物, 故辭.

보원탕(保元湯)

야마구치 다다오키 : 우리 번(藩)에서는 지금 집집마다 모두 두(痘)를 근심하는데, 어떤 사람은 야위면서 자줏빛이 되고, 어떤 사람은 가려워하다가 힘없이 쓰러지는데, 어려서 죽게 된 사람들이 많습니다. 그대에게 금방(禁方)[10]이 있으면, 가르쳐주시기 바랍니다.

問, 安齋 : 本藩卽今比屋皆患痘, 或焦紫, 或癢塌, 而爲夭橫者多矣. 君家有禁方, 願垂敎.

이좌구 : 옛 처방에 허(虛)하면서 열이 있는 사람에게는 내탁산(內托散)을, 허한 사람에게는 **보원탕(保元湯)** 등을 조제(調劑)함이 있을 뿐입니다.

答, 慕菴 : 古方, 有虛而有熱者內托散, 虛者保元湯等劑耳.

---

10 금방(禁方) : 비전(祕傳)의 약방문이나 비밀에 붙여 가르쳐주지 않는 방술이다.

노채(勞瘵)·전시(傳屍)의 치료법과
삼기건중탕(蔘芪健中湯)·귀비탕(歸脾湯)

야마구치 다다오키 : 도호토(東都)에서 국서(國書) 전달을 이미 마치시고, 사신의 깃발이 다시 이곳에 이르렀는데, 그대들이 아무 탈 없이 오고가시며 일상생활도 평안하시니 삼가 축하드리고 축하드립니다. 저 또한 다시 용모를 접하니 이는 행운 중의 행운이라, 어찌 손뼉 치며 뛸 듯이 기뻐하지 않겠습니까? 지난번에 질문할 조목을 드렸고, 황공하게도 높은 깨우침을 내려주셔서 제가 지난날 뜻을 두어 원했던 것들이 이미 충분한 듯합니다. 영광스러운 행운에 더할 것이 없지만, 지금 또 의문을 드려서 수고를 더하게 되었습니다. 여행의 고달픔을 배려하지 않는 것은 다시 만날 기약이 없기 때문입니다. 그 점을 불쌍하게 여겨 살펴주시기를 바라며, 높은 가르침을 베푸신다면 길이 덕택(德澤)을 입게 될 뿐입니다.

약속드렸던 『상한론(傷寒論)』 한 부(部)를 여러분께 바치며, 마음에 부족하나마 작별의 마음을 부치니, 서쪽으로 돌아가신 뒤에 늘 보신다면 같은 의술을 가진 사람의 정을 머나먼 곳에서 다시 서로 그리워하겠지요. 명하셨던 『단계심법(丹溪心法)』은 우리 부(府) 구역

의 서점에는 뜻하지 않게 판본(板本)이 없으니 한스럽습니다. 그대
가 나니와(浪華)에 도착해서 구하신다면, 쉽게 얻으실 것입니다.

謹呈, 安齋 : 東都之大禮已畢, 文斾再到于此, 公等往來無恙, 起居平安, 敬
賀敬賀. 僕亦再接眉宇, 是幸之幸, 豈不抃躍哉? 向者呈問目, 辱賜尊諭,
僕宿昔之志願已足矣. 榮幸無以加焉, 而今又呈疑問, 叟增賢勞. 所以不
憚旅僝者, 以再會無期也. 冀憐察之, 垂高壽, 永沐德澤耳. 所約之傷寒
論一部, 以獻左右, 而聊寓餞別之意, 西歸之後每閱之, 則同技之情萬里
叟相思. 又所命之丹溪心法, 府下書肆偶無版本, 以爲恨焉. 君宜到浪華
而求之, 則易得矣.

이좌구 : 지난번 이별은 급히 서둘러서 이제까지 초조하고 불안했는데,
지금 다시 서로 만나니 기쁨과 즐거움이 그 당시와 같습니다. 저는
다행히 왕의 신령스러운 위엄에 힘입어 일을 마치고 서쪽으로 돌아
가니, 얼마나 다행이고 다행입니까? 은혜롭게 주신 중경(仲景)의『상
한론』은 이미 제 것이 되었으니, 삼가 받으면서 두터운 뜻에 매우
감사드리고 감사드립니다. 뭐라 드릴 말씀이 없습니다.

奉復, 慕庵 : 向別草草, 迄今耿耿, 今又相接, 欣喜如之. 僕幸賴王靈, 竣事
西還, 何幸何幸? 惠仲景論, 旣是所業, 故謹受之, 多謝厚意. 無以所喩.

야마구치 다다오키 : 쇼토쿠(正德)[11] 연간(年間)에 그대 나라 기두문(奇斗
文)[12]이 통신사를 따라왔었고, 방문해 안부를 묻는 무리들과 함께
의술을 논의하고 방법을 설명했는데, 확실하고 명백한 분별이어서

---

11 쇼토쿠(正德) : 일본 제114대 나카미카도(中御門) 천황의 연호인데, 재위기간은 1711년
-1716년이다.
12 기두문(奇斗文) : 서울 장의동(壯義洞)에 살았던 의원으로, 숙종 37년(1710)에 의원이
되었으며, 이듬해인 1711년에 통신사를 따라 일본에 갔다.

뛰어난 재주를 지닌 의원이라고 말할 만했습니다. 우리 지역에서 가까운 어떤 의원이 노채(癆瘵)와 전시(傳屍)의 치료 방법을 물었더니, 기씨가 말하기를 "이 증세는 중고(中古)에 많이 있었지만, 지금은 없고 이러이러하다"고 했습니다.

제가 가만히 생각해보니, 이 증세가 우리나라에는 예로부터 많이 있었고 지금도 있지만 우리들은 팔짱을 끼고 손을 묶은 듯 꼼짝 못하는데, 그대 나라에는 노채(癆瘵)나 전시(傳屍)가 요즘 없다면 건강한 체질을 타고난 까닭입니까? 아니면 기운이나 기후와 환경 때문입니까? 지금까지 그대가 지내오며 보신 바로는 이 증세가 없다고 할만 합니까? 이는 기씨의 말을 따지는 것이 아니라, 사지(死地)에 있는데도 스스로 그 죽음을 알지 못하고, 멀거나 가까운 데서 마침내 쓰러져 죽는 것을 보면서도 큰 슬픔을 견디며 여러 해 그 치료법을 연구했지만 열에 하나도 얻지 못한 듯해서입니다. 큰 가르침에 의지해서 한 귀퉁이라도 얻는다면, 그 치료법 또한 얻을 수 있을 듯합니다. 살펴주시기를 부탁드립니다.

問, 安齋 : 正德年間, 貴邦斗文奇氏者, 從聘使來, 與候問之徒, 論醫說術, 的確明辨, 可謂良工矣. 而我近鄰之一醫, 問癆瘵傳屍之治方, 則奇氏咨曰 此症中古多有, 而今世無有云云. 僕竊疑, 凡此症, 我邦自古多有, 而在今, 僕輩所以折肘束手者也, 而貴邦今世無有, 則資質強健之所致乎? 氣運風土之所致乎? 而今公之所歷視, 此症有無如何? 是非詰奇氏之說也, 而此症也, 居于死地, 而不自知其死, 遠近竟見其斃, 一堪痛悼, 故雖研究有年其治, 十不得一矣. 憑高誨以得一隅, 則其治亦有可得者歟. 請察焉.

이좌국 : 채(瘵)는 로(勞)가 심한 것이니, 어떤 나라엔들 없겠으며, 또한

어찌 기후와 환경이나 운기(運氣)에만 관계되겠습니까? 옛 사람의 논의가 많고 복잡한데 제가 단정해 말하자면, 음양(陰陽) 2기(氣)가 손상됨에 불과할 뿐입니다. 왜냐하면, 위로부터 아래가 손상되는 것은 기(氣)의 손상에 속하고, 아래로부터 위가 손상되는 것은 혈(血)의 손상에 속하며, 로(勞)가 심함에 이르러 채(瘵)가 이루어진 것이니, 채(瘵)란 것은 치료할 수 없습니다. 마땅히 아직 채(瘵)가 이루어지기 전에 허(虛)한 것을 보(補)하는 약을 씀이 마땅한데, 심폐(心肺)가 손상된 사람은 영기(榮氣)를 조화롭게 하고, 위기(衛氣)를 더해주는 **삼기건중탕(蔘芪健中湯)** 또는 **귀비탕(歸脾湯)** 따위를 복용해야 합니다. 간신(肝腎)이 손상된 사람은 공진단(拱辰丹)·팔미환(八味丸) 따위를 복용함이 마땅하고, 양(陽)이 약한 사람은 반드시 명문(命門)을 크게 보(補)하는 약을 쓰면 거의 효과를 볼 것입니다.

答, 慕菴 : 夫瘵者, 勞之重者也, 何國無之, 亦豈關係於風土運氣也哉? 古人之論多端, 而愚則斷曰 不過陰陽二氣之損而已. 何也, 損自上而下者屬于氣, 損自下而上者屬于血, 以致勞之極, 而成瘵, 瘵者不可治者也. 須於未成瘵之前, 當用補虛之劑, 而心肺損者, 當和榮益衛, 服蔘芪健中, 或歸脾湯之屬. 損其肝腎者, 當服拱辰丹八味丸之屬, 而兼陽弱者, 必用大補命門之藥, 則庶幾見効矣.

전씨백출산(錢氏白朮散)·
육화탕(六和湯)·익황산(益黃散)

야마구치 다다오키 : 우리 번(藩)의 어린아이들에게 이런 증상이 있습니다. 얼굴빛은 예전과 다름이 없는데, 갑자기 열민(熱悶)·번갈(煩渴)·휵닉(搐搦)·천조(天弔)·구금(口噤)·자한(自汗)의 증세가 있으면서 어떤 아이는 토하고 설사하며, 어떤 아이는 토하고 설사하지 않지만 손발이 차가워지고 맥이 끊어집니다. 침과 뜸도 효험이 없어 어느새 죽거나, 더딘 아이도 하루나 이틀이면 죽을 것입니다. 이 증세는 여름과 가을 사이에 더욱 많은 듯하고, 널리 시기(時氣)가 유행하면 죽는 아이가 이루다 헤아릴 수 없습니다.

경풍(驚風)과 비슷하면서 경풍이 아니고, 회궐(蛔厥)과 비슷하면서 회궐이 아니기 때문에 병의 원인에 대해 확실한 논의가 없고, 치료 방법 또한 낭패를 보았으니, 단지 어떤 기이한 증세라고만 합니다. 비유하자면 마치 바다 위에 폭풍우가 일어나 갑자기 배가 뒤집힌 것 같기 때문에 우리 부(府) 경내에서는 병명을 일단 구풍(颶風)이라고 지었습니다. 이는 급졸(急卒)의 사투리입니다. 대개 급·만경풍(急·慢驚風)의 치료 방법을 쓰더라도 죽음을 면하는 아이는 드물 것입니다. 그대 나라에도 또한 이와 비슷한 증세가 있습니까? 훌륭하신 선생께서 별도로 뛰어나게 좋은 계책이 있다면, 자애로운 가르침 베푸시기를 청합니다. 많은 어린아이를 구제해 주십시오.

問, 安齋 : 本藩之小兒有一證. 神色依然, 而忽熱悶·煩渴·搐搦·天弔·口噤·自汗, 或吐瀉, 或不吐瀉, 厥冷脈絶. 鍼灸不應, 而死不旋踵, 緩者一日, 或二日而死矣. 此症夏秋之間尤多矣, 偏如時氣流行, 死者不可勝數也. 似驚風非驚風, 似蚘厥非蚘厥, 故病因無一定之論, 治方亦狼狽, 而只爲一奇症. 譬如海上起颶風, 忽覆船, 故吾府下, 以颶風爲一病名耳. 是卽急卒之方言也. 藥雖以急·慢驚風之治方, 而免死者鮮矣. 貴邦亦有類似之症乎否? 高明別有良計, 請垂慈敎, 則救衆兒耳.

이좌국 : 어린아이가 여름과 가을 즈음에 토하고 설사하는 것은 오로지 덥고 습한 기운이 오래 되어 마침내 만비(慢脾)의 증세를 이룬 데서 말미암으니, 불쌍히 여기지 않을 수 있겠습니까? 불쌍히 여기지 않을 수 있겠습니까? 어리석은 저는 늘 이 병을 만나면, 그 허(虛)와 실(實)을 살펴 **전씨백출산(錢氏白尤散)·육화탕(六和湯)·익황산(益黃散)** 따위를 써서 효과를 얻습니다. **육화탕**을 먼저 쓰고, **백출산**을 다음으로 하면, 열에 일곱 여덟은 구제하는데, 그대는 어떻게 생각하실런지 모르겠습니다.

答, 慕菴 : 小兒夏秋之際吐瀉者, 專由於暑濕而久, 則必成慢脾之症, 可不哀哉? 可不哀哉? 愚也每遇此病, 審其虛實, 用錢氏白尤散六和湯益黃散之屬, 而取効. 然六和爲先, 白尤次之, 十抹七八, 未知君意下如何?

일본에 나도는
가짜 절인삼(折人蔘)과 자인삼(髭人蔘)

야마구치 다다오키 : 제 친구가 선창(癬瘡)을 앓는데, 사타구니에서 처음 발생해 등과 배 및 머리와 얼굴까지 점점 올라와 마치 뱀 껍질 같습니다. 가려움증을 참을 수 없어 약을 100첩이나 썼지만 낫지 않습니다. 그래서 제게 부탁했으니, 치료 방법을 간절히 구합니다. 가르쳐 주십시오.

問, 安齋 : 僕之一友患癬瘡, 始發于陰股, 漸上腹背及頭面, 如蛇皮, 瘙痒不可忍矣. 服貼百計而不瘥. 故托于僕, 乞治方, 願見示.

이좌국 : 대개 방풍통성산(防風通聖散)이 아주 좋은 처방입니다. 별도로 붙이는 처방이 있는데, 가르쳐드리겠습니다. (모암이 전해준 처방은 기록하지 않는다.)

答, 慕菴 : 槩防風通聖散爲奇方, 別有傳貼之方示之. 傳方不錄.

야마구치 다다오키 : 저는 여러 해 천효(喘哮)를 앓았었는데, 요즈음 병이 조금 나아졌습니다. 그러나 항상 팔과 팔뚝은 오그라들고, 어깨와 등은 시큰시큰 쑤시면서 아프며, 눈앞이 어지러운 증세를 느낍

니다. 숙음(宿飮)이 단단하게 달라붙어 그렇게 된 것입니까? 그래서
박하전(薄荷煎)을 늘 복용하며 살아갈 뿐입니다. 높으신 견해로는
어떻게 생각하시는지요? 처방 하나만 받기를 원합니다.

問, 安齋 : 僕多年患喘哮, 而近至稍愈. 然時時覺臂腕攣痺, 肩背酸疼, 及目
眩等矣. 按宿飮膠粘, 而使然者乎? 故常服薄荷煎, 而自養耳. 高意以爲
如何? 願授一方.

이좌국 : 자신의 몸을 소중히 돌보는 것이 좋은데, 박하전(薄荷煎)은 담
(痰)을 나누어 없애고 화사(火邪)를 없애는 효험이 신통한 처방입니다.
달인 약을 덥혀 먹으면 굳어진 담을 크게 풀어 기(氣)의 운행에 이로
우니, 그대도 해보십시오. (모암이 전해준 처방은 기록하지 않는다.) …

答, 慕菴 : 自愛尤好, 薄苛煎爲豁痰降火之奇方, 而或以煎汁送下, 則大解
利頑痰, 君試焉. 傳方不錄.

야마구치 다다오키 : 그대 나라에 **절인삼(折人蔘)**[13]과 **자인삼(髭人蔘)**이
라고 하는 것이 있던데, 성질과 등급 및 주치(主治)는 어떻습니까?

問, 安齋 : 貴邦稱折人參髭人參者, 性品主治, 何如?

이좌국 : 우리나라에는 **절인삼**이나 **자인삼**이라고 부르는 것이 없습니다.

答, 慕菴 : 弊邦無稱折髭蔘者矣.

야마구치 다다오키 : 우리나라에서는 그대 나라의 명칭을 따라서 그것
들을 사고파는데, 가짜인지 의심스럽습니다.

---

13 절인삼(折人蔘) : 일본에서 고려인삼(高麗人蔘)을 일컫는 다른 이름인데, 미삼(尾蔘)과
함께 뿌리 부분에 나타난 특징을 따른 명칭이다.

問, 安齋 : 我邦以貴國之號, 而賣買之, 疑贋物乎?

이좌구 : 틀림없이 가짜이니, 제 말을 의심하지 마십시오.

答, 慕菴 : 極是贋物, 勿疑.

일본에서 법제(法製)한 인삼

야마구치 다다오키 : 이 **인삼**의 성질과 등급은 어떻습니까?

問, 安齋 : 此人參性品, 何如?

이때 군산(君山)이 부(府) 경내에서 생산된 **법제(法製) 인삼**을 가지고 그에게 물었다. 모암(이좌국)이 놀라면서 그것을 보고는, 잘라보기도 하고 씹어보기도 하고 촛불에 비춰보기도 하고, 매우 오랫동안 깊이 생각하더니, "우리나라 **인삼**과 비슷하지만 우리가 만든 것은 아닙니다"라고 써 주었다.

時持府下之産, 君山所製簿問之. 慕菴愕然視之, 或折或嚼或照燭, 玩味稍久, 而寫曰, 似非弊邦之産.

야마구치 다다오키 : 냄새와 맛은 어떻습니까?

問, 安齋 : 氣味奈何?

이좌국 : 매우 좋습니다.

答, 慕菴 : 尤好.

양의 이좌국이 내보여준 조선 인삼

이때 모암(이좌국)이 주머니 속에서 **인삼**을 꺼내어 내게 보여주며 말하기를 "이것이 우리나라의 질 좋은 등급의 **인삼**입니다"라고 했다. 내가 맛을 보니 말로는 다할 수 없는 뒷맛이 있었다. 그렇다고는 하지 만 우리 번(藩)에서 생산되는 것과 크게 다르지는 않았는데, 단지 냄새 와 맛에서 매우 강렬한 향기가 느껴졌을 뿐이다. 어리석은 내가 생각 해보건대 모암(이좌국)이 매우 오랫동안 그것을 변별해보려 했으나, 우리 번(藩)의 **인삼**과 조선의 **인삼**이 거의 서로 같고, 큰 차이가 없었 다. 우리 번(藩)의 생산품도 좋다고 할 만하고, 귀하다고 할 만하다.

此時慕菴自囊中出人參示余曰 是弊邦之上品蔘也, 而余味之, 實有餘味 不可言者. 雖然與本藩所産者, 無大異, 只覺氣味稍香烈耳. 愚按, 慕菴稍 久而辨別之, 則本藩蔘與韓參, 彷佛不相遠者乎爾, 乃本藩之産, 可賞可貴.

인삼 잎의 주치(主治)

야마구치 다다오키 : **인삼** 잎의 주치(主治)는 어떻습니까?

問, 安齋 : 蔘葉主治, 如何?

이좌국 : 강기(降氣)와 조혈(調血)입니다.

答, 慕菴 : 降氣·調血.

야마구치 다다오키 : 뿌리와 잎을 함께 서로 비교하면, 어떻습니까? 자
  세히 가르쳐 주십시오.

問, 安齋 : 與根相比, 則奈何? 願詳示之.

이좌국 : 뿌리는 자윤(滋潤)[14]에 주효하고, 잎은 조체(阻滯)·울결(鬱
  結)·열사(熱邪)[15]를 풀거나 흩어줍니다. 저희 집안에 **삼엽산(蔘葉散)**
  이란 처방이 있는데, 여러 증상을 치료하고, 이러이러합니다. (이하

---

14 자윤(滋潤) : 촉촉하게 하다. 자음윤조(滋陰潤燥). 양음윤조(養陰潤燥). 음을 자양해 마
   른 것을 촉촉하게 하는 방법이다.
15 조체(阻滯)·울결(鬱結)·열사(熱邪) : 조체는 먹은 것이 잘 소화되지 않고 가로막혀 속이
   답답한 증상, 울결은 기혈이 한 곳에 몰려서 풀리지 않는 증상, 열사는 숨이 거칠고 발열·
   홍종(紅腫)·흔통(焮痛)·변비(便秘) 등의 증세가 나타나는 증상이다.

문답은 글이 번잡해서 생략한다.)

答, 慕菴 : 根則主滋潤, 葉則解散阻滯鬱結熱邪. 僕之家中, 有參葉散者, 而
治諸證云云. 以下問答, 文繁故省之.

삼엽산(蔘葉散)은 모암(慕菴, 이좌국) 집안의 보배로운 처방인데, 내가
감히 청해서 그 처방을 얻었다. 곧바로 그 처방을 따라 **삼엽산**을 만
들어서 여러 증세에 시험 삼아 써 보았다. **인삼** 잎은 여러 본초서
(本草書)에 실려 있지 않기 때문에 그 주치(主治)를 알지 못한다. 오
늘에야 좋은 인연이 있어 그 방법을 얻어 알았으니, 여러 해 동안
걸리고 막혔던 것들이 하루아침에 뚫리는 듯하다. 그러므로 여기에
언급한다.

參葉散者, 慕菴家寶之一方, 而余敢請, 而得之也. 故直製之隨其方文, 以試
干諸症耳. 蓋參葉者, 諸本草中不載之, 故未知其主治也. 今日有良緣,
而識得其方法, 積年之疑滯, 一旦豁然矣. 故言及于玆.

야마구치 다다오키 : 오늘 황공하게도 **인삼** 잎의 주치(主治)와 한 집안의
처방을 얻었습니다. 다른 경험방도 가르쳐주셨으니, 아! 이는 하늘
이 내려주신 것입니까? 어찌 감격해 우러러 받들지 않겠습니까? 어
찌 감격해 우러러 받들지 않겠습니까? 은택이 자손에게 영원히 흐
를 뿐입니다. 게다가 각종 붓·먹·종이로 은혜를 베풀어주셨으니,
진지하고 두터운 정에 무엇으로 감사드리겠습니까?

啓, 安齋 : 今日辱得參葉之主治, 與一家方也. 其他示以經驗方, 嗚呼! 是天
賜與者乎! 豈不感戴哉? 豈不感戴哉? 恩澤永流於子孫而已. 且見惠筆墨
紙各種, 懇篤何以謝之哉?

印韓醫話序 　淺草文庫

醫豈宣易言哉。醫者則所關

保者大矣。下藥一匕立死

治人任非宰相而棄司命

之權古人日欲蔑醫者上

知天文下知地理中知人

寧士二者俱明然後可以語

人之疾病噫呼醫豈易言

哉後世庸醫不講一書不

語一方信口說證隨意施

藥不亦殆哉湛玄則不然

篤信好學多方參會靡有不及

品物之學。賦詩著文。與　僕

從遊者有年于此矣。甲申

歲韓使求聘。僕小相干賓

館湛丟示從僕與韓醫慕

庵李氏者以筆代話慕庵

極補其有志於道問對移

時且授以參朮散方至意
懇篤。諧歡而後已。湛玄錄
其筆語以彦一巻。鋟干梓
公干世。請序於僕。知已所
雲不得回辭矣。強書數字
以弁巻端云爾

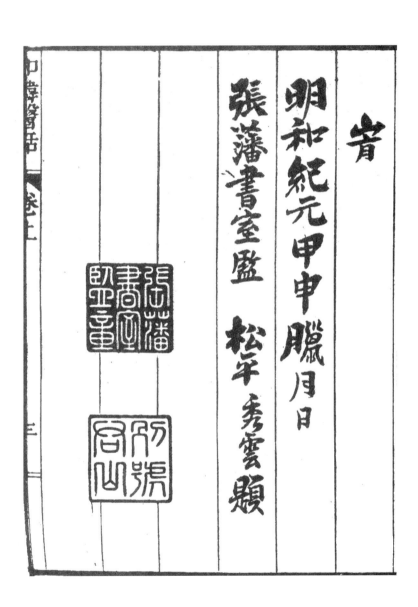

明和紀元甲申臘月日

張藩書室盤　松平秀雲題

肯

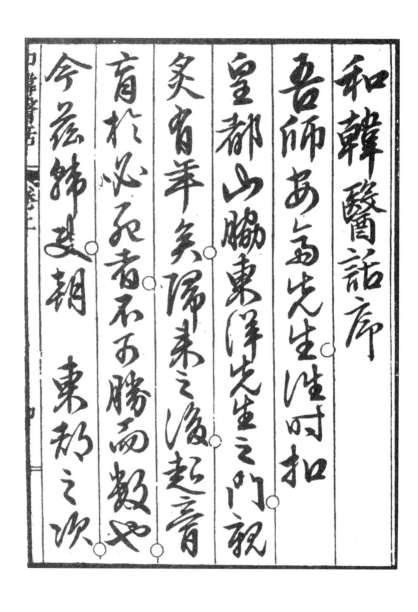

和韓醫話序

吾師あ〻なる先生性時扣

皇都山脇東洋先生之門祝

炙有半矣歸来之後起膏

肓於必死者不可勝而數や

今茲歸支朝　東邦之次

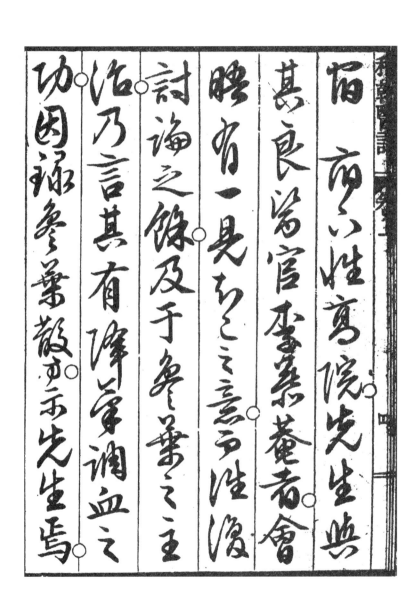

宿病以性爲院先生與

甚良爲官丞慕菴吾會

聘有一見云云言戸性後

討論之餘及于參藥之主

治乃言其有降筆調血之

功因録參藥散方示先生焉

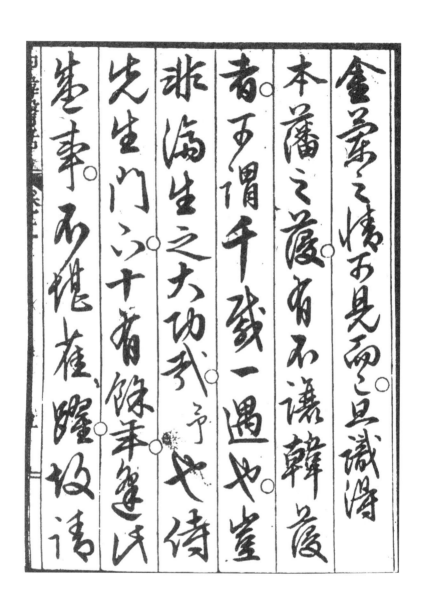

金華之情百見而已旦識游

本藩之慶有不讓韓度

者也可謂千載一遇也豈

非海生之大功乎予侍

先生門凡十有餘年逮氏

慕事而堪在躍枚情

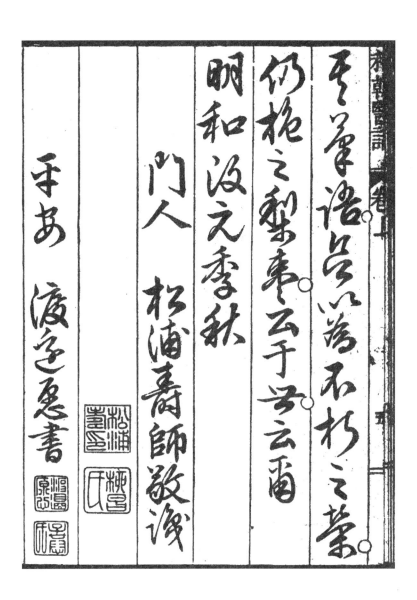

不可辜語吕豈以蒂不朽之業

仍枪之輙來云于弓云雷

明和汲元季秋

　　門人　松浦壽師敬讀

壬戊　渡邊忠書

和韓醫話卷上

張藩　山口忠居湛玄　著

濃州　松浦壽師柳昌　校

張藩大雄山性高院賓館　慕庵姓李名　佐國字聖甫

審曆十四歲二月三日會朝鮮良醫官慕庵於

通刺　安齋

護呈朝鮮國良醫官慕庵李公榻下

遙聞國手乘槎向扶桑渴仰日久水陸萬里道途平

安今到干此至祝至祝今日候館事有間得奉芝眷

是千載奇遇遇生前榮幸也僕姓山口名忠居字湛玄

號安齋又曰橙橘窩主人世業醫住　尾府也性素

固陋唯恐墜箕裘之業耳而夙聞公盛名欲沐教澤

故不顧羈旅困倦以問目數條呈玉几下願垂高教

大恩銘心矣恭捧小裁刀二柄以表寸衷是我金花

山下冶工所造也笑納多幸再拜

　　　奉復　　　　　　　　　　慕庵

所示醫論有出人之高見可敬可敬夕食後當相論

以呈而萬里同技之交在情不在物故辭

　　　啓　　　　　　　　　　　　安齋

僕何幸親接光儀且蒙褒獎感戴何罄只以鄙問瀆

願足矣恭反復熟味之而可得玄旨耳

答
　　　　　　　　　　　　慕庵

何辨之有

問
　　　　　　　　　　　　安齋

多矣君家有禁方願巫敎

答
　　　　　　　　　　　　慕庵

本藩卽今比屋皆患痘或焦紫或瀼塲而爲夭橫者

問
　　　　　　　　　　　　安齋

古方有虛而有熱者內托散虛者保元湯等剤耳

問
　　　　　　　　　　　　安齋

然則實熱者如何

和韓醫話卷下

和韓醫話卷下

同四月廿九日再會李慕菴於性高院賓館

謹呈
　　　　　　　　　　安齋

東都之大禮已畢文施再到于此公等往來無恙起

居平安敬賀敬賀僕亦再接眉宇是幸之幸登不抃

躍哉向者呈問目辱賜尊諭僕宿昔之志願已足矣

榮幸無以加焉而今又呈疑問夏增賢勞所以不憚

旅懷者以再會無期也冀憐察之丕高誨永沐德澤

耳所約之傷寒論一部以獻左右而聊寓餞別之意

西歸之後每閲之則同技之情萬里夏相思又所命

之丹溪心法　府下書肆偶無版本以爲恨焉君安

到浪華而求之則易得矣

　奉復　　　　　　　　　　　　　　　慕庵

向別草草迄今耿耿今又相接欣喜如之僕幸賴

王靈竣事西還何幸何幸惠仲景論旣是所業故謹

受之多謝厚意無以所喩

　　問　　　　　　　　　　　　　　　安齋

正德年間貴邦斗文奇氏者從聘使來與候問之徒

論醫說術的確明辨可謂良工矣而我近鄰之一醫

問痨瘵傳屍之治方則奇氏荅曰此症中古多有而

今世無有云云僕竊疑凡此症我　邦自古多有而

大今僕輩所以折肘束手者也而貴邦今世無有則

資質強健之所致乎氣運風土之所致乎而今公之

所歷視此症有無如何是非詰奇氏之說也而此症

也居于夾地而不自知其夾遠近竟見其斃一堪痛

悼故雖研究有年其治十不得一矣憑高誨以得一

腸則其治亦有可得者歟請察焉

　　答
　　　　　　　　　　　　　　　　　　暴菴

夫療者勞之重者也何國無之亦登關係於風土運

氣也哉古人之論多端而愚則斷曰不過陰陽二氣

之損而已何也損自上而下者屬于氣損自下而上
者屬于血以致瘵之極而成瘵者不可治者也須
於未成瘵之前當用補虛之劑而心肺損者當和榮
益衛服參芪健中或歸脾湯之屬損其肝腎者當服
拱辰丹八味丸之屬而兼陽虛者必用大補命門之
藥則庶幾見効矣

問　　　　　　　　　　　　安齋

夫痘之爲症也伏藏之胎毒賴時氣流行而發出矣
是千古通論也然僕有懷疑者我　邦閭有生涯不
患痘之地雖然其人來往他境而感觸於痘氣則發

故言其未見之事是以俗習信焉朕登有神鬼之所

崇哉

　問　　　　　　　　　　　　　　安齋

有痘瘡預防之方願丞慈敎僕以爲家珍耳

　答　　　　　　　　　　　　　　暴菴

痘疹預防之藥無出於生溪蠏者矣溪蠏一名石蠏

如痘疹入近處生食十餘介則不病者不染漑者輕

可謂痘疹之聖藥耳

　問　　　　　　　　　　　　　　安齋

本藩之小兒有一證神色依黙而忽熱悶煩渴搐搦

天弔口噤自汗或吐瀉或不吐瀉厥冷脈絕鍼灸不
應而亦不旋踵緩者一日或二日而亦矣此症夏秋
之間尤多矣偏如時氣流行亦者不可勝數也似驚
風非驚風似蚘厥非蚘厥故病因無一定之論治方
亦狼狽而只爲一奇症譬如海上起颶風忽覆舩故
吾　府下以颶風爲一病名耳是卽急卒之方言也
藥雖以急慢驚風之治方而免亦者鮮矣貴邦亦有
類似之症乎否高明別有良計讀乖慈敎則救衆兒
耳

答　　　　　　　　　　　　　　　　慕菴

小兒夏秋之際吐瀉者專由於暑濕而久則必成慢

脾之症可不哀哉可不哀哉愚每遇此病審其虛實

用錢氏白朮散六和湯益黄散之屬而取効然六和

爲先白朮次之十搊七八未知君意下如何

　　問　　　　　　　　安齋

偏枯之一證纔存命耳未見其得治者堪憐矣證因

多端雖非席上之論願示一隅則可得治療之階梯

欺伏請

右鄙問數件雜亂荒雖似不敬此會千載之奇

緣不可默之時也故忘蕪陋猥瀆清聽耳多罪多

傳聞虎肉能治癩厭否

答　　　　　　　　　　　　慕菴

聞或有服虎肉而愈者愚以爲虎肉者至熱之味故

能治陰癩未知君意如何

答　　　　　　　　　　　　安齋

弊邦虎肉甚難得且眞僞亦未詳辨眞僞之法如何

答　　　　　　　　　　　　慕菴

眞僞僕亦未詳

問　　　　　　　　　　　　安齋

僕之一友患癬瘡始發于陰股漸上腹背及頭面如

蛇皮瘙痒不可忍矣服貼百計而不瘥故托于僕乞

治方願見示

　答
　　　　慕菴

禦防風通聖散爲奇方別有傅貼之方示之（傅方不錄）

　問
　　　　安齋

僕多年患喘哮而近至稍愈然時時覺臂腕攣痺肩

背酸疼及目眩等矣拔窩飲膠粘而使然者乎故常

服薄荷煎而自養耳高意以爲如何願授一方

　答
　　　　慕菴

自愛尤好薄荷煎爲豁痰降火之奇方而或以煎汁

送下則大解利頑痰君試焉 傳方不錄

慕菴

正使命招暫適而來小俟小俟

謹仰別離之情

安齋

天涯萬里路漫漫伏惟僕何幸來往晤言于兹邪是
天假良緣也只所恨一遇一別後會無期黯然消魂
別後望星輝有增悵惘而已仰冀高明爲道自珍脩
途無恙榮旋有期欣喜恭獻赤龍丹一器此方
也僕之一家祕而專主解毒散鬱安神甦醒也顧君
囊中良方多多是唯備長程勞憊之一助耳君雖未

答
　　　　　　　　　　　　慕菴

情厚多謝多謝

問
　　　　　　　　　　　　安齋

僕亦願賜所惠之方文

答
　　　　　　　　　　　　慕菴

安神丸治小兒驚熱與大人之熱而清心安神蘇合
元方文在東醫寶鑑氣門治百病耳公之業至切至
勤僕有得效方今示之請活潑之勿漫傳力不錄

問
　　　　　　　　　　　　安齋

貴邦稱扤人參髭人參者性品生治何頗

和韓醫話一卷一

答
慕菴

弊邦無稱折罷漫者矣

問
安齋

我邦以貴國之號而賣賈之疑贗物乎

答
慕菴

極是贗物勿疑

問
安齋

此人參性品何如

時持府下之産君山所製漬問之慕菴愕然熟視之或折或嚼或照燭玩味稍久而寫曰

似非弊邦之產

問

氣味奈何　　　　　安齋

答　　　　　　慕菴

尤好

此時慕菴自囊中出人參示余曰是弊邦之上品

濩也而余味之實有餘味不可言者雖然與　本

藩所產者無大異只覺氣味稍香烈耳愚按慕菴

稍久而辨別之則　本藩濩與韓參彷彿不相遠

者乎爾乃　本藩之產可賞可貴

問　　　　　　　　　　　安齋

參葉主治如何

答　　　　　　　　　　　慕菴

降氣調血

問　　　　　　　　　　　安齋

與根相比則奈何願詳示之

答　　　　　　　　　　　慕菴

根則主滋潤葉則解散阻滯鬱結熱邪僕之家中有

參葉散者而治諸證云云　以下問答文
　　　　　　　　　　繁故貧之

參葉散者慕菴家竊之一方而余敢請而得之也

故直製之隨其方文以試于諸症耳蓋參葉者諸

本草中不載之故未知其主治也今日有良緣而

識得其方法積年之疑滯一旦谿然矣故言及于

茲

　啓　　　　　　　　　安齋

今日辱得參葉之主治與一家方也其他示以經驗

方嗚呼是天賜與者乎豈不感戴哉豈不感戴哉恩

澤永流於子孫而已且冗惠筆墨紙各種懇篤何以

謝之哉

　答　　　　　　　　　慕菴

사객평수집

槎客萍水集

사객평수집
槎客萍水集

1764년 통신사행 때 조선과 일본 문사 사이에 주고받은 시와 필담 및 서신 등을 정리하여 엮은 필담창화집으로, 5권 1책 필사본이다. 『사객평수집(槎客萍水集)』은 표제로 인해 『갑신사객평수집(甲申槎客萍水集)』으로도 알려져 있으며, 이를 줄여 『사객평수(槎客萍水)』라고도 한다. 1763년 정사 조엄(趙曮), 부사 이인배(李仁培), 종사관 김상익(金相翊) 등의 통신사 일행이 도쿠가와 이에하루(德川家治)의 습직(襲職)을 축하하기 위해 일본을 방문하였을 때, 이치우라 난치쿠(市浦南竹)·이노우에 시메이(井上四明)·곤도 아쓰시(近藤篤) 등이 그 이듬해 우시마도(牛窓)의 통신사 숙소로 찾아와 제술관 남옥(南玉), 서기 성대중(成大中)·원중거(元重擧)·김인겸(金仁謙) 등과 교유하였다. 이때 주고받은 시와 필담 및 서신 등을 각각 정리하여 『사객평수집』으로 엮었다. 이노우에 시메이의 경우, 제술관 및 삼서기와 주고받은 시 이외에도 삼사신, 당상역관(堂上譯官) 현태익(玄泰翼), 상통사(上通事) 오대령(吳大齡), 한학(漢學) 압물통사(押物通事) 이언진(李彦瑱), 양의(良醫) 이좌국(李佐國), 의원 남두민(南斗旻)·성호(成灝), 화원 김유성(金有聲), 사자관(寫字官) 홍성원(洪聖源)·이언우(李彦佑) 등과도 주고받은 시가 수록되어 있다. 현재 도쿄도립중앙도서관(東京都立中央圖書館)에 소장되어 있다.

필담집에는 질문자를 세이가이(西厓)라고 표기했는데, 우시마도의 문인 곤도 아쓰시(近藤篤)의 호이다. 비젠슈(備前州) 국학의 문학(文學) 겸 세자시독(世子侍讀)을 맡고 있었다.

조선 인삼과 일본 인삼

곤도 아쓰시 : **인삼** 가운데 좋은 것이 귀국의 것에 미치지 못한다는 사실은 모든 사람이 다 아는 바입니다. 그 채취하는 법을 알지 못하겠는데, 모두 산속에서 저절로 자라는 것입니까? 아니면 채소의 씨를 뿌리는 것처럼 씨를 뿌려서 자라는 것입니까? 제가 『본초강목』에 실린 여러 설을 보니, **상당삼(上黨蔘)**을 상품(上品)으로 삼는 경우가 많았습니다. 그러나 우리 나라에서 이른바 **화삼(華蔘)**이라는 것은 몸통이 튼실하지 못하고, 효과도 **조선삼**에는 크게 미치지 못합니다. 알지 못하겠습니다만, 우리 일본에서 **화삼**이라고 이르는 것은 다른 곳에서 생산된 것인지요? **상당삼**은 배에 실려 오지 않습니까? 『본초강목』에 이르기를, 뿌리의 맛이 달다고 하였습니다. 그러나 **조선삼** 가운데 좋은 것과 **광동삼(廣東蔘)**을 지금 맛보면 쓰면서 조금 단맛을 띠었습니다. 어떤 사람은 그 단맛이 감초즙에 담가 만들었기 때문이라고 하는데, 『본초강목』에 쓰인 것과 지금 맛보는 것이 어째서 같지 않을까요? 이것이 제가 의심을 품어온 것이기에 여러분께 감히 여쭙습니다. 가르쳐 주시기 바랍니다.

(아래는 만남의 자리에서 바삐 필어(筆語)한 것이므로 아룀[稟]이라고 쓰지

않았다.)

西厓曰, 人蔘之佳者, 莫及貴國, 人所共知. 未知其所采用, 皆自生山中者
乎? 抑下種如種菜法, 而生者乎? 僕見木草綱目中所收諸說, 多以上黨者
爲上品, 然我邦所謂華蔘者, 體不堅實, 其効不及朝鮮蔘遠. 未知, 我邦
所謂華蔘者産于他所者, 而上黨者海舶不載來乎? 本草云根味甘, 然朝鮮
蔘之佳, 及廣東蔘者, 今味之, 苦而小帶甘, 或云其甘者, 甘草汁制之也.
未知本草所說, 與今所味, 何以不同乎? 是僕所蓄疑, 敢質諸左右, 伏希
見敎.

(以下席上匆卒筆語, 故不題以稟.)

김인겸 : **인삼**에 관한 질문에 자세히 답변하고 싶지 않아서가 아니라,
양의가 따로 있으니 제가 답변하는 것은 도마를 뛰어넘는 것을 면
치 못할 것이라 말씀드릴 필요가 없습니다. 치속도위(治粟都尉)에게
물으시면 좋겠습니다.

秋月曰, 人蔘之問, 非不欲詳復, 而有良醫在. 僕未免越俎, 不必言, 幸問治
粟都尉.

槎客萍水集
主客通刺

市浦直春

聘使之槎去歲發韓已經鬢髮又過栗烈賢勞

多多貴體輕健旅中添壽方抵於斯欣喜何言

敬賀僕姓市浦名直春字子木號　竹亭備前

樣領庵下長鎗隊兼掌國史督國學方今承乏

君之命攜二三文學來接芝眉何幸如之僕雖

拙詞賦豈不敢叙下怦手聊錄鄙律一首奉酬

萬里關山餘雪寒邊鴻結陣指雲端奪來向國

思花柳歸去無心借羽翰

俠客行得香字

香

三尺星文寶劍光携來萬里戰沙塲何難生取
封疆去俠骨安甘死後香

西厓曰人護之佳者莫及貴國人所共知未知
其所采用皆自生山中者子芓下種蓺法而生
著乎僕見本草綱目中所收諸說多以上黨者
爲上品歟我邦所謂華蔘者體不堅實其効不

如種

及朝鮮蔤遠未知我邦所謂華蔤蒡產蒂他所
者而上黨者海嚥不載末半李草云根味甘然
朝鮮蔤之佳及廣東蔤者今味之苦而小帶甘
或云其甘蒡甘草汁制之也未知李草所說與
今所味何以不同于是僕所蓄曲疑敢貿諸左右
伏希見教誨故不悉上惚縷筆
秋月日人蔘之問非不欲詳復而有良醫在僕
未免越俎不必言幸問治棠都尉
秋月司曾聞搓行之到濟州文學輟攜男前搓時

▮ 허경진

1974년 연세대 국문과를 졸업하면서 시 「요나서」로 연세문화상을 받았다. 1984년에 연세대에서 『허균 시 연구』(평민사, 1984)로 문학박사학위를 받고, 목원대 국어교육과 교수를 거쳐 연세대 국문과 교수로 재직중이다. 『허난설헌시집』(평민사, 1999 개정판), 『교산 허균 시선』(평민사, 2013 개정판)을 비롯한 한국의 한시 총서 50권, 『허균평전』(돌베개, 2002), 『사대부 소대헌 호연재 부부의 한평생』(민속원, 2016), 『허균 연보』(보고사, 2013) 등을 비롯한 저서 10권, 『삼국유사』(한길사, 2006), 『연민 이가원 시선』(보고사, 2017) 등의 번역서 10권이 있다.

조선후기 통신사
필담창화집 연구총서 7

인삼 관련 통신사 필담자료집

2017년 8월 30일 초판 1쇄 펴냄

지은이 허경진
펴낸이 김흥국
펴낸곳 보고사

책임편집 황효은
표지디자인 손정자

등록 1990년 12월 13일 제6-0429호
주소 경기도 파주시 회동길 337-15 보고사 2층
전화 031-955-9797(대표), 02-922-5120~1(편집), 02-922-2246(영업)
팩스 02-922-6990
메일 kanapub3@naver.com / bogosabooks@naver.com
http://www.bogosabooks.co.kr

ISBN 979-11-5516-729-8 94810
       978-89-8433-900-2 세트
ⓒ 허경진, 2017

정가 33,000원